中国新诗
1916—2000
（修订版）

张新颖　编选

復旦大學出版社

目　　录

把住一些把不住的事体(编选小序)

起意编一本20世纪中国新诗选,其中一个原因,是觉得已有的一些选本为了追求全面,入选的诗人过多,有诗名的选多选少总得选吧,这样下来的一个结果,好像是点人头,追求全面差不多变成了全面照顾,漏了谁都不太好。从好的方面讲,此类的选本比较尊重文学史的实际情形,尊重尽可能多的诗人的劳动和成绩,毕竟近一个世纪以来我们是有那么多的人在写诗,选本岂可轻易编排进某些人的作品,而排斥另外一些人及其作品?

但这样一来,一般的读者拿起一本诗选,就觉得不大容易找到头绪了,这么多的诗人,每人入选作品的数量没有多少差别,字面上混成一片,弄不好读着读着脑子里也混成了一片。从这样的读者立场出发,无论如何选本还是得狠点心去“选”,能够选到让读者眼亮心明的程度最好。

跟前的这本《中国新诗:1916—2000》,也做不到让人心明眼亮的程度,却是把这当成一个目标的。书中共选编了六十几位诗人的二百余首作品,这样一个自控的规模,显然不可能面面俱到——岂止如此,选本甚至遗漏了一些曾经产生过不少影响的诗人及其作品。由此可以对这个选本进行挑剔。但是我也听到了来自相反方向的挑剔:有几位朋友看了目录之后说,还不够狠心,还可以再减少几个人,再减少一些作品,再精些。可商讨的地方当然不仅仅就这一个方面,譬如,单就入选者的作品数量来说,互相之间显然也不那么“平衡”,谁谁谁是不是选得太多了,谁谁谁选得太少了?从作品本身来考虑,是不是可以用另外一首替换下这一首更好些?

其实可以提出更多的问题。这表明,每一个提出问题的人都有一本自己心目中的诗选,它们之间存在着程度不同的差异和分歧,甚至是根本的对立。根据不同的情况,可以对眼前的这本诗选进行增删改动,乃至另起炉灶,以完成个人心目中的诗选。我倾向于用这种态度和方式来解决差异、分歧和对立,而不是大家非要达成“共识”不可。各个单独的存在之间,可以通过“对话”来沟通,但不可有以此代彼的霸道,同时也决不可屈从于统一的意志。这是我为眼前的这本诗选辩护的一个理由。

所选的诗作,无疑应该还原到它们所从中产生的时代和文学史背景里去理解;以近一个世纪为时间跨度的选本,无疑也应该通过作品反映基本的文学史情形。在这一取向上,这个选本显然也有它的追求。但是,这个追求的愿望不可太强烈,文学史的要求必须有一定的限制,在要求今天的读者尊重文学史因素的同时,也必须尊重读者今天的欣赏趣味和判断标准。也就是说,不能仅仅要求读者走进文学史,我以为,比这更重要的,是让文学史上的优秀作品走进今天的读者中。如果一定要追问这本诗选的编选宗旨的话,这当是很重要的一点。毕竟这是一部作品选,而不是文学史的作品编年一类的东西,而且,这部诗选预想的是尽可能广泛的读者,而不是要为文学史负责的专家和某些圈子内的读者。

那么,什么是判断作品本身优秀与否的标准呢?什么是今天的读者的欣赏趣味呢?显然,不可能存在一个斩钉截铁的标准和整齐划一的趣味。这个选本有意识地瓦解一段时期内所谓的诗史“主流”的观念和此一观念统摄下的作品“定位”、“排序”,同时也有意识地不以另一种单一的观念和趣味取而代之,虽然带有编选者个人的主观倾向,还是想尽可能地呈现出多元的诗观和诗作面貌。

也正是从呈现多元诗观的意图出发,选诗的同时还选录了一些相关的文字,或为他人的评论与描述,或为诗人的自我揭示与剖露。统合起来,这些文字未尝不可以看成一部扼要的诗论选。这些与诗相关联的文字,像诗作之间存在沟通、差异一样,它们之间也存在着彼此呼应和种种不一致,集合在一起,确有“众声喧哗”的效果。希望此种简明的选录方式,不仅能够为读者提供阅读理解的参照,而且能够开拓阅读和理解的空间。这许多种声音,自然会有助于克服某一种或几种单调的声音对阅读和理解的可能性的有意无意的限制。

这里还需要说明一下选本的编排顺序:同一作者的诗作,按写作时间先后顺序排列在一起;作者的先后,对应于入选的最早一首作品的写作时间的先后。大致上,这与文学史的发生序列相符。编者曾经想标明每一首作品的写作时间,后来发现很难做到,但还是有意识地做了一些努力。请有心的人注意作品篇末那些写作(而不是发表)的时间。

在持续时间不能算短的选编过程中,我也持续地接受着来自师友的鼓励和实际帮助,对于我,这其实早已成为日常经验中重要的部分,这一项具体的工作,又把这一重要的部分具体化了。我同时以为,如果把这仅仅看成是对我个人的支持,我就太狭隘太自以为是了,至少它是对一件事情的支持,这一件事情的意义,其中很重要的一点就是以中国新诗为中心联结、汇聚起许许多多的个人,这本诗选也正是献给许许多多的个人的。

"我们空空听过一夜风声,/ 空看了一天的草黄叶红,// 向何处安排我们的思、想? / 但愿这些诗像一面风旗/ 把住一些把不住的事体。"

胡　适
（1891—1962）

我自信颇能用白话作散文，但尚未能用之于韵文；私心颇欲以数年之力，实地练习之。倘数年之后，竟能用文言白话作文作诗，无不随心所欲，岂非一大快事？我此时练习白话韵文，颇似新辟一文学殖民地。可惜须单身匹马而往，不能多得同志结伴而行。然吾去志已决。公等假我数年之期。倘此新国尽是沙碛不毛之地，则我或终归老于“文言诗国”亦未可知；倘幸而有成，则辟除荆棘之后，当开放门户，迎公等同来莅止耳！“狂言人道臣当烹。我自不吐定不快，人言未足为重轻。”足下定笑我狂耳。

——胡适《五年八月四日答任叔永》

……我心里颇有点感触，感触到一种寂寞的难受，所以我写了一首白话小诗，题目就叫做《朋友》（后来才改作《蝴蝶》）…… 这种孤单的情绪，并不含有怨望我的朋友的意思。我回想起来，若没有那一班朋友和我讨论，若没有那一日一邮片，三日一长函的朋友切磋的乐趣，我自己的文学主张决不会经过那几层大变化，决不会渐渐结晶成一个有系统的方案，决不会慢慢的寻出一条光明的大路来。

——胡适《逼上梁山》

蝴　　蝶

两个黄蝴蝶,双双飞上天。
　不知为什么,一个忽飞远。
剩下那一个,孤单怪可怜;
　也无心上天,天上太孤单。

五年八月二十三日

梦与诗

都是平常经验，
都是平常影像，
偶然涌到梦中来，
变幻出多少新奇花样！

都是平常情感，
都是平常言语，
偶然碰着个诗人，
变幻出多少新奇诗句！

醉过才知酒浓，
爱过才知情重：——
你不能做我的诗，
正如我不能做你的梦。

（自跋）这是我的“诗的经验主义”（Poetic empiricism）。简单一句话：做梦尚且要经验做底子，何况做诗？现在人的大毛病就在爱做没有经验做底子的诗。北京一位新诗人说“棒子面一根一根的往嘴里送”；上海一位诗学大家说“昨日蚕一眠，今日蚕二眠，明日蚕三眠，蚕眠人不眠！”吃面养蚕何尝不是世间最容易的事？但没有这种经验的人，连吃面养蚕都不配说。——何况做诗？

九，一〇，一〇

沈尹默

(1883—1971)

在意境上此诗(《月夜》)既是传统的回响(如常见的诗题、自然意象和气氛),也是对传统的否定。最后一行用“却”这个转折语来强调人与自然的平行存在,有别于古典诗中物我浑然一体的境界。如果诗首的“霜风”暗示自然的强凛和个人的孤弱,那么诗人坚持的是后者的卓然独立和超越物质环境的潜能。

——奚密《从边缘出发:论现代汉诗的现代性》

月　夜

霜风呼呼的吹着，
　月光明明的照着。
我和一株顶高的树并排立着，
　　　却没有靠着。

鲁　迅

(1881—1936)

鲁迅先生这一首《他》……好像是新诗里魏晋古风。这首诗里的情思,如果用旧诗来写,一定不能写得这样深刻,而新诗反而有古风的苍凉了。……这首诗所给我的,是"感彼柏下人"的空气。这首诗对于我的印象颇深,我总由这一首《他》联想到鲁迅先生《写在〈坟〉后面》那篇文章……鲁迅先生的《他》则是坟的象征,即是他说的"埋掉自己",即完全是一首诗,乃有感伤。

——废名《谈新诗》

不过是三段打油诗,题作《我的失恋》,是看见当时"阿呀阿唷 ,我要死了"之类的失恋诗盛行,故意做一首"由她去吧"收场的东西,开开玩笑的。这诗后来又添了一段,登在《语丝》上。

——鲁迅《我和〈语丝〉的始终》

他

一

“知了”不要叫了，
他在房中睡着；
“知了”叫了，刻刻心头记着。
太阳去了，“知了”住了，——还没有见他，
待打门叫他，——锈铁链子系着。

二

秋风起了，
快吹开那家窗幕。
开了窗幕，会望见他的双靥。
窗幕开了，——一望全是粉墙，
白吹下许多枯叶。

三

大雪下了，扫出路寻他；
　这路连到山上，山上都是松柏，
　他是花一般，这里如何住得！
不如回去寻他，——阿！回来还是我家。

我的失恋

——拟古的新打油诗

　　我的所爱在山腰;
想去寻她山太高,
低头无法泪沾袍。
爱人赠我百蝶巾;
回她什么:猫头鹰。
从此翻脸不理我,
不知何故兮使我心惊。

　　我的所爱在闹市;
想去寻她人拥挤,
仰头无法泪沾耳。
爱人赠我双燕图;
回她什么:冰糖壶卢。
从此翻脸不理我,
不知何故兮使我胡涂。

　　我的所爱在河滨;
想去寻她河水深,
歪头无法泪沾襟。
爱人赠我金表索;
回她什么:发汗药。
从此翻脸不理我。
不知何故兮使我神经衰弱。

　　我的所爱在豪家;
想去寻她兮没有汽车,

摇头无法泪如麻。
爱人赠我玫瑰花；
回她什么：赤练蛇。
从此翻脸不理我，
不知何故兮——由她去罢。

一九二四年十月三日

影的告别

人睡到不知道时候的时候,就会有影来告别,说出那些话——

有我所不乐意的在天堂里,我不愿去;有我所不乐意的在地狱里,我不愿去;有我所不乐意的在你们将来的黄金世界里,我不愿去。

然而你就是我所不乐意的。

朋友,我不想跟随你了,我不愿住。

我不愿意!

呜乎呜乎,我不愿意,我不如彷徨于无地。

我不过一个影,要别你而沉没在黑暗里了。然而黑暗又会吞并我,然而光明又会使我消失。

然而我不愿彷徨于明暗之间,我不如在黑暗里沉没。

然而我终于彷徨于明暗之间,我不知道是黄昏还是黎明。我姑且举灰黑的手装作喝干一杯酒,我将在不知道时候的时候独自远行。

呜乎呜乎,倘若黄昏,黑夜自然会来沉没我,否则我要被白天消失,如果现是黎明。

朋友,时候近了。

我将向黑暗里彷徨于无地。

你还想我的赠品。我能献你甚么呢?无已,则仍是黑暗和虚空而已。但是,我愿意只是黑暗,或者会消失于你的白天;我愿意只是虚空,决不占你的心地。

我愿意这样,朋友——

我独自远行,不但没有你,并且再没有别的影在黑暗里。只有我被黑暗沉没,那世界全属于我自己。

一九二四年九月二十四日

墓碣文

我梦见自己正和墓碣对立,读着上面的刻辞。那墓碣似是沙石所制,剥落很多,又有苔藓丛生,仅存有限的文句——

……于浩歌狂热之际中寒;于天上看见深渊。于一切眼中看见无所有;于无所希望中得救。……

……有一游魂,化为长蛇,口有毒牙。不以啮人,自啮其身,终以殒颠。……

……离开!……

我绕到碣后,才见孤坟,上无草木,且已颓坏。即从大阙口中,窥见死尸,胸腹俱破,中无心肝。而脸上却绝不显哀乐之状,但蒙蒙如烟然。

我在疑惧中不及回身,然而已看见墓碣阴面的残存的文句——

……抉心自食,欲知本味。创痛酷烈,本味何能知?……

……痛定之后,徐徐食之。然其心已陈旧,本味又何由知?……

……答我。否则,离开!……

我就要离开。而死尸已在坟中坐起,口唇不动,然而说——

"待我成尘时,你将见我的微笑!"

我疾走,不敢反顾,生怕看见他的追随。

一九二五年六月十七日

周作人

(1885—1966)

较为早些日子做新诗的人如果不是受了《尝试集》的影响就是受了周作人先生的启发。而且我想,白话新诗运动,如果不是随着周作人先生的新诗做一个先锋,这回的诗革命恐怕同《人境庐诗草》的作者黄遵宪在三十年前所喊出的“我手写我口,古岂能拘牵,即今流俗语,我若登简编,五千年后人,惊为古斓斑”一样的革不了旧诗的命了。……周作人先生的《小河》,其为新诗第一首杰作事小,其能令人耳目一新,诗原来可以写这么些东西,却是关系白话新诗的成长甚大。

——废名《谈新诗》

我不知道中国的新诗应该怎么样才是,我却知道我无论如何总不是个诗人,现在“诗”这个字不过是假借了来,当作我自己的一种市语罢了。……这些“诗”的文句都是散文的,内中的意思也很平凡,所以拿去当真正的诗看当然要很失望,但如果算他是别种的散文小品,我相信能够表现出当时的情意,亦即是过去的生命,与我所写的普通散文没有什么不同。

——周作人《〈过去的生命〉序》

小　　河

一条小河,稳稳的向前流动。
经过的地方,两面全是乌黑的土,
生满了红的花,碧绿的叶,黄的果实。
一个农夫背了锄来,在小河中间筑起一道堰。
下流干了,上流的水被堰拦着,下来不得,
不得前进,又不能退回,水只在堰前乱转。
水要保住他的生命,总须流动,便只在堰前乱转。
堰下的土,逐渐淘去,成了深潭。
水也不怨这堰,——便只是想流动,
想同从前一般,稳稳的向前流动。
一日农夫又来,土堰外筑起一道石堰。
土堰坍了,水冲着坚固的石堰,还只是乱转。
堰外田里的稻,听着水声,皱眉说道,——
"我是一株稻,是一株可怜的小草,
我喜欢水来润泽我,
却怕他在我身上流过。
小河的水是我的好朋友,
他曾经稳稳的流过我面前,
我对他点头,他向我微笑。
我愿他能够放出了石堰,
仍然稳稳的流着,
向我们微笑,
曲曲折折的尽量向前流着,
经过的两面地方,都变成一片锦绣。
他本是我的好朋友,
只怕他如今不认识我了,
他在地底里呻吟,

听去虽然微细,却又如何可怕!
这不像我朋友平时的声音,
被轻风搀着走上沙滩来时,
快活的声音。
我只怕他这回出来的时候,
不认识从前的朋友了,——
便在我身上大踏步过去。
我所以正在这里忧虑。”
田边的桑树,也摇头说,——
“我生的高,能望见那小河,——
他是我的好朋友,
他送清水给我喝,
使我能生肥绿的叶,紫红的桑葚。
他从前清澈的颜色,
现在变了青黑,
又是终年挣扎,脸上添出许多痉挛的皱纹。
他只是向下钻,早没有功夫对了我点头微笑。
堰下的潭,深过了我的根了。
我生在小河旁边,
夏天晒不枯我的枝条,
冬天冻不坏我的根。
如今只怕我的好朋友,
将我带倒在沙滩上,
伴着他卷来的水草。
我可怜我的好朋友,
但实在也为我自己着急。”
田里的草和蛤蟆,听了两个的话,
也都叹气,各有他们自己的心事。
水只在堰前乱转,
坚固的石堰,还是一毫不摇动。
筑堰的人,不知到那里去了。

一九一九年一月二十四日

饮　酒

　　你有酒么?
你有松香一般的粘酒,
有橄榄油似的软酒么?
我渴的几乎恶心,
渴的将要瞌睡了,
我总是口渴:
喝的只是那无味的凉水。
　　你有酒么?
你有恋爱的鲜红的酒,
有憎恶的墨黑的酒么?
那是上好的酒。
只怕是——我的心老了钝了,
喝着上好的酒,
也只如喝那无味的白水。

一九二三年三月十二日

刘半农

（1891—1934）

作诗本意，只须将思想中最真的一点，用自然音响节奏写将出来便算了事，便算极好。

——刘半农《诗与小说精神上之革新》

《扬鞭集》里的诗当然有好些幼稚的地方，那些幼稚的地方我不禁都很是敬重，很是爱好。幼稚而能令人敬重，令人感好，正是初期白话诗的价值，也正是诗人刘半农的真不可磨灭。

——废名《谈新诗》

教我如何不想他

天上飘着些微云,
地上吹着些微风。
啊!
微风吹动了我头发,
教我如何不想他?

月光恋爱着海洋,
海洋恋爱着月光。
啊!
这般蜜也似的银夜,
教我如何不想他?

水面落花慢慢流,
水底鱼儿慢慢游。
啊!
燕子你说些什么话?
教我如何不想他?

枯树在冷风里摇,
野火在暮色中烧。
啊!
西天还有些儿残霞,
教我如何不想他?

一九二〇年九月四日,伦敦。

一个小农家的暮

她在灶下煮饭,
新砍的山柴,
必必剥剥的响。
灶门里嫣红的火光,
闪着她嫣红的脸,
闪红了她青布的衣裳。

他衔着个十年的烟斗,
慢慢地从田里回来;
屋角里挂去了锄头,
便坐在稻床上,
调弄着只亲人的狗。

他还踱到栏里去,
看一看他的牛,
回头向她说:
“怎样了——
我们新酿的酒?”

门对面青山的顶上
松树的尖头,
已露出了半轮的月亮。

孩子们在场上看着月,
还数着天上的星:
“一,二,三,四……”
“五,八,六,两……”

他们数,他们唱:
“地上人多心不平,
天上星多月不亮”

一九二一年二月七日,伦敦。

郭沫若

(1892—1978)

只有现在的中国青年——五四后之中国青年,他们的烦恼悲哀真像火一样烧着,潮一样涌着,他们觉得这“冷酷如铁”、“黑暗如漆”、“腥秽如血”的宇宙真一秒钟也羁留不得了。他们厌这世界,也厌他们自己。于是急躁者归于自杀,忍耐者力图革新。革新者又觉得意志总敌不住冲动,则抖擞起来,又跌倒下去了。但是他们太溺爱生活了,爱他的甜处,也爱他的辣处。他们决不肯脱逃,也不肯降服。他们的心里只塞满了叫不出的苦,喊不尽的哀。他们的心快塞破了,忽地一个人用海涛的音调,雷霆的声响替他们全盘唱出来了。这个人便是郭沫若,他所唱的就是《女神》。……凤凰的涅槃是一切青年的涅槃。

——闻一多《〈女神〉之时代精神》

他的诗有两样新东西,都是我们传统里没有的:——不但诗里没有——泛神论,与二十世纪的动的和反抗的精神。中国缺乏冥想诗。诗人虽然多是人本主义者,却没有去摸索人生根本问题的。而对于自然,起初是不懂得理会;渐渐懂得了,又只是观山玩水,写入诗只当背景用。看自然作神,作朋友,郭氏诗是第一回。至于动的和反抗的精神,在静的忍耐的文明里,不用说更是没有过的。

——朱自清《〈中国新文学大系·诗集〉导言》

凤凰涅槃

天方国古有神鸟名“菲尼克司”(Phoenix),满五百岁后,集香木自焚,复从死灰中更生,鲜美异常,不再死。

按此鸟殆即中国所谓凤凰:雄为凤,雌为凰。《孔演图》云:“凤凰火精,生丹穴。”《广雅》云:“凤凰……雄鸣曰即即,雌鸣曰足足。”

序　曲

除夕将近的空中,
飞来飞去的一对凤凰,
唱着哀哀的歌声飞去,
衔着枝枝的香木飞来,
飞来在丹穴山上。

山右有枯槁了的梧桐,
山左有消歇了的醴泉,
山前有浩茫茫的大海,
山后有阴莽莽的平原,
山上是寒风凛冽的冰天。

天色昏黄了,
香木集高了,
凤已飞倦了,
凰已飞倦了,
他们的死期将近了。

凤啄香木，
一星星的火点迸飞。
凰扇火星，
一缕缕的香烟上腾。

凤又啄，
凰又扇，
山上的香烟弥散，
山上的火光弥满。

夜色已深了，
香木已燃了，
凤已啄倦了，
凰已扇倦了，
他们的死期已近了！

啊啊！
哀哀的凤凰！
凤起舞，低昂！
凰唱歌，悲壮！
凤又舞，
凰又唱，
一群的凡鸟，
自天外飞来观葬。

凤　　歌

即即！即即！即即！
即即！即即！即即！
茫茫的宇宙，冷酷如铁！
茫茫的宇宙，黑暗如漆！
茫茫的宇宙，腥秽如血！

宇宙呀,宇宙,
你为什么存在?
你自从哪儿来?
你坐在哪儿在?
你是个有限大的空球?
你是个无限大的整块?
你若是有限大的空球,
那拥抱着你的空间
他从哪儿来?
你的外边还有些什么存在?
你若是无限大的整块,
这被你拥抱着的空间
他从哪儿来?
你的当中为什么又有生命存在?
你到底还是个有生命的交流?
你到底还是个无生命的机械?

昂头我问天,
天徒矜高,莫有点儿知识。
低头我问地,
地已死了,莫有点儿呼吸。
伸头我问海,
海正扬声而呜咽。

啊啊!
生在这样个阴秽的世界当中,
便是把金刚石的宝刀也会生锈!
宇宙呀,宇宙,
我要努力地把你诅咒:
你脓血污秽着的屠场呀!
你悲哀充塞着的囚牢呀!
你群鬼叫号着的坟墓呀!

你群魔跳梁着的地狱呀！
你到底为什么存在？

我们飞向西方，
西方同是一座屠场。
我们飞向东方，
东方同是一座囚牢。
我们飞向南方，
南方同是一座坟墓。
我们飞向北方，
北方同是一座地狱。
我们生在这样个世界当中，
只好学着海洋哀哭。

凰　　歌

足足！足足！足足！
足足！足足！足足！
五百年来的眼泪倾泻如瀑。
五百年来的眼泪淋漓如烛。
流不尽的眼泪，
洗不净的污浊，
浇不熄的情炎，
荡不去的羞辱，
我们这缥缈的浮生
到底要向哪儿安宿？

啊啊！
我们这缥缈的浮生
好像那大海里的孤舟。
左也是漶漫，
右也是漶漫，

前不见灯台,
后不见海岸,
帆已破,
樯已断,
楫已飘流,
柁已腐烂,
倦了的舟子只是在舟中呻唤,
怒了的海涛还是在海中泛滥。

啊啊!
我们这缥缈的浮生
好像这黑夜里的酣梦。
前也是睡眠,
后也是睡眠,
来得如飘风,
去得如轻烟,
来如风,
去如烟,
眠在后,
睡在前,
我们只是这睡眠当中的
一刹那的风烟。

啊啊!
有什么意思?
有什么意思?
痴!痴!痴!
只剩些悲哀,烦恼,寂寥,衰败,
环绕着我们活动着的死尸,
贯串着我们活动着的死尸。

啊啊!

我们年青时候的新鲜哪儿去了?
我们年青时候的甘美哪儿去了?
我们年青时候的光华哪儿去了?
我们年青时候的欢爱哪儿去了?
去了!去了!去了!
一切都已去了,
一切都要去了。
我们也要去了,
你们也要去了,
悲哀呀!烦恼呀!寂寥呀!衰败呀!

凤凰同歌

啊啊!
火光熊熊了。
香气蓬蓬了。
时期已到了。
死期已到了。
身外的一切!
身内的一切!
一切的一切!
请了!请了!

群 鸟 歌

岩鹰

哈哈,凤凰!凤凰!
你们枉为这禽中的灵长!
你们死了吗?你们死了吗?
从今后该我为空界的霸王!

孔雀

哈哈,凤凰!凤凰!

你们枉为这禽中的灵长!
你们死了吗? 你们死了吗?
从今后请看我花翎上的威光!

鸱枭

哈哈,凤凰! 凤凰!
你们枉为这禽中的灵长!
你们死了吗? 你们死了吗?
哦! 是哪儿来的鼠肉的馨香?

家鸽

哈哈,凤凰! 凤凰!
你们枉为这禽中的灵长!
你们死了吗? 你们死了吗?
从今后请看我们驯良百姓的安康!

鹦鹉

哈哈,凤凰! 凤凰!
你们枉为这禽中的灵长!
你们死了吗? 你们死了吗?
从今后请听我们雄辩家的主张!

白鹤

哈哈,凤凰! 凤凰!
你们枉为这禽中的灵长!
你们死了吗? 你们死了吗?
从今后请看我们高蹈派的徜徉!

凤 凰 更 生 歌

鸡鸣

昕潮涨了,
昕潮涨了,
死了的光明更生了。

春潮涨了,

春潮涨了,
死了的宇宙更生了。

生潮涨了,
生潮涨了,
死了的凤凰更生了。

凤凰和鸣

我们更生了。
我们更生了。
一切的一,更生了。
一的一切,更生了。
我们便是他,他们便是我。
我中也有你,你中也有我。
我便是你。
你便是我。
火便是凰。
凤便是火。
翱翔！翱翔!
欢唱！欢唱!

我们光明呀!
我们光明呀!
一切的一,光明呀!
一的一切,光明呀!
光明便是你,光明便是我!
光明便是"他",光明便是火!
　　火便是你!
　　火便是我!
　　火便是"他"!
　　火便是火!
　　翱翔！翱翔!
　　欢唱！欢唱!

我们新鲜呀!
我们新鲜呀!
一切的一,新鲜呀!
一的一切,新鲜呀!
新鲜便是你,新鲜便是我!
新鲜便是“他”,新鲜便是火!
　　火便是你!
　　火便是我!
　　火便是“他”!
　　火便是火!
　　翱翔! 翱翔!
　　欢唱! 欢唱!

我们华美呀!
我们华美呀!
一切的一,华美呀!
一的一切,华美呀!
华美便是你,华美便是我!
华美便是“他”,华美便是火!
　　火便是你!
　　火便是我!
　　火便是“他”!
　　火便是火!
　　翱翔! 翱翔!
　　欢唱! 欢唱!

我们芬芳呀!
我们芬芳呀!
一切的一,芬芳呀!
一的一切,芬芳呀!
芬芳便是你,芬芳便是我!
芬芳便是“他”,芬芳便是火!

火便是你！
火便是我！
火便是“他”！
火便是火！
翱翔！翱翔！
欢唱！欢唱！

我们和谐呀！
我们和谐呀！
一切的一，和谐呀！
一的一切，和谐呀！
和谐便是你，和谐便是我！
和谐便是“他”，和谐便是火！
火便是你！
火便是我！
火便是“他”！
火便是火！
翱翔！翱翔！
欢唱！欢唱！

我们欢乐呀！
我们欢乐呀！
一切的一，欢乐呀！
一的一切，欢乐呀！
欢乐便是你，欢乐便是我！
欢乐便是“他”，欢乐便是火！
火便是你！
火便是我！
火便是“他”！
火便是火！
翱翔！翱翔！
欢唱！欢唱！

我们热诚呀!
我们热诚呀!
一切的一,热诚呀!
一的一切,热诚呀!
热诚便是你,热诚便是我!
热诚便是“他”,热诚便是火!
　　火便是你!
　　火便是我!
　　火便是“他”!
　　火便是火!
　　翱翔! 翱翔!
　　欢唱! 欢唱!

我们雄浑呀!
我们雄浑呀!
一切的一,雄浑呀!
一的一切,雄浑呀!
雄浑便是你,雄浑便是我!
雄浑便是“他”,雄浑便是火!
　　火便是你!
　　火便是我!
　　火便是“他”!
　　火便是火!
　　翱翔! 翱翔!
　　欢唱! 欢唱!

我们生动呀!
我们生动呀!
一切的一,生动呀!
一的一切,生动呀!
生动便是你,生动便是我!
生动便是“他”,生动便是火!

火便是你！
火便是我！
火便是"他"！
火便是火！
翱翔！翱翔！
欢唱！欢唱！

我们自由呀！
我们自由呀！
一切的一，自由呀！
一的一切，自由呀！
自由便是你，自由便是我！
自由便是"他"，自由便是火！
火便是你！
火便是我！
火便是"他"！
火便是火！
翱翔！翱翔！
欢唱！欢唱！

我们恍惚呀！
我们恍惚呀！
一切的一，恍惚呀！
一的一切，恍惚呀！
恍惚便是你，恍惚便是我！
恍惚便是"他"，恍惚便是火！
火便是你！
火便是我！
火便是"他"！
火便是火！
翱翔！翱翔！
欢唱！欢唱！

我们神秘呀!
我们神秘呀!
一切的一,神秘呀!
一的一切,神秘呀!
神秘便是你,神秘便是我!
神秘便是“他”,神秘便是火!
　　火便是你!
　　火便是我!
　　火便是“他”!
　　火便是火!
　　翱翔!翱翔!
　　欢唱!欢唱!

我们悠久呀!
我们悠久呀!
一切的一,悠久呀!
一的一切,悠久呀!
悠久便是你,悠久便是我!
悠久便是“他”,悠久便是火!
　　火便是你!
　　火便是我!
　　火便是“他”!
　　火便是火!
　　翱翔!翱翔!
　　欢唱!欢唱!

我们欢唱!
我们欢唱!
一切的一,常在欢唱!
一的一切,常在欢唱!
是你在欢唱?是我在欢唱?
是“他”在欢唱?是火在欢唱?

欢唱在欢唱!
只有欢唱!
只有欢唱!
只有欢唱!
欢唱!
　欢唱!
　　欢唱!

天　　狗

一

我是一条天狗呀!
我把月来吞了,
我把日来吞了,
我把一切的星球来吞了,
我把全宇宙来吞了。
我便是我了!

二

我是月的光,
我是日的光,
我是一切星球的光,
我是 X 光线的光,
我是全宇宙的 Energy* 底总量!

三

我飞奔,
我狂叫,
我燃烧。
我如烈火一样地燃烧!
我如大海一样地狂叫!
我如电气一样地飞跑!

---

* 物理学所研究的"能"。

我飞跑，
我飞跑，
我飞跑，
我剥我的皮，
我食我的肉，
我吸我的血，
我啮我的心肝，
我在我神经上飞跑，
我在我脊髓上飞跑，
我在我脑筋上飞跑。

我便是我呀！
我的我要爆了！

一九二〇年

冰　心

(1900—1999)

一九一九年的冬夜,和弟弟冰仲围炉读泰戈尔(R. Tagore)的《迷途之鸟》(Stray Birds),冰仲和我说:"你不是常说有时思想太零碎了,不容易写成篇段么?其实也可以这样的收集起来"。从那时起,我有时就记下在一个小本子里。

一九二〇年的夏日,二弟冰叔从书堆里,又翻出这小本子来。他重新看了,又写了"繁星"两个字,在第一页上。

一九二一年的秋日,小弟弟冰季说,"姊姊!你这些小故事,也可以印在纸上么?"我就写下末一段,将它发表了。

是两年前零碎的思想,经过三个小孩子的鉴定。《繁星》的序言,就是这个。

——冰心《〈繁星〉自序》

繁　　星(选五首)

一

繁星闪烁着——
　深蓝的太空，
　何曾听得见它们对语？
沉默中，
　微光里，
　　它们深深的互相颂赞了。

二一

窗外的琴弦拨动了，
　我的心呵！
怎只深深的绕在余音里？
是无限的树声，
　是无限的月明。

五二

轨道旁的花儿和石子！
只这一秒的时间里，
　我和你
　　是无限之生中的偶遇，
　　　也是无限之生中的永别；
再来时，
　万千同类中，
　　何处更寻你？

七五

父亲呵!
出来坐在月明里,
　我要听你说你的海。

一三一

大海呵,
　哪一颗星没有光?
　哪一朵花没有香?
　哪一次我的思潮里
　　没有你波涛的清响?

一九一九～一九二一年

纸　　船

寄母亲

我从不肯妄弃了一张纸，
　总是留着——留着，
叠成一只一只很小的船儿，
　从舟上抛下在海里。

有的被天风吹卷到舟中的窗里，
　有的被海浪打湿，沾在船头上。
我仍是不灰心的每天的叠着，
　总希望有一只能流到我要它到的地方去。

母亲，倘若你梦中看见一只很小的白船儿，
　不要惊讶它无端入梦。
这是你至爱的女儿含着泪叠的，万水千山，
　求它载着她的爱和悲哀归去。

一九二三年

徐玉诺

(1893—1958)

当现代诗在更大程度上具有个人意义和美学意涵的同时,它却失去了过去公认的社会道德意义。诗近乎个人宗教,或用马拉美的话说,它是"危机状态的语言"。徐玉诺写于一九二一年的《诗》细微地表现了这个理念……黑暗僻静的森林里充满了诗歌的奇妙音乐,它使阴森的氛围变得富有生机,甚至吸引了最渺小的造物的倾听。"轻轻地捧着那些奇怪的小诗"的诗人正像是一至高无上的艺术的祭司。这首诗流露出明显的象征主义的倾向,尽管这样的影响既不能在诗人的整体作品中找到证明,也不为诗人所自觉。

——奚密《诗的新向度:从传统到现代的转化》

诗

轻轻地捧着那些奇怪的小诗，
慢慢地走入林去；
小鸟们默默地向我点头，
小虫儿向我瞥眼。
我走入更阴森更深密的林中，
暗把那些奇怪东西放在湿漉漉的草上。

看啊，这个林中！
一个个小虫都张出他的面孔来，
一个个小叶都睁开他的眼睛来，
音乐是杂乱的美妙，
树林中，这里，那里，
满满都是奇异的，神秘的诗丝织着。

一九二一年

李金发

(1900—1976)

他民九就作诗,但《微雨》出版已经是十四年十一月。"导言"里说不顾全诗的体裁,"苟能表现一切";他要表现的是"对于生命欲揶揄的神秘及悲哀的美丽"。讲究用比喻,有"诗怪"之称;但不将那些比喻放在明白的间架里。他的诗没有寻常的章法,一部分一部分可以懂,合起来却没有意思。他要表现的不是意思而是感觉或情感;仿佛大大小小红红绿绿一串珠子,他却藏起那串儿,你得自己穿着瞧。这就是法国象征诗人的手法;李氏是第一个人介绍它到中国诗里。许多人抱怨看不懂,许多人却在模仿着。他的诗不缺乏想象力,但不知是创新语言的心太切,还是母舌太生疏,句法过于欧化,教人像读着翻译;又夹杂着些文言里的叹词语助词,更加不像——虽然也可以说是自由诗体制。

——朱自清《〈中国新文学大系·诗集〉导言》

弃　　妇

长发披遍我两眼之前，
遂隔断了一切羞恶之疾视，
与鲜血之急流，枯骨之沉睡。
黑夜与蚊虫联步徐来，
越此短墙之角，
狂呼在我清白之耳后，
如荒野狂风怒号，
战栗了无数游牧。

靠一根草儿，与上帝之灵往返在空谷里，
我的哀戚惟游蜂之脑能深印着；
或与山泉长泻在悬崖，
然后随红叶而俱去。

弃妇之隐忧堆积在动作上，
夕阳之火不能把时间之烦闷
化成灰烬，从烟突里飞去，
长染在游鸦之羽，
将同栖止于海啸之石上，
静听舟子之歌。

衰老的裙裾发出哀吟，
徜徉在丘墓之侧，
永无热泪，
点滴在草地，
为世界之装饰。

夜　之　歌

我们散步在死草上,
悲愤纠缠在膝下。

粉红之记忆,
如道旁朽兽,发出奇臭,

遍布在小城里,
扰醒了无数甜睡。

我已破之心轮,
永转动在泥污下。

不可辨之辙迹,
惟温爱之影长印着。

噫吁!数千年如一日之月色,
终久明白我的想象,

任我在世界之一角,
你必把我的影儿倒映在无味之沙石上。

但这不变之反照,衬出屋后之深黑,
亦太机械而可笑了。

大神!起你的铁锚,
我烦厌诸生物之污气。

疾步之足音，
扰乱之琴之悠扬。

神奇之年岁，
我将食园中香草而了之；

彼人已失其心，
混杂在行商之背而远走。

大家辜负，
留下静寂之仇视。

任“海誓山盟”，
“桥溪人语”，

你总把灵魂儿，
遮住可怖之岩穴，

或一齐老死于沟壑，
如落魄之豪士。

但我们之躯体，
既遍染硝磺。

枯老之池沼里，
终能得一休息之藏所么？

一九二二年，Dijon。

有　　感

如残叶溅
　血在我们
　　脚上，

生命便是
　死神唇边
　　的笑。

半死的月下，
　载饮载歌，
　　裂喉的音
随北风飘散。
　　　吁！
抚慰你所爱的去。

开你户牖
使其羞怯，
　征尘蒙其
　　可爱之眼了。
此是生命
　之羞怯
　　与愤怒么？
如残叶溅
　血在我们
　　脚上。

生命便是
　死神唇边
　　的笑。

闻一多

（1899—1946）

我们试看闻一多的诗，有很多首是心理学上所说的“死亡的欲望”的，比如一首早期的诗《烂果》……但“烂”与“死”（他很多诗用这个题材）就一定可以新生吗？闻一多实在没有很大的信心……他往往期待奇迹的出现。从他一九三〇年写的《奇迹》里，可以看出他在诗的艺术里追求的心迹……只要那奇迹出现，他绝不浪费力气去“剥开顽石来诛求白玉的温润”（像他在诗的格律里寻求音乐、绘画、建筑的融合，硬要穿着脚镣去跳舞），也不再去鞭挞“丑”，逼那份背面的意义（像他在《死水》那首诗那样），他实在想要“整个的、正面的美”……这首诗，除了流露了闻一多在贫乏的时代里对诗的艺术的追迹之外，还显示了“认同危机”中的另一个层面。像流放在外的人（这包括屈原、杜甫在内），面临文化的冲击，一时无法肯定眼前世界的完整，便设法用内心的世界（对诗人来说，用文字创造的一个世界）来驾驭及补足外在世界的贫乏。所以当闻一多说，他要的是这些事物的“结晶”，是外在事物精髓的提炼，而奇迹出现时，出来的不是一个人间的女子，而是“戴着一个圆光的你！”是文字所升华出来的造物！这几乎是象征主义者马拉梅所说的：“我说一朵花，不是地面上或花铺里看到的花，而是一朵由文字里音乐地升起的花！”

——叶维廉《语言的策略与历史的关联》

忆　菊
——重阳前一日作

插在长颈的虾青瓷的瓶里,
六方的水晶瓶里的菊花,
攒在紫藤仙姑篮里的菊花;
守着酒壶的菊花,
陪着螯盏的菊花;
未放,将放,半放,盛放的菊花。

镶着金边的绛色的鸡爪菊;
粉红色的碎瓣的绣球菊!
懒慵慵的江西腊哟;
倒挂着一饼蜂窠似的黄心,
仿佛是朵紫的向日葵呢。
长瓣抱心,密瓣平顶的菊花;
柔艳的尖瓣攒蕊的白菊
如同美人底蜷着的手爪,
拳心里攫着一撮儿金粟。

檐前,阶下,篱畔,圃心底菊花:
霭霭的淡烟笼着的菊花,
丝丝的疏雨洗着的菊花,——
金底黄,玉底白,春酿底绿,秋山底紫,……

剪秋萝似的小红菊花儿;
从鹅绒到古铜色的黄菊;
带紫茎的微绿色的"真菊"
是些小小的玉管儿缀成的,

为的是好让小花神儿
夜里偷去当了笙儿吹着。

大似牡丹的菊王到底奢豪些，
他的枣红色的瓣儿，铠甲似的，
张张都装上银白的里子了；
星星似的小菊花蕾儿
还拥着褐色的萼被睡着觉呢。

啊！自然美底总收成啊！
我们祖国之秋底杰作啊！
啊！东方底花，骚人逸士底花呀！
那东方底诗魂陶元亮
不是你的灵魂底化身吧？
那祖国底登高饮酒的重九
不又是你诞生底吉辰吗？

你不像这里的热欲的蔷薇，
那微贱的紫萝兰更比不上你。
你是有历史，有风俗的花。
啊！四千年的花胄底名花呀！
你有高超的历史，你有逸雅的风俗！

啊！诗人底花呀！我想起你，
我的心也开成顷刻之花，
灿烂的如同你的一样；
我想起你同我的家乡，
我们的庄严灿烂的祖国，
我的希望之花又开得同你一样。

习习的秋风啊！吹着，吹着！
我要赞美我祖国底花！
我要赞美我如花的祖国！

请将我的字吹成一簇鲜花,
金底黄,玉底白,春酿底绿,秋山底紫,……
然后又统统吹散,吹得落英缤纷,
弥漫了高天,铺遍了大地!

秋风啊!习习的秋风啊!
我要赞美我祖国底花!
我要赞美我如花的祖国!

闻一多先生的书桌

忽然一切的静物都讲话了，
　忽然间书桌上怨声腾沸：
墨盒呻吟道“我渴得要死！”
　字典喊雨水渍湿了他的背；

信笺忙叫道弯痛了他的腰；
　钢笔说烟灰闭塞了他的嘴，
毛笔讲火柴烧秃了他的须，
　铅笔抱怨牙刷压了他的腿，
香炉咕喽着“这些野蛮的书
　早晚定规要把你挤倒了！”
大钢表叹息快睡锈了骨头；
　“风来了！风来了！”稿纸都叫了；

笔洗说他分明是盛水的，
　怎么吃得惯臭辣的雪茄灰；
桌子怨一年洗不上两回澡，
　墨水壶说“我两天给你洗一回。”
“什么主人？谁是我们的主人？”
　一切的静物都同声骂道，
“生活若果是这般的狼狈，
　倒还不如没有生活的好！”

主人咬着烟斗迷迷的笑，
　“一切的众生应该各安其位。
我何曾有意的糟蹋你们，
　秩序不在我的能力之内。”

死　　水

这是一沟绝望的死水，
清风吹不起半点漪沦。
不如多扔些破铜烂铁，
爽性泼你的剩菜残羹。

也许铜的要绿成翡翠，
铁罐上锈出几瓣桃花；
再让油腻织一层罗绮，
霉菌给他蒸出些云霞。

让死水酵成一沟绿酒，
飘满了珍珠似的白沫；
小珠们笑声变成大珠，
又被偷酒的花蚊咬破。

那么一沟绝望的死水，
也就夸得上几分鲜明。
如果青蛙耐不住寂寞，
又算死水叫出了歌声。

这是一沟绝望的死水，
这里断不是美的所在，
不如让给丑恶来开垦，
看他造出个什么世界。

忘 掉 她

忘掉她,像一朵忘掉的花,——
　那朝霞在花瓣上,
　那花心的一缕香——
忘掉她,像一朵忘掉的花!

忘掉她,像一朵忘掉的花!
　像春风里一出梦,
　像梦里的一声钟,
忘掉她,像一朵忘掉的花!

忘掉她,像一朵忘掉的花!
　听蟋蟀唱得多好,
　看墓草长得多高;
忘掉她,像一朵忘掉的花!

忘掉她,像一朵忘掉的花!
　她已经忘记了你,
　她什么都记不起;
忘掉她,像一朵忘掉的花!

忘掉她,像一朵忘掉的花!
　年华那朋友真好,
　他明天就教你老;
忘掉她,像一朵忘掉的花!

忘掉她,像一朵忘掉的花!
　如果是有人要问,

　就说没有那个人;
忘掉她,像一朵忘掉的花!

忘掉她,像一朵忘掉的花!
　像春风里一出梦,
　像梦里的一声钟,
忘掉她,像一朵忘掉的花!

奇　　迹

我要的本不是火齐的红，或半夜里
桃花潭水的黑，也不是琵琶的幽怨，
蔷薇的香，我不曾真心爱过文豹的矜严，
我要的婉娈也不是任何白鸽所有的。
我要的本不是这些，而是这些的结晶，
比这一切更神奇得万倍的一个奇迹！
可是，这灵魂是真饿得慌，我又不能
让他缺着供养，那么，即便是糟糠，
你也得募化不是？天知道，我不是
甘心如此，我并非倔强，亦不是愚蠢，
我是等你不及，等不及奇迹的来临！
我不敢让灵魂缺着供养，谁不知道
一树蝉鸣，一壶浊酒，算得了什么，
纵提到烟峦，曙壑，或更璀璨的星空，
也只是平凡，最无所谓的平凡，犯得着
惊喜得没主意，喊着最动人的名儿，
恨不得黄金铸字，给装在一支歌里？
我也说但为一阕莺歌便噙不住眼泪
那未免太支离，太玄了，简直不值当。
谁晓得，我可不能不那样：这心是真
饿得慌，我不能不节省点，把藜藿
权当作膏粱。
　　　　　　可也不妨明说，只要你——
只要奇迹露一面，我马上就抛弃平凡
我再不瞅着一张霜叶梦想春花的艳
再不浪费这灵魂的膂力，剥开顽石
来诛求白玉的温润，给我一个奇迹，

我也不再去鞭挞着“丑”,逼他要
那份背面的意义;实在我早厌恶了
这些勾当,这附会也委实是太费解了。
我只要一个明白的字,舍利子似的闪着
宝光,我要的是整个的,正面的美。
我并非倔强,并不是愚蠢,我不会看见
团扇,悟不起扇后那天仙似的人面。
那么
　　我便等着,不管等到多少轮回以后——
既然当初许下心愿,也不知道是在多少
轮回以前——我等,我不抱怨,只静候着
一个奇迹的来临。总不能没有那一天
让雷来劈我,火山来烧,全地狱翻起来
扑我,……害怕吗?你放心,反正罡风
吹不熄灵魂的灯,愿这蜕壳化成灰烬,
不碍事,因为那,那便是我的一刹那
一刹那的永恒——一阵异香,最神秘的
肃静,(日,月,一切星球的旋动早被
喝住,时间也止步了)最浑圆的和平……
我听见阊阖的户枢砉然一响,
传来一片衣裙的綷縩——那便是奇迹——
半启的金扉中,一个戴着圆光的你!

徐志摩

（1896—1931）

诗人也是一种痴鸟，他把他的柔软的心宫紧抵着蔷薇的花刺，口里不住的唱着星月的光辉和人类的希望，非到他的心血滴出来把白衣染成大红花他不住口。他的痛苦和快乐是浑成一片的。

——徐志摩《〈猛虎集〉序》

我在康桥的日子可真是享福，深怕这辈子再也得不到那样甜蜜的机会了。我不敢说康桥给了我多少学问或是教会了我什么。我不敢说受了康桥的洗礼，一个人就会变气息，脱凡胎。我敢说的是——就我个人说，我的眼是康桥教我睁的，我的就知欲是康桥给我拨动的，我的自我意识是康桥给我胚胎的。

——徐志摩《吸烟与文化（牛津）》

毒　药

今天不是我歌唱的日子,我口边涎着狞恶的微笑,不是我说笑的日子,我胸怀间插着发冷光的利刃;

相信我,我的思想是恶毒的因为这世界是恶毒的,我的灵魂是黑暗的因为太阳已经灭绝了光彩,我的声调是像坟堆里的夜鸮因为人间已经杀尽了一切的和谐,我的口音像是冤鬼责问他的仇人因为一切的恩已经让路给一切的怨;

但是相信我,真理是在我的话里虽则我的话像是毒药,真理是永远不含糊的虽则我的话里仿佛有两头蛇的舌,蝎子的尾尖,蜈蚣的触须;只因为我的心里充满着比毒药更强烈,比咒诅更狠毒,比火焰更猖狂,比死更深奥的不忍心与怜悯心与爱心,所以我说的话是毒性的,咒诅的,燎灼的,虚无的;

相信我,我们一切的准绳已经埋没在珊瑚土打紧的墓宫里,最劲冽的祭肴的香味也穿不透这严封的地层:一切的准则是死了的;

我们一切的信心像是顶烂在树枝上的风筝,我们手里擎着这迸断了的鹞线:一切的信心是烂了的;

相信我,猜疑的巨大的黑影,像一块乌云似的,已经笼盖着人间一切的关系:人子不再悲哭他新死的亲娘,兄弟不再来携着他姊妹的手,朋友变成了寇仇,看家的狗回头来咬他主人的腿:是的,猜疑淹没了一切;在路旁坐着啼哭的,在街心里站着的,在你窗前探望的,都是被奸污的处女:池潭里只见些烂破的鲜艳的荷花;

在人道恶浊的涧水里流着,浮荇似的,五具残缺的尸体,它们是仁义礼智信,向着时间无尽的海澜里流去;

这海是一个不安靖的海,波涛猖獗的翻着,在每个浪头的小白帽上分明的写着人欲与兽性;

到处是奸淫的现象:贪心搂抱着正义,猜忌逼迫着同情,

懦怯狎亵着勇敢,肉欲侮弄着恋爱,暴力侵凌着人道,黑暗践踏着光明;

听呀,这一片淫猥的声响,听呀,这一片残暴的声响;

虎狼在热闹的市街里,强盗在你们妻子的床上,罪恶在你们深奥的灵魂里……

“我不知道风是在哪一个方向吹”

我不知道风
是在哪一个方向吹——
我是在梦中,
在梦的轻波里依洄。

我不知道风
是在哪一个方向吹——
我是在梦中,
她的温存,我的迷醉。

我不知道风
是在哪一个方向吹——
我是在梦中,
甜美是梦里的光辉。

我不知道风
是在哪一个方向吹——
我是在梦中,
她的负心,我的伤悲。

我不知道风
是在哪一个方向吹——
我是在梦中,
在梦的悲哀里心碎!

我不知道风
是在哪一个方向吹——
我是在梦中,
黯淡是梦里的光辉。

再别康桥

轻轻的我走了，
　正如我轻轻的来；
我轻轻的招手，
　作别西天的云彩。

那河畔的金柳，
　是夕阳中的新娘；
波光里的艳影，
　在我的心头荡漾。

软泥上的青荇，
　油油的在水底招摇：
在康河的柔波里，
　我甘心做一条水草！

那榆荫下的一潭，
　不是清泉，是天上虹
揉碎在浮藻间，
　沉淀着彩虹似的梦。

寻梦？撑一支长篙，
　向青草更青处漫溯，
满载一船星辉，
　在星辉斑斓里放歌。

但我不能放歌，
　悄悄是别离的笙箫；

夏虫也为我沉默,
　沉默是今晚的康桥!

悄悄的我走了,
　正如我悄悄的来;
我挥一挥衣袖,
　不带走一片云彩。

十一月六日　中国海上

梁宗岱

（1903—1983）

黄昏暮霭中，祈望自身的夙愿，渴望“幽微的片红”来到面前，完成虔诚的晚祷。我们很清楚地感到诗人的情绪和他所创造的氛围，也在一些新奇的比喻和描写中，可以知道诗人祈祷的心境，但是他的“悔恨”，他的“狂热的从前”——“痴妄地采撷世界的花朵”，像一个谜语，它的准确的内涵，就不那么容易说得清楚了。或许象征自身青年的不羁与狂傲，或许象征从前追求生活美与享乐的野心……，这一点的模糊，正是诗人创作这篇作品时追求的艺术效果。他的热衷于法国象征主义诗歌与他的诗美创造的追求基本是一致的。

——孙玉石《中国现代主义诗潮史论》

当暮色苍茫，颜色，芳香和声音底轮廓渐渐由模糊而消灭，在黄昏底空中舞成一片的时候，你抬头蓦地看见西方孤零零的金星像一滴秋泪似的晶莹欲坠，你底心头也感到——是不是？——刹那间幸福底怅望与爱底悸动，因为一阵无名的寒颤，有一天，透过你底身躯和灵魂，使你恍然于你和某条线纹，柔纤或粗壮，某个形体，妩媚或雄壮，或某种步态，婀娜或灵活，有前定的密契与夙缘；于是，不可解的狂渴在你舌根，冰冷的寂寞在你心头，如焚的乡思底烦躁在灵魂里，你发觉你自己是迷了途的半阕枯涩的歌词，你得要不辞万苦千辛去追寻那和谐的半阕，在那里实现你底美满圆融的音乐。

——梁宗岱《象征主义》

晚　　祷(选一首)

——呈敏慧

二

我独自地站在篱边。
主呵,在这暮霭底茫昧中:
温软的影儿恬静地来去,
牧羊儿正开始他野蔷薇底幽梦。
我独自地站在这里,
悔恨而沉思着我狂热的从前,
痴妄地采撷世界底花朵。
我只含泪地期待着——
祈望有幽微的片红
给春暮阑珊的东风
不经意地吹到我底面前:
虔诚地静谧地,
在黄昏星忏悔底温光中
完成我感恩底晚祷。

一九二四,六,一

朱 湘

(1904—1933)

使诗的风度,显着平湖的微波的那种小小的皱纹,然而却因这微皱,更显出寂静,是朱湘的诗歌。能以清明无邪的眼观察一切,能以无渣滓的心领会一切。大千世界的光色,皆以悦目的调子为诗人所接受,各样的音籁,皆以悦耳的调子为诗人所接受。作者的诗,代表了中国十年来诗歌一个方向,是自然诗人用农民感情从容歌咏而成的从容方向。爱,流血,皆无冲突,皆在那名词下看到和谐同美,因此作者的诗,是以这同一时代要求取分离样子独自存在的。

……

以一个东方民族的情感,对自然所感到的音乐与图画意味,由文字结合,成为一首诗,这文字,也是采取自己一个民族文学中所遗留的文字,用东方的声音,唱东方的歌曲,使诗歌从歌曲意义中显出完美,《采莲曲》在中国新诗的发展上,也是非常有意义的。

……

生活使作者性情乖僻,却并不使诗人在作品上显出纷乱。作者那种安详与细腻,因此使作者的诗,乃在一个带着古典与奢华而成就的地位上存在,去整个的文学兴趣离远了。

——沈从文《论朱湘的诗》

葬　　我

葬我在荷花池内,
耳边有水蚓拖声,
在绿荷叶的灯上
萤火虫时暗时明——

葬我在马缨花下,
永作着芬芳的梦——
葬我在泰山之巅,
风声呜咽过孤松——

不然,就烧我成灰,
投入泛滥的春江,
与落花一同漂去
无人知道的地方。

十四,二,二

采　莲　曲

小船呀轻飘，
杨柳呀风里颠摇；
荷叶呀翠盖，
荷花呀人样娇娆。
日落，
微波，
金丝闪动过小河。
左行，
右撑，
莲舟上扬起歌声。

菡萏呀半开，
蜂蝶呀不许轻来，
绿水呀相伴，
清净呀不染尘埃。
溪间
采莲，
水珠滑走过荷钱。
拍紧，
拍轻，
桨声应答着歌声。

藕心呀丝长，
羞涩呀水底深藏：
不见呀蚕茧
丝多呀蛹裹中央
溪头

采藕
女郎要采又夷犹。
波沉,
波升,
波上抑扬着歌声。

莲蓬呀子多:
两岸呀榴树婆娑,
喜鹊呀喧噪,
榴花呀落上新罗。
溪中
采蓬,
耳鬓边晕着微红。
风定,
风生,
风飏荡漾着歌声。

升了呀月钩,
明了呀织女牵牛;
薄雾呀拂水,
凉风呀飘去莲舟。
花芳
衣香
消溶入一片苍茫;
时静
时闻
虚空里袅着歌音。

十四,十,二四

冯 至

(1905—1993)

这开端是偶然的，但是自己的内心里渐渐感到一个责任：有些体验，永远在我的脑海里再现，有些人物，我不断地从他们那里吸收养分，有些自然现象，它们给我许多启示：我为什么不给他们留下一些感谢的纪念呢？由于这个念头，于是从历史上不朽的精神到无名的村童农妇，从远方的千古的名城到山坡上的飞虫小草，从个人的一小段生活到许多人共同的遭遇，凡是和我的生命发生深切的关联的，对于每件事物我都写出一首诗：有时一天写出两三首，有时写出半首便搁浅了，过了一长久的时间才能完成。这样一共写了二十七首。到秋天生了一场大病，病后孑然一身，好像一无所有，但等到体力渐渐恢复，取出这二十七首诗重新整理誊录时，精神上感到一阵轻松，因为我完成了一个责任。

——冯至《〈十四行集〉序》

冯至《十四行集》……从形式到内容反应了中国新诗与世界诗潮的交流和渗透，是四十年代新诗现代化的一座奇峰。它融会了古典诗人杜甫的情怀、德国浪漫主义诗人歌德的高度哲理和奥地利早期现代主义诗人里尔克的沉思和敏感。这本诗至今还没有被广大的读者所完全认识，原因是在冯至和广大读者之间还存在着文化沟。随着我们教育文化的普及和提高，人们会理解它的重要性，特别是作为中国新诗走向世界的一个路标的意义。

——郑敏《回顾中国现代主义新诗的发展，并谈当前先锋派新诗创作》

蛇

我的寂寞是一条蛇,
静静地没有言语。
你万一梦到它时,
千万啊,不要悚惧!

它是我忠诚的侣伴,
心里害着热烈的乡思:
它想那茂密的草原——
你头上的、浓郁的乌丝。

它月影一般轻轻地
从你那儿轻轻走过;
它把你的梦境衔了来,
像一只绯红的花朵。

一九二六

十四行集(选九首)

一

我们准备着深深地领受
那些意想不到的奇迹,
在漫长的岁月里忽然
有彗星的出现,狂风乍起:

我们的生命在这一瞬间,
仿佛在第一次的拥抱里
过去的悲欢忽然在眼前
凝结成屹然不动的形体。

我们赞颂那些小昆虫,
它们经过了一次交媾
或是抵御了一次危险,

便结束它们美妙的一生。
我们整个的生命在承受
狂风乍起,彗星的出现。

二

什么能从我们身上脱落,
我们都让它化作尘埃:
我们安排我们在这时代
像秋日的树木,一棵棵

把树叶和些过迟的花朵
都交给秋风,好舒开树身
伸入严冬;我们安排我们
在自然里,像蜕化的蝉蛾

把残壳都丢在泥里土里;
我们把我们安排给那个
未来的死亡,像一段歌曲,

歌声从音乐的身上脱落,
归终剩下了音乐的身躯
化作一脉的青山默默。

四[①]

我常常想到人的一生,
便不由得要向你祈祷。
你一丛白茸茸的小草
不曾辜负了一个名称;

但你躲避着一切名称,
过一个渺小的生活,
不辜负高贵和洁白,
默默地成就你的死生。

一切的形容、一切喧嚣
到你身边,有的就凋落,
有的化成了你的静默:

这是你伟大的骄傲
却在你的否定里完成。

---

① 鼠曲草在欧洲许多国家都称作 Edelweiss,这是一德国字,可译为贵白草。

我向你祈祷，为了人生。

十六

我们站立在高高的山巅
化身为一望无边的远景，
化成面前的广漠的平原，
化成平原上交错的蹊径。

哪条路，哪道水，没有关联，
哪阵风，哪片云，没有呼应：
我们走过的城市、山川，
都化成了我们的生命。

我们的生长，我们的忧愁
是某某山坡的一棵松树，
是某某城上的一片浓雾；

我们随着风吹，随着水流，
化成平原上交错的蹊径，
化成蹊径上行人的生命。

十七

你说，你最爱看这原野里
一条条充满生命的小路，
是多少无名行人的步履
踏出来这些活泼的道路。

在我们心灵的原野里
也有一条条宛转的小路，
但曾经在路上走过的
行人多半已不知去处：

寂寞的儿童、白发的夫妇,
还有些年纪青青的男女,
还有死去的朋友,他们都

给我们踏出来这些道路;
我们纪念着他们的步履
不要荒芜了这几条小路。

十八

我们常常度过一个亲密的夜
在一间生疏的房里,它白昼时
是什么模样,我们都无从认识,
更不必说它的过去未来。原野

一望无边地在我们窗外展开,
我们只依稀地记得在黄昏时
来的道路,便算是对它的认识,
明天走后,我们也不再回来。

闭上眼吧!让那些亲密的夜
和生疏的地方织在我们心里:
我们的生命像那窗外的原野,

我们在朦胧的原野上认出来
一棵树,一闪湖光;它一望无际
藏着忘却的过去,隐约的将来。

二十

有多少面容,有多少语声
在我们梦里是这般真切,
不管是亲密的还是陌生:

是我自己的生命的分裂

可是融合了许多的生命,
在融合后开了花,结了果?
谁能把自己的生命把定
对着这茫茫如水的夜色,

谁能让他的语声和面容
只在些亲密的梦里萦回?
我们不知已经有多少回

被映在一个辽远的天空,
给船夫或沙漠里的行人
添了些新鲜的梦的养分。

二一

我们听着狂风里的暴雨,
我们在灯光下这样孤单,
我们在这小小的茅屋里
就是和我们用具的中间

也有了千里万里的距离:
铜炉在向往深山的矿苗
瓷壶在向往江边的陶泥,
它们都像风雨中的飞鸟

各自东西。我们紧紧抱住,
好像自身也都不能自主。
狂风把一切都吹入高空,

暴雨把一切又淋入泥土,
只剩下这点微弱的灯红

在证实我们生命的暂住。

二七

从一片泛滥无形的水里
取水人取来椭圆的一瓶,
这点水就得到一个定形;
看,在秋风里飘扬的风旗,

它把住些把不住的事体,
让远方的光、远方的黑夜
和些远方的草木的荣谢,
还有个奔向无穷的心意,

都保留一些在这面旗上。
我们空空听过一夜风声,
空看了一天的草黄叶红,

向何处安排我们的思,想?
但愿这些诗像一面风旗
把住一些把不住的事体。

一九四一年

邵洵美

(1898—1975)

我的诗的行程也真奇怪,从沙弗发见了她的崇拜者史文朋,从史文朋认识了先拉斐尔派的一群,又从他们那里接触到波特莱尔、凡尔仑。当时只求艳丽的字眼,新奇的词句,铿锵的音节,竟忽略了更重要的还有诗的意象……在这个时期我出版了《花一般的罪恶》。听说徐志摩当时在我的背后对一位朋友说:"中国有个新诗人,是一百分的凡尔仑。"

——邵洵美《〈诗二十五首〉序》

在这首诗(《蛇》)中,邵洵美把蛇作美人处理,而没有忽略蛇本身的动物特征,在技巧上只能算差强人意。较出色的却是他非但把蛇美人变成诗人(我)的对象,而且要在对象身上做爱,达到一种极致的欢欣(当然也有死亡的意味),最后带入神话的意象——云房、冷宫——恰与诗的开首(宫殿、庙宇)相呼应,产生的却是中国古诗的效果:琼楼玉宇高处不胜寒。所指的是月宫,如此则蛇又变成一个"导引",把性爱和疯狂联在一起,而进入神话境界后,蛇又可以还原为龙了。

——李欧梵《漫谈中国现代文学中的"颓废"》

To Swinburne

你是沙弗的哥哥我是她的弟弟,
我们的父母是造维纳丝的上帝——
霞吓虹吓孔雀的尾和凤凰的羽,
一切美的诞生都是他俩的技艺。

你喜欢她我也喜欢她又喜欢你;
我们又都喜欢爱喜欢爱的神秘;
我们喜欢血和肉的纯洁的结合;
我们喜欢毒的仙浆及苦的甜味。

蛇

在宫殿的阶下，在庙宇的瓦上，
你垂下你最柔嫩的一段
好像是女人半松的裤带
在等待着男性的颤抖的勇敢。

我不懂你血红的叉分的舌尖
要刺痛我那一边的嘴唇？
他们都准备着了，准备着
这同一时辰里双倍的欢欣！

我忘不了你那捉不住的油滑
磨光了多少重叠的竹节：
我知道了舒服里有伤痛，
我更知道了冰冷里还有火炽。

啊，但愿你再把你剩下的一段
来箍紧我箍不紧的身体，
当钟声偷进云房的纱帐，
温暖爬满了冷宫稀薄的绣被！

戴望舒

(1905—1950)

望舒译诗的过程,正是他创作诗的过程。译道生、魏尔伦诗的时候,正是写《雨巷》的时候;译果尔蒙、耶麦的时候,正是他放弃韵律,转向自由诗体的时候。后来,在四十年代译《恶之花》的时候,他的创作诗也用起脚韵来了。此中消息,对望舒创作诗的研究者,也许有一点参考价值。

——施蛰存《〈戴望舒译诗集〉序》

《秋蝇》一首……一个在繁乱杂沓的世界里被折磨得筋疲力尽的人的生存状态,自我感觉是趋向死亡的感觉,全部是用象征的手法表现的。而对木叶的描写,并非"具体的表象",而纯然是主观视角里的映象。因而这回环式的伴奏就显得更加灵动。象征主义手法用到这样的规模,早就不是中国古典诗词古已有之的样子了。

——夏仲翼《戴望舒:中国化的象征主义》

雨　　巷

撑着油纸伞,独自
彷徨在悠长、悠长
又寂寥的雨巷
我希望逢着
一个丁香一样地
结着愁怨的姑娘。

她是有
丁香一样的颜色,
丁香一样的芬芳,
丁香一样的忧愁,
在雨中哀怨,
哀怨又彷徨;

她彷徨在这寂寥的雨巷,
撑着油纸伞
像我一样,
像我一样地
默默彳亍着,
冷漠,凄清,又惆怅。

她静默地走近
走近,又投出
太息一般的眼光,
她飘过
像梦一般地,
像梦一般地凄婉迷茫。

像梦中飘过
一枝丁香地,
我身旁飘过这女郎;
她静默地远了,远了,
到了颓圮的篱墙,
走尽这雨巷。

在雨的哀曲里,
消了她的颜色,
散了她的芬芳,
消散了,甚至她的
太息般的眼光,
丁香般的惆怅。

撑着油纸伞,独自
彷徨在悠长、悠长
又寂寥的雨巷,
我希望飘过
一个丁香一样地
结着愁怨的姑娘。

我 的 记 忆

我的记忆是忠实于我的，
忠实甚于我最好的友人。

它生存在燃着的烟卷上，
它生存在绘着百合花的笔杆上，
它生存在破旧的粉盒上，
它生存在颓垣的木莓上，
它生存在喝了一半的酒瓶上，
在撕碎的往日的诗稿上，在压干的花片上，
在凄暗的灯上，在平静的水上，
在一切有灵魂没有灵魂的东西上，
它在到处生存着，像我在这世界一样。

它是胆小的，它怕着人们的喧嚣，
但在寂寥时，它便对我来作密切的拜访。
它的声音是低微的，
但是它的话却很长，很长，
很长，很琐碎，而且永远不肯休：
它的话是古旧的，老讲着同样的故事，
它的音调是和谐的，老唱着同样的曲子，
有时它还模仿着爱娇的少女的声音，
它的声音是没有气力的，
而且还夹着眼泪，夹着太息。

它的拜访是没有一定的，
在任何时间，在任何地点，
时常当我已上床，朦胧地想睡了；

或是选一个大清早，
人们会说它没有礼貌，
但是我们是老朋友。

它是琐琐地永远不肯休止的，
除非我凄凄地哭了，
或是沉沉地睡了，
但是我永远不讨厌它，
因为它是忠实于我的。

烦　　忧

说是寂寞的秋的清愁，
说是辽远的海的相思。
假如有人问我的烦忧，
我不敢说出你的名字。

我不敢说出你的名字，
假如有人问我的烦忧：
说是辽远的海的相思，
说是寂寞的秋的清愁。

秋　　蝇

木叶的红色,
木叶的黄色,
木叶的土灰色:
窗外的下午!

用一双无数的眼睛,
衰弱的苍蝇望得昏眩。
这样窒息的下午啊!
它无奈地搔着头搔着肚子。

木叶,木叶,木叶,
无边木叶萧萧下。

玻璃窗是寒冷的冰片了,
太阳只有苍茫的色泽。
巡回地散一次步吧!
它觉得它的脚软。

红色,黄色,土灰色,
昏眩的万花筒的图案啊!
迢遥的声音,古旧的,
大伽蓝的钟磬?天末的风?
苍蝇有点僵木,
这样沉重的翼翅啊!

飘下地,飘上天的木叶旋转着,
红色,黄色,土灰色的错杂的回轮。

无数的眼睛渐渐模糊，昏黑，
什么东西压到轻绡的翅上，
身上像木叶一般地轻，
载在巨鸟的翎翮上吗？

我用残损的手掌

我用残损的手掌
摸索这广大的土地:
这一角已变成灰烬,
那一角只是血和泥;
这一片湖该是我的家乡,
(春天,堤上繁花如锦幛,
嫩柳枝折断有奇异的芬芳,)
我触到荇藻和水的微凉;
这长白山的雪峰冷到彻骨,
这黄河的水夹泥沙在指间滑出;
江南的水田,你当年新生的禾草
是那么细,那么软……现在只有蓬蒿;
岭南的荔枝花寂寞地憔悴,
尽那边,我蘸着南海没有渔船的苦水……
无形的手掌掠过无限的江山,
手指沾了血和灰,手掌沾了阴暗,
只有那辽远的一角依然完整,
温暖,明朗,坚固而蓬勃生春。
在那上面,我用残损的手掌轻抚,
像恋人的柔发,婴孩手中乳。
我把全部的力量运在手掌
贴在上面,寄与爱和一切希望,
因为只有那里是太阳,是春,
将驱逐阴暗,带来苏生,
因为只有那里我们不像牲口一样活,
蝼蚁一样死……那里,永恒的中国!

萧红墓畔口占

走六小时寂寞的长途，
到你头边放一束红山茶，
我等待着，长夜漫漫，
你却卧听着海涛闲话。

一九四四年十一月二十日

孙大雨

(1905—1997)

我那首《自己的写照》长诗只开了一个头的未完成的残篇,诗行脉搏里冲击着一个现代人在一个现代化的大都市中的意识、感受和遐想,奔腾飞扬,磅礴浩瀚,气象万千,化恣肆纷扰为绵密的协调,在严峻的和谐中见杂乱繁芜,正如第一行所总括的:"森严的秩序,紊乱的浮嚣"。这首未能完成的长诗,它的题目和它所咏叹的现象之间的哲理方面的关键,是法国十六世纪末到十七世纪中的哲学家笛卡儿的一句妙谛:"我思维,故我存在。"思维的初级阶段是耳闻、目睹等的种种感受,即意识,用凝思和想象深入、探微、扩大、张扬而悠远之,便由遐想而变成纵贯古今、念及人生、种族与历史的大壁画和天际的云霞。这样写法我不知西方有哪一位现代诗人曾企图写作过。这首诗的挥洒用每行四个音组的韵文行来表达,但由于它的气质是那样蓬勃横溢,故多多运用飞扬沸腾的跨行或泛滥来表达。这首残缺的诗,未经它的作者解释,五十多年前发表它的片段时,能领略以及欣赏它的人恐怕只有三五人。有人因为茫然不懂它,讥之为"炒杂烩"。我敝帚自珍,惋惜他炒不出这样的杂烩。

——孙大雨《我与诗》

自己的写照

一

森严的秩序,紊乱的浮嚣。
今天一早起街顶上的云色
呈着鸽桃灰,满街人脸上
有一抹不可思议的深蓝。
我说你这个大都会呵,大都会!
(太阳在云堆里往复地爬,
那是进了个不漏光的大袋,)
你起了这无数巨石压巨石,
又寂寞又骇人的建筑的重山,
外山围绕着内山,外山外
再圈上一层连天的屏障——
我说你这个丛山似的大都会呵!
两山间,三山间,千山万山间,
你不准那川流不息的轮轴们
去休劳,也不让它们去睡:
一清早,就有百万个树胶
轮子碾压着笔直的市街;
晚上满耳雄浑的隧道车
咬紧了铁轨通宵歌唱——
元气浩浩的大都会呵!你的镇静
和你要镇也镇不住的骚扰,
正和我胸肺间志愿的庄严
和情感的莽苍一般模样。

要说痛苦:我是全纽约

居民痛苦的精华:我收聚
犹太、波兰、意大利的移民、
黑人和黄帝子孙每一丝
毛发、每一根血管里的悲伤,
凝成两朵闪青的电火
在胸膛里胸膛外同时荼毒。
说起快乐来,法兰西赠与
此邦的自由神铜像,此刻
站在港口的晨曦里,还不抵
我的胸襟开朗;那派克路
和赫贞江畔的豪富千家,
做着百万条黄金的好梦,
他们是赢得了黄金,输给我
那出魂梦里的光华;此外
所有那成万的电匠机师,
塔尖上的铁工,隧道里的车手,
洗涤全市汗臭的支那人,
和蚂蚁一般繁的打字女工,
(她们打字机震动的总量
能轰坍纽约市任何一座
高楼,)——我可以想象他们
眼见自己神工的创造
矗立在天光下、磐石上、顷刻间
欢腾的愉快。

那密布的电流,
那可以绕地的明线,可以
通天的暗线,还有以太中
箫鼓呀呀的电浪:它们
高讴急唱中都带着几分
我的含混的志望。但是——
假如这无数千唱的歌喉
方能诉出我的情欲和理想;

什么才能申述清楚
我的大失望?
　　　　　　哦！我不知道。

悲哀尽管用绿火来煎,
用赤火去熬,那站在人生
烟火里冲锋夺阵的黑人,
他们的衣衫尽管褴褛,
肤色尽管焦黄;可是呵,
他们红铜似的意志,沉潜里
总涵着一脉可惊奇的悲壮。
这清晨第一批南行的隧道
列车便载着许多不鸣
号鼓、也不唱战歌的勇士。
黑种的女子,黑种的男儿!
五百年前你们大无畏的祖先们,
背负着可以熔金的烈日,
在烟瘴封锁的平荒上死死
生生:——斑马,沙狼,食蚁兽,
花鳞的蟒蛇,长喙的青鳄,
犀牛,狮子,和茂林中呼天
唤地的猿猩,是他们的伴侣;
他们把战争当游戏,舞蹈
作宗教;他们削一截乌木
做命运神,洗剥一双头颅
作馈礼;他们的少年男女
在浓绿里裸着紫酱的精肌,
和两只丰腴的小鹿,舞一番
炎阳,便缔结百年的爱好——
有色的朋友们！我问,你们
祖先当年的啸嗷和自由,
哪里去了！你们的尊严
是否被大英西班牙的奸商

卖给了“上帝”,你们的宴席
是否被盎格罗撒克逊大嘴
炎炎的妄人们吞噬尽了?
我不信,我不信。

在你们凄凉
沉默的眉宇间,深得好比
森林里一对星光似的眸子中,
雄健的肩头,魁梧的身上,
我能窥见你们将来
最后一天的全盘凯旋。
你们的哀痛在美国史书里
是几页血浸了的篇章:男子
在树上受着群众的非刑
直到死,女人遇惯了强暴
不敢呻吟,异种的血液
因此便跟着时日的推移,
渐渐混淆。我指望再过
五百年,他们纯白种的人口
要莫可奈何的减少一半。
朋友们,朋友们!你们此时
烧煤火,凿沟渠,造路和充当
仆役的众人,你们的后裔
那时候追想起你们的劳苦
天样高,和你们海洋深的义愤,
怎能不赞颂,怎能不祈祷!
早晨牵曳着不掉的长尾
一枝,在屋巅上懒懒地蛇行;
地阴下东西二线的隧道车
却同两队喷火的虬龙
一般,当头是红灯两大盏,
赶着节洞里的黑暗飞驰。
快列车,慢列车——列车快,列车慢;

一行开青花的电火沿着
铁轨从城北画直线一条,
(一路上钢轮的队伍大踏步,
滚踏出一道贯耳的喧哗,)
穿过泰姆士方和十四街,十四街;
同时另一支欢呼的电火
护卫着南来的车辆和车下
响雷似的喧哗,喧哗,飞渡
一座铁桥,向大中央进发。
这两行人工驾御的弘雷,
若说它们是现代人向自己
证实权威的大话一篇,
那繁骚的句读便是大站
小站上急雨嘈嘈般的鼓噪。
钢轮的队伍,黑铁的车辆!
所有全身的躯干尽都是
一副肩骨的轨道先生!
你们任何时在黑影里,桥梁上,
想歌颂你们撼天的愤怒
和牢骚,只需幽幽地召唤我
一声,我即使在天东,在海北,
在梦中,或是在黑土里给蚂蚁
蝼蛄争逐,也要差遣
我的潜意识,或潜意识的那两瓣
花纹的贝壳,赶到纽约城来
应和一曲少年人的古调。
连珠断线的红灯熄处,
我发现了自己已经在人槽内
填补一个不需要的缺空。
车掌把机轮口轻轻一扭,
车行的速力抽我的幻想,
赛过早春天土里的沉冰
抽引一棵小树的根芽。

我想起海涛海浪海风中,
有一艘神勇凌天的轮楫,
凌冒着黑夜,向前又向前;
我想起一声霹雳射出
紫箭十余根,刺透一对
比肩的乌云狮子;我想起
人类草创文明的才智,
从地球结成一片硬壳后,
到太阳化作一线烟之前,
虽说是一时,总也打破了
星河里亿兆年沉沉的岑寂。
现实的影子褪去了颜色
八分,第四量镀上一身金;
我但见人生的剧本重重
叠叠地在我眼前来往。
青瞳黄发的姑娘,粉颈
紫披肩的姑娘,这大汉八尺高。
可惜了,徐娘,可惜了! 张飞,
你的尊胡睥睨着一车
大姐:且不管她大姐,小姐,
大奶,时候还差十三分。
谁说今日是发薪天? 这早报
分明印的是星期五,有阵头,
因为昨夜里约翰压得我
满身酸快,可是不要紧,
雇一只大船把全城的打字机
……
香烟,香烟,他说明晚上
所备得有一瓶上好的威士忌。
阿姐说过的,我要是有病
可以打电话,如今那祸水
已经不来了两次,威廉,
星星火火的夜明天,昨儿

早上那恶鬼,又是你在掌柜
面前做鬼戏! 母亲说是
要从加州来,自已还得靠
晚上走街去贴补,哪来钱
养你这孩子,可是再过
两年,她眯着一只眼睛
在笑……大站到了,大站
到了,全车的乘客好比
风前的偃草。谁说圣书
旧约里吓死圣人的大蝗灾,
过路处绿野化作焦原,
有站上的群众这般密!
大站到了,大站到了。

海水感应着月亮的银情,
每天有两回守信的潮澜。
但是这里是纽约城,是一片
人海——人海的潮头涨上
四通八达的长街,纵使
也按着节度每天早一番
晚一番地来,可是同月亮
不相干,太阳也只当作一个
浮泛的标准:此间早晚
两次的潮澜,乃是人们
意志的神通在里边吸引!
老少男女从南北东西
汹涌来:小波卷进了大波,
七彩花开的锦浪,那便是
迎风招展的女人的裙衫。
阳光泼满了长街第五条;
清晨的云色此时已经
消散得痕迹全无。二十
以上三十下的健女和康男,

每一人都是裙履修齐,
衣冠好整洁,浴在阳光
如流水的通衢中发亮——远望
街尖,那一幅迷离的紫幕
分明是万众杂踏的尘埃;
临窗俯瞰时,好比有长帛
悬挂在机头,新雕的梭子
三千枚不绝地参差来往。
这其间的女人! 戴着花冠,
如燕翅的女人! 绕着嫩腰,
如拂枝的女人! 如狂醉的春花,
如雨后抽芽的竹笋! 蜜腊,
杏黄,晴天一碧的淡蓝,
锈铁的殷红,炙人的大朱
百合花衫打着百合褶:
不尽的女子,不尽的丝衣。
健康在她们眉眼间开光,
健康为她们挺秀的长身
当捷足的向导;健康的双肩
主持着她们如花的行动;
健康在她们圆浑的乳峰上
说句话,能点破五千年来倡言
禁欲者的巨诳……健康抱着
她们的厚臀,在她们阴唇里
开一朵摄人魂魄的鲜花。
可是她们健康的脑白
向外长,灰色的脑髓压在
颅骨和脑白之间渐渐
缩扁——所以只除了打字
和交媾之外,她们无非
是许多天字一等的木偶。

二

黧水两行冲洗着一尊
石岛:时间的扈从呵,东江
与赫贞!你们尽自载满了
人事的沧桑去从容流泻
去罢。红人,不知在多少
年前,搂紧了不透风的神秘,
春花似的开着来,又霜天的木叶
一般,全然退去;他们
当时成千的战士和姣娃,
禽装羽氅地密集在林原间,
(鹰羽的高冠,雕翎的大帽,)
在棰棰震耳的擂鼓中,舞畅了
报喜鸣丧和祭天的社舞,
追猎野犊羚羊和新花
小鹿的百兽姿,还有那药草
老人承担天命的大典;
如今是去了去了,不留下
一瞥儿刀光,半蹄的马迹。
伤今吊古的诗人们,这两行
江水虽然送别了前人
又迎迓后来者,你们尽可以
不必如此去哀怜或嘲诮
人众命脉的无常!我们
人间的深远同河山的经久
不相似;我们刹那间几注
焦红的经历,(一坑沉痛,
一阵没遮拦的狂喜,百十朵
古今来才士哲人们磅礴
星辰之妙想,)想胜过山中
顽石的千年静默或海岬旁
终古的喧哗不知多少倍。

哦！灰青青的“既往”不过是
“现在”的阴影,嫩青青的“未来”
也无非是意识头上的蜗角
虫须;我们若停止了每一刻
“现在”的探讨与追求与塑造,
不叫意识去对着周围
烛照——那莫说迟迟的江水
不足向我们逞娇,就是
造化的整个神灵也会
顿时散失！
　　　　　我眼前是两座半
钢绳织脉络、铁塔作胫踝
肩膊的大桥,横跨着江水
二支。我不知它们(赫贞桥
只完成了一半)一体满弯着
整只弓,半只弓,绷紧了黑影
两条有半,凭临着那江中
一片天色的回光,弦上
好像都有一半支箭镞
在倾听天边的消息——呵,
你们正待射放的是纽约
市民对于人生的几箭
综合的肯定,还是这万众人
锋芒的疑问两三支？还竟许
没有弓,没有矢,也无意义
和象征,一切都是大雨
一人的憬憧,在无中生有?

桥梁们嘿嘿,造桥的机师
工匠也不给我一句回答。
全市每一个人,一个人,一个人,
都锁着眉在开辟自己的泉源,
或匆匆挖掘着自身的墓穴,

疑问的浪花在我的意识界
沙滩上滚——一排又一排。

三

海风来,海风来,清畅的咸风
从口外拂过了镜波万顷
联翩地迎进湾中来;这一览
平阳的港口,在晴天俯瞰下,
浑如个个盼着情郎快来到
情郎方始来入抱的姑娘,
欢愉习习抹上了睫际
眼梢头,巧笑轻呼间隐现着
安详,哎,安详无限。
想当年哥伦布飘着他那艘
画彩的楼船"圣母玛利亚",
西来探访印度,又何曾
梦幻到在西印列岛之西,
还自有大洲一双并峙在
水中心,至于那北洲的东岸
某处会有这样子一天:
层楼生得比松菌还要密,
那对他却更无入梦的机缘。
圆天覆盖着白水,白水
托起了圆天,自古来那个
飓风的出处,恶浪的老家,
从未有半角篷帆敢偷渡;
但自经那番亡命的西航
以后,继去连来的舟楫
便按着几何式的进行程序,
增加了又复增加:到如今,
"欧罗马","勃蓝盟"……一个个浮海
漂洋的城镇,穿渡爬疏,

把海陬山隅的人天财富
和役使那财富的主人自己
交相更换个不停,好比作
信天翁逐浪争生地来往,
司空恬不怪。哦,望着你
这位虎踞龙蟠在大西洋
两岸上的港中之王,近代
崛兴的巴比伦,长安不夜,
(种族和种族,你擦肘,我摩肩,
人情相漩合,思想互萦回,
大动脉,大静脉,交流而沸溢,)
我凝眸未定,斯待登岛后
腾起了遐思一片,冉冉
飞来,蓦然投入我襟怀。
就在那波唇喳喋得旦暮
无休的码头后背(我想啊),
那斩齐的仓库,广厦几千楹,
蚁聚了自此邦各地来的麦黍
棉、毛、牲口、木材和烟草,
精钢、炼镍、白铝、苍铅
和结块成液的燃料——总之是
诸凡沃地里、丛林间、水泽中
和深山脊髓内的天赐的弘恩——
连同自荒村只三五人家
到对面也不闻人语的烟囱,
林下的那种种劳力与心机
与熟技的经营擘划,都那么
一包包,一篓篓,一袋袋,一箱箱,
堆上了跄踉迈步的载重车,
向人造的巨鲸腹壑间装卸。
可是巨鲸啊(我又想),它们
各自再一次入港出港时,
那三声困顿或扬长的呼啸,

每一次中途的风到任风颠、
雾降发惶惶的警报,还有
每一次拢岸时的息鳍停喘,
全都满载了更丰饶的生的梦,
梦的澜:那生离共死诀的伤悲,
敌对与喜逐颜开的欢快,
希望变荣枯,运命逢隆衰,
亲人圆镜,浪子蓬飘,
临终时那一息轻微的嘱咐
和绞肠的惨怛,乃至乌云
覆额而来,回乡时已皓首
皑皑,觅得黄金归去也……
这转换变更,这徙移荟萃,
如此如此的频繁(我又想,
我又想),怎么会不使这帝都
像古代爱琴海周遭的希腊
诸邦之雄长,那明丽的雅典城,
也披上昭示百世的灵光,
正如她披着这晴光一样?

何其芳

(1912—1977)

我的第一个诗集即《预言》。那是一九三一年到一九三七年写的。那个集子其实应该另外取个名字,叫做《云》。因为那些诗差不多都是飘在空中的东西,也因为《云》是那里面的最后一篇。

……

抗战以前我写我那些《云》的时候,我的见解是文艺什么也不为,只为了抒写自己,抒写自己的幻想、感觉、情感。后来由于现实的教训,我才知道人不应该也不可能那样盲目地,自私地活着,我就否定了那种为个人而艺术的错误见解。

——何其芳《〈夜歌〉初版后记》

回想起来,其芳最初发表《预言》一类诗还显出他曾经喜爱神话、"仙话"的浪漫遗风……。综观何其芳诗创作全程,我以为还是较早以自由体为主的《预言》集和《夜歌》集一部分是他诗艺上的前后两个高峰,解放后主张建立新格律诗,而自己实践的结果,所取得的成就,却较前大为逊色……。

——卞之琳《何其芳晚年译诗》

预　　言

这一个心跳的日子终于来临!
呵,你夜的叹息似的渐近的足音,
我听得清不是林叶和夜风私语,
麋鹿驰过苔径的细碎的蹄声!
告诉我用你银铃的歌声告诉我,
你是不是预言中的年青的神?

你一定来自那温郁的南方!
告诉我那里的月色,那里的日光!
告诉我春风是怎样吹开百花,
燕子是怎样痴恋着绿杨!
我将合眼睡在你如梦的歌声里,
那温暖我似乎记得,又似乎遗忘。

请停下你疲劳的奔波,
进来,这里有虎皮的褥你坐!
让我烧起每一个秋天拾来的落叶,
听我低低地唱起我自己的歌!
那歌声将火光一样沉郁又高扬,
火光一样将我的一生诉说。

不要前行!前面是无边的森林:
古老的树现着野兽身上的斑纹,
半生半死的藤蟒一样交缠着,
密叶里漏不下一颗星星。
你将怯怯地不敢放下第二步,
当你听见了第一步空寥的回声。

一定要走吗?请等我和你同行!
我的脚步知道每一条熟悉的路径,
我可以不停地唱着忘倦的歌,
再给你,再给你手的温存!
当夜的浓黑遮断了我们,
你可以不转眼地望着我的眼睛!

我激动的歌声你竟不听,
你的脚竟不为我的颤抖暂停!
像静穆的微风飘过这黄昏里,
消失了,消失了你骄傲的足音!
呵,你终于如预言中所说的无语而来,
无语而去了吗,年青的神?

一九三一年秋天

爱　情

晨光在带露的石榴花上开放。
正午的日影是迟迟的脚步
在垂杨和菩提树间游戏。
当南风无力地
从睡莲的湖水把夜吹来，
原野更流溢着郁热的香气，
因为常春藤遍地牵延着，
而菟丝子从草根缠上树尖。
南方的爱情是沉沉地睡着的，
它醒来的扑翅声也催人入睡。

霜隼在无云的秋空掠过。
猎骑驰骋在荒郊。
夕阳从古代的城阙落下。
风与月色抚摩着摇落的树。
或者凝着忍耐的驼铃声
留滞在长长的乏水草的道路上，
一粒大的白色的陨星
如一滴冷泪流向辽远的夜。
北方的爱情是警醒着的，
而且有轻趫的残忍的脚步。

爱情是很老很老了，但不厌倦，
而且会作婴孩脸涡里的微笑。
它是传说里的王子的金冠。
它是田野间的少女的蓝布衫。
你呵，你有了爱情

而你又为它的寒冷哭泣!
烧起落叶与断枝的火来,
让我们坐在火光里,爆炸声里,
让树林惊醒了而且微颤地
来窃听我们静静地谈说爱情。

送 葬

燃在静寂中的白蜡烛
是从我胸间压出的叹息。
这是送葬的时代。

我听见坏脾气的拜伦爵士
响着冰冷的声音:“金钱。
冰冷的金钱。但可以它换得欢快。”

我看见讷伐尔用蓝色丝带,
牵着知道海中秘密的龙虾走在大街上,
又用女人围裙上的带子
吊死在每晚一便士的旅馆的门外。
最后的田园诗人正在旅馆内
用刀子割他颈间的蓝色静脉管。

我再不歌唱爱情
像夏天的蝉歌唱太阳。
形容词和隐喻和人工纸花
只能在炉火中发一次光。
无声地啮食着书叶的蚕子
无懒惰中作它们的茧。
这是冬天。

在长长的送葬的行列间
我埋葬我自己
像播种着神话里的巨蟒的牙齿,
等它们生长出一群甲士
来互相攻杀,
一直最后剩下最强的。

一九三六年十一月八日

艾　青

（1910—1996）

《向太阳》是先前写作的《太阳》的姐妹篇。《向太阳》展开了一个全新的境界,诗人不再是在想象那林间温柔的黎明,而是“用囚犯第一次看见光明的眼”,看到了“真实的黎明”。太阳光下,诗人用狂喜的目光,注视着那充满了生机的世界……艾青以明朗的心情宣告:他感到他已经告别了“把自己的国土当作病院”的“昨天”,以及“永远唱着一曲人类命运的悲歌”的“昨天”。他现在好了,“一切都过去了”。他感谢太阳……尽管我们可以认为,他把一切看得太美好,也太完满,这就是闻一多说的“给现实镀上金”。但是,我们肯定这个乐观和狂喜,近乎天真的诗人,把昨日的寒云冷雾一扫而空。艾青告别了眼里常含泪水的世界,来到了一个充满生气的光明的天地。……但是,它仍然留着哪怕只是残余的哀愁。艾青毕竟是艾青,在光明到来的时候,他为什么想到了死?

——谢冕《他依然年轻——论艾青》

大堰河——我的保姆

大堰河,是我的保姆。
她的名字就是生她的村庄的名字,
她是童养媳,
大堰河,是我的保姆。

我是地主的儿子;
也是吃了大堰河的奶而长大了的
大堰河的儿子。
大堰河以养育我而养育她的家,
而我,是吃了你的奶而被养育了的,
大堰河啊,我的保姆。

大堰河,今天我看到雪使我想起了你;
你的被雪压着的草盖的坟墓,
你的关闭了的故居檐头的枯死的瓦菲,
你的被典押了的一丈平方的园地,
你的门前的长了青苔的石椅,
大堰河,今天我看到雪使我想起了你。

你用你厚大的手掌把我抱在怀里,抚摸我;
在你搭好了灶火之后,
在你拍去了围裙上的炭灰之后,
在你尝到饭已煮熟了之后,
在你把乌黑的酱碗放到乌黑的桌子上之后,
在你补好了儿子们的为山腰的荆棘扯破的衣服之后,
在你把小儿被柴刀砍伤了的手包好之后,
在你把小儿们的衬衣上的虱子一颗颗的掐死之后,

在你拿起了今天的第一颗鸡蛋之后,
你用你厚大的手掌把我抱在怀里,抚摸我。

我是地主的儿子,
在我吃光了你大堰河的奶之后,
我被生我的父母领回到自己的家里。
啊,大堰河,你为什么要哭?

我做了生我的父母家里的新客了!
我摸着红漆雕花的家具,
我摸着父母的睡床上金色的花纹,
我呆呆地看着檐头写着的我不认得的“天伦叙乐”的匾,
我摸着新换上的衣服的丝的和贝壳的纽扣,
我看着母亲怀里的不熟识的妹妹,
我坐着油漆过的安了火钵的炕凳,
我吃着碾了三番的白米的饭,
但,我是这般忸怩不安!因为我
我做了生我的父母家里的新客了。

大堰河,为了生活,
在她流尽了她的乳液之后,
她就开始用抱过我的两臂劳动了;
她含着笑,洗着我们的衣服,
她含着笑,提着菜篮到村边的结冰的池塘去,
她含着笑,切着冰屑悉索的萝卜,
她含着笑,用手掏着猪吃的麦糟,
她含着笑,扇着炖肉的炉子的火,
她含着笑,背了团箕到广场上去
　晒好那些大豆和小麦,
大堰河,为了生活,
在她流尽了她的乳液之后,
她就用抱过我的两臂,劳动了。

大堰河,深爱着她的乳儿;
在年节里,为了他,忙着切那冬米的糖,
为了他,常悄悄地走到村边的她的家里去,
为了他,走到她的身边叫一声"妈",
大堰河,把他画的大红大绿的关云长
　贴在灶边的墙上,
大堰河,会对她的邻居夸口赞美她的乳儿;
大堰河曾做了一个不能对人说的梦:
在梦里,她吃着她的乳儿的婚酒,
坐在辉煌的结彩的堂上,
而她的娇美的媳妇亲切的叫她"婆婆"
……
大堰河,深爱她的乳儿!

大堰河,在她的梦没有做醒的时候已死了。
她死时,乳儿不在她的旁侧,
她死时,平时打骂她的丈夫也为她流泪,
五个儿子,个个哭得很悲,
她死时,轻轻地呼着她的乳儿的名字,
大堰河,已死了,
她死时,乳儿不在她的旁侧。
大堰河,含泪的去了!
同着四十几年的人世生活的凌侮,
同着数不尽的奴隶的凄苦,
同着四块钱的棺材和几束稻草,
同着几尺长方的埋棺材的土地,
同着一手把的纸钱的灰,
大堰河,她含泪的去了。

这是大堰河所不知道的:
她的醉酒的丈夫已死去,
大儿做了土匪,
第二个死在炮火的烟里,

第三,第四,第五
在师傅和地主的叱骂声里过着日子。
而我,我是在写着给予这不公道的世界的咒语。
当我经了长长的漂泊回到故土时,
在山腰里,田野上
兄弟们碰见时,是比六七年前更要亲密!
这,这是为你,静静的睡着的大堰河
所不知道的啊!

大堰河,今天,你的乳儿是在狱里,
写着一首呈给你的赞美诗,
呈给你黄土下紫色的灵魂,
呈给你拥抱过我的直伸着的手,
呈给你吻过我的唇,
呈给你泥黑的温柔的脸颜,
呈给你养育了我的乳房,
呈给你的儿子们,我的兄弟们,
呈给大地上一切的,
我的大堰河般的保姆和她们的儿子,
呈给爱我如爱她自己的儿子般的大堰河。

大堰河,
我是吃了你的奶而长大了的
你的儿子,
我敬你
爱你!

一九三三年一月十四日,雪朝

雪落在中国的土地上

雪落在中国的土地上，
寒冷在封锁着中国呀……

风，
像一个太悲哀了的老妇，
紧紧地跟随着
伸出寒冷的指爪
拉扯着行人的衣襟，
用着像土地一样古老的话
一刻也不停地絮聒着……

那从林间出现的，
赶着马车的
你中国的农夫
戴着皮帽
冒着大雪
你要到哪儿去呢？

告诉你
我也是农人的后裔——
由于你们的
刻满了痛苦的皱纹的脸
我能如此深深地
知道了
生活在草原上的人们的
岁月的艰辛。

而我
也并不比你们快乐啊
——躺在时间的河流上
苦难的浪涛
曾经几次把我吞没而又卷起——
流浪与监禁
已失去了我的青春的
最可贵的日子,
我的生命
也像你们的生命
一样的憔悴呀

雪落在中国的土地上,
寒冷在封锁着中国呀……

沿着雪夜的河流,
一盏小油灯在徐缓地移行,
那破烂的乌篷船里
映着灯光,垂着头
坐着的是谁呀?

——啊,你
蓬发垢面的少妇,
是不是
你的家
——那幸福与温暖的巢穴——
已被暴戾的敌人
烧毁了么?
是不是
也像这样的夜间,
失去了男人的保护,
在死亡的恐怖里
你已经受尽敌人刺刀的戏弄?

咳,就在如此寒冷的今夜,
无数的
我们的年老的母亲,
都蜷伏在不是自己的家里,
就像异邦人
不知明天的车轮
要滚上怎样的路程……
——而且
中国的路
是如此的崎岖
是如此的泥泞呀。

雪落在中国的土地上,
寒冷在封锁着中国呀……

透过雪夜的草原
那些被烽火所啮啃着的地域,
无数的,土地的垦殖者
失去了他们所饲养的家畜
失去了他们肥沃的田地
拥挤在
生活的绝望的污巷里:
饥馑的大地
朝向阴暗的天
伸出乞援的
颤抖着的两臂。

中国的苦痛与灾难
像这雪夜一样广阔而又漫长呀!

雪落在中国的土地上,
寒冷在封锁着中国呀……

中国,
我的在没有灯光的晚上
所写的无力的诗句
能给你些许的温暖么?

一九三七年十二月二十八日夜间

艾　青

向　太　阳

从远古的墓茔
从黑暗的年代
从人类死亡之流的那边
震惊沉睡的山脉
若火轮飞旋于沙丘之上
太阳向我滚来……
——引自旧作《太阳》

一　我起来

我起来——
像一只困倦的野兽
受过伤的野兽
从狼藉着败叶的林薮
从冰冷的岩石上
挣扎了好久
才支撑着上身
睁开眼睛
向天边寻觅……
我——
是一个
从遥远的山地
从未经开垦的山地
到这几千万人
　用他们的手劳作着
　用他们的嘴呼嚷着
　用他们的脚步着的城市来的

　　旅客
我的身上
酸痛的身上
深刻地留着
风雨的昨夜的
长途奔走的疲劳

但
我终于起来了

我打开窗
用囚犯第一次看见光明的眼
看见了黎明
——这真实的黎明啊
(远方
似乎传来了群众的歌声)
于是　我想到街上去

二　街上

早安呵
你站在十字街头
　车辆过去时
　举着白袖子的手的警察
早安呵
你来自城外的
　挑着满箩绿色的菜贩
早安呵
你打扫着马路的
　穿着红色背心的清道夫
早安呵
你提了篮子,第一个到菜场去的
　棕色皮肤的年轻的主妇

我相信
昨夜
你们决不像我一样
　被不停的风雨所追踪
　被无止的噩梦所纠缠
你们都比我睡得好啊！

三　昨天

昨天
我在世界上
用可怜的期望
喂养我的日子
像那些未亡人
披着麻缕
用可怜的回忆
喂养她们的日子一样
昨天
我把自己的国土
　当做病院
——而我是患了难于医治的病的
没有哪一天
我不是用迟滞的眼睛
看着这国土的
　没有边际的凄惨的生命……
没有哪一天
我不是用呆钝的耳朵
听着这国土的
　没有止息的痛苦的呻吟

昨天
我把自己关在
精神的牢房里

四面是灰色的高墙
没有声音
我沿着高墙
走着又走着
我的灵魂
不论白日和黑夜
永远的唱着
一曲人类命运的悲歌

昨天
我曾狂奔在
阴暗而低沉的天幕下的
没有太阳的原野
到山巅上去
伏倒在紫色的岩石上
流着温热的眼泪
哭泣我们的世纪

现在好了
一切都过去了

四　日出

太阳出来了……
当它来时……
城市从远方
用电力与钢铁召唤它
——引自旧作《太阳》

太阳
从远处的高层建筑
　——那些水门汀与钢铁所砌成的山
和那成百的烟突

成千的电线杆子
成万的屋顶
所构成的
密丛的森林里
出来了……

在太平洋
在印度洋
在红海
在地中海
在我最初对世界怀着热望
而航行于无边蓝色的海水上的少年时代
我都曾看着美丽的日出
但此刻
在我所呼吸的城市
喷发着煤油的气息
柏油的天气
混杂的气息的城市
敞开着金属的胴体
矿石的胴体
电火的胴体的城市
宽阔地
承受黎明的爱抚的城市
我看见日出
比所有的日出更美丽

五 太阳之歌

是的
太阳比一切都美丽
比处女
比含露的花朵
比白雪

比蓝的海水

太阳是金红色的圆体
是发光的圆体
是在扩大着的圆体

惠特曼
从太阳得到启示
用海洋一样开阔的胸襟
写出海洋一样开阔的诗篇

凡谷
从太阳得到启示
用燃烧的笔
蘸着燃烧的颜色
画着农夫耕犁大地
画着向日葵

邓肯
从太阳得到启示
用崇高的姿态
披示给我们以自然的旋律

太阳
它更高了
它更亮了
它红得像血

太阳
它使我想起　法兰西　美利坚的革命
想起　博爱　平等　自由
想起　德谟克拉西
想起　《马赛曲》《国际歌》

想起　华盛顿　列宁　孙逸仙
　　　和一切把人类从苦难里拯救出来的
　　　人物的名字

是的
太阳是美的
且是永生的

六　太阳照在

初升的太阳
照在我们的头上
照在我们的久久地低垂着
　不曾抬起过的头上
太阳照着我们的城市和村庄
照着我们的久久地住着
　屈服在不正的权力下的城市和村庄
太阳照着我们的田野,河流和山峦
照着我们的从很久以来
　到处都蠕动着痛苦的灵魂的
　田野,河流和山峦……

今天
太阳的炫目的光芒
把我们从绝望的睡眠里刺醒了
也从那遮掩着无限痛苦的迷雾里
刺醒了我们的城市和村庄
也从那隐蔽着无边忧郁的烟雾里
刺醒了我们的田野,河流和山峦
我们仰起了沉重的头颅
从濡湿的地面
一致地
向高空呼嚷

“看我们
我们
笑得像太阳!”

七　在太阳下

“看我们
我们
笑得像太阳!”

那边
一个伤兵
支撑着木制的拐杖
沿着长长的墙壁
跨着宽阔的步伐
太阳照在他的脸上
照在他纯朴地笑着的脸上
他一步一步地走着
他不知道我在远处看着他
当他的披着绣有红十字的灰色衣服的
　高大的身体
走近我的时候
这太阳下的真实的姿态
我觉得
比拿破仑的铜像更漂亮

太阳照在
城市的上空

街上的人
这末多,这末多
他们并不曾向我打招呼
但我向他们走去

我看着每一个从我身边走过的人
对他们
我不再感到陌生

太阳照着他们的脸
照着他们的
　光洁的,年轻的脸
　发皱的,年老的脸
　红润的,少女的脸
　善良的,老妇的脸
和那一切的
　昨天还在惨愁着但今天却笑着的脸
他们都匆忙地
摆动着四肢
在太阳光下
来来去去地走着
　——好像他们被同一的意欲所驱使似的
他们含着微笑的脸
也好像在一致地说着
　"我们爱这日子
　不是因为我们
　　　看不见自己的苦难
　不是因为我们
　　看不见饥饿与死亡
　我们爱这日子
　是因为这日子给我们
　带来了灿烂的明天的
　最可信的音讯。"

太阳光
闪烁在古旧的石桥上……
几个少女——
　那些幸福的象征啊

背着募捐袋
在石桥上
在太阳下
唱着清新的歌
　“我们是天使
　健康而纯洁
　我们的爱人
　年轻而勇敢
　有的骑战马
　驰骋在旷野
　有的驾飞机
　飞翔在天空……”
(歌声中断了,她们在向行人募捐)
现在
她们又唱了
　“他们上战场
　奋勇杀敌人
　我们在后方
　慰劳与宣传
　一天胜利了
　欢聚在一堂……”
她们的歌声
是如此悠扬
太阳照着她们的
　骄傲地突起的胸脯
和袒露着的两臂
和发出尊严的光辉的前额
她们的歌
飘到桥的那边去了……

太阳的光
泛滥在街上

浴在太阳光里的
　街的那边
一群穿着被煤烟弄脏了的衣服的工人
扛抬着一架机器
　——金属的棱角闪着白光
太阳照在
　他们流汗的脸上
当他们每一步前进时
他们发出缓慢而沉洪的呼声
　“杭——唷
　杭——唷
　我们是工人
　工人最可怜
　贫穷中诞生
　劳动里成长
　一年忙到头
　为了吃与穿
　吃又吃不饱
　穿又穿不暖
　杭——唷
　杭——唷
　自从八一三
　敌人来进攻
　工厂被炸掉
　东西被抢光
　几千万工友
　饥饿与流亡
　我们在后方
　要加紧劳动
　为国家生产
　为抗战流汗
　一天胜利了
　生活才饱暖

　杭——唷
　杭——唷……”
他们带着不止的杭唷声
　转弯了……

太阳光
泛滥在旷场上

旷场上
成千的穿草黄色制服的士兵
　在操演
他们头上的钢盔
　和枪上的刺刀
闪着白光
他们以严肃的静默
等待着
　那及时的号令
现在
他们开步了
从那整齐的步伐声里
我听见
　一！二！三！四！
　一！二！三！四！
　我们是从田野来的
　我们是从山村来的
　我们生活在茅屋
　我们呼吸在畜棚
　我们耕犁着田地
　田地是我们的生命
　但今天
　敌人来到我们的家乡
　我们的茅屋被烧掉
　我们的牲口被吃光

　我们的父母被杀死
　我们的妻女被强奸
　我们没有了镰刀与锄头
　只有背上了子弹与枪炮
　我们要用闪光的刺刀
　抢回我们的田地
　回到我们的家乡
　消灭我们的敌人
　敌人的脚踏到哪里
　敌人的血流到哪里……
　……
　一！二！三！四！
　一！二！三！四！
　…………

这真是何等的奇遇啊………

八　今天

今天
奔走在太阳的路上
我不再垂着头
　把手插在裤袋里了
嘴也不再吹那寂寞的口哨
不看天边的流云
不彷徨在人行道

今天
在太阳照着的人群当中
我决不专心寻觅
那些像我自己一样惨愁的脸孔了

今天

太阳吻着我昨夜流过泪的脸颊
吻着我被人间世的丑恶厌倦了的眼睛
吻着我为正义喊哑了声音的嘴唇
吻着我这未老先衰的
啊！快要佝偻了的背脊

今天
我听见
太阳对我说
　“向我来
　从今天
　你应该快乐些呵……”

于是
被这新生的日子所蛊惑
我欢喜清晨郊外的军号的悠远的声音
我欢喜拥挤在忙乱的人丛里
我欢喜从街头敲打过去的锣鼓的声音
我欢喜马戏班的演技
　当我看见了那些原始的,粗暴的,健康的运动
　我会深深地爱着它们
　——像我深深地爱着太阳一样

今天
我感谢太阳
太阳召回了我的童年了

九　我向太阳

我奔驰
依旧乘着热情的轮子
太阳在我的头上
用不能再比这更强烈的光芒

燃灼着我的肉体
由于它的热力的鼓舞
我用嘶哑的声音
歌唱了：
　“于是，我的心胸
　被火焰之手撕开
　陈腐的灵魂
　搁弃在河畔……”
这时候
我对我所看见　所听见
感到了从未有过的宽怀与热爱
我甚至想在这光明的际会中死去……

一九三八年四月在武昌

我 爱 这 土 地

假如我是一只鸟，
我也应该用嘶哑的喉咙歌唱：
这被暴风雨所打击着的土地，
这永远汹涌着我们的悲愤的河流，
这无止息地吹刮着的激怒的风，
和那来自林间的无比温柔的黎明……
——然后我死了，
连羽毛也腐烂在土地里面。

为什么我的眼里常含泪水？
因为我对这土地爱得深沉……

一九三八年十一月十七日

废 名

（1901—1967）

这首诗，首先是林庚替我选的。那时是民国二十年，我忽然写了许多诗，送给朋友们看。有一天有一人提议，把大家的诗，一人选一首，拿来出一本集子，问我选哪一首。我不能作答，我不能说哪一首最好。换一句话说，最好的总不止一首，不能割爱了。林庚从旁说，他替我选了一首《妆台》。他的话大出我的意外，我心里认为我的最好的诗没有《妆台》。然而我连忙承认他的话。这首诗我写得非常之快，只有一二分钟便写好的。当时我忽然有一个感觉，我确实是一个镜子，而且不惜于投海，那么投了海镜子是不会淹死的，正好给一女郎拾去。往下便自然吟成了。两个“因为”，非常之不能做作，来得甚有势力。“因为此地是妆台，不可有悲哀”，本是我写《桥》时的哲学，女子是不可以哭的，哭便不好看，只有小孩子哭很有趣。所以本意在《妆台》上只注重在一个“美”字，林庚或未注意及此，他大约觉得这首诗很悲哀了。我自己如今读之，仿佛也只是感得“此地是妆台，不可有悲哀”之悲哀了。其所以悲哀之故，仿佛女郎不认得这镜子是谁似的。奇怪，在作诗时只注意到照镜子时应该有一个“美”字。

——废名《〈妆台〉及其他》

妆　台

因为梦里梦见我是个镜子,
沉在海里他将也是个镜子,
一位女郎拾去,
她将放上她的妆台。
因为此地是妆台,
不可有悲哀。

一九三一年

灯

深夜读书
释手一本老子道德经之后，
若抛却吉凶悔吝
相晤一室。
太疏远莫若拈花一笑了，
有鱼之于水，
猫不捕鱼，
又记起去年冬夜里地席上看见一只小耗子走路，
夜贩的叫卖声又做了宇宙的言语，
又想起一个年轻人的诗句
鱼乃水之花。
灯光好像写了一首诗，
他寂寞我不读他。
我笑曰，我敬重你的光明。
我的灯又叫我听街上敲梆人。

林 庚

(1910—2006)

从原始人进步到文明,这需要一个漫长的时间,然而在原始人的心目中必早有一个力的面向,正如飞蛾扑火一样,这光明的力量,才引导着野蛮人走进文明,野蛮人赤手空拳走进这文明的世界,这力量何等的雄厚,他只凭着天赋明亮的眼,聪慧的耳,与灵活的知觉,揭开了那文明的序幕。这动人的事件,便是一切艺术最高的说明与一切繁琐的艺术之所以终于缺少成就的缘故。历史上所谓文化较古的国家往往多难免于可悲的衰老的命运,这便是我们必须寻回那草创力的时候,在那里我们寻到了诗的本质。那也正是诗的新原质之所以产生的缘故。

在漫长历史的发展上,这历史虽然是一条线,其力量最初则只在一点上,这条线拉得愈长创造力也就愈弱,这条线变得愈短创造力就愈强,如果这条线短到只是一个点,这就是创造力本身,它如同光之聚于一个点上,这样艺术家把历史聚为一个焦点,戏剧小说也就是这样把整个历史缩短到一个故事上。诗所以是一切艺术最高的形式,因为它真正就是那点的发光的化身。

然而点总是要发展为线的。艺术的价值所以正要补救那自然的不足——它因此被解释为一种人工——在历史已经发展为线的时候,使其重新又聚为一个点,这一个点原来聚在原始时代,现在则让它聚在任何时代,诗所以是无尽的语言,因为它原是用无尽的历史为背景的。

——林庚《诗的活力与诗的新原质》

夜

夜走进孤寂之乡
遂有泪像酒

原始人熊熊的火光
在森林中燃烧起来
此时在耳语吧?

墙外急碎的马蹄声
远去了
是一匹快马
我为祝福而歌

破　　晓

破晓中天旁的水声
深山中老虎的眼睛
在鱼白的窗外鸟唱
如一曲初春的解冻歌
(冥冥的广漠里的心)
温柔的冰裂的声音
自北极像一首歌
在梦中隐隐的传来了
如人间第一次的诞生

卞之琳

（1910—2000）

人非木石，写诗的更不妨说是“感情动物”。我写诗，而且一直是写的抒情诗，也总在不能自已的时候，却总倾向于克制，仿佛故意要做“冷血动物”。规格本来不大，我偏又喜爱淘洗，喜爱提炼，期待结晶，期待升华，结果当然只能出产一些小玩意儿。

……

我始终只写了一些抒情短诗。但是我总怕出头露面，安于在人群里默默无闻，更怕公开我的私人感情。……没有真情实感，我始终是不会写诗的……我总喜欢表达我国旧说的“意境”或者西方所说“戏剧性处境”，也可以说是倾向于小说化，典型化，非个人化，甚至偶尔用出了戏拟(parody)。所以，这时期的极大多数诗里的“我”也可以和“你”或“他”(“她”)互换，当然要随整首诗的局面互换，互换得合乎逻辑。

——卞之琳《〈雕虫纪历〉自序》

春　　城

北京城:垃圾堆上放风筝,
描一只花蝴蝶,描一只鹞鹰
在马德里蔚蓝的天心①,
天如海,可惜也望不见你哪
京都!② ——

倒霉! 又洗了一个灰土澡,
汽车,你游在浅水里,真是的,
还给我开什么玩笑?

对不住,这实在没有什么;
那才是胡闹(可恨,可恨):
黄毛风搅弄大香炉,
一炉千年的陈灰
飞,飞,飞,飞,飞,
飞出了马,飞出了狼,飞出了虎,
满街跑,满街滚,满街号,
扑到你的窗口,喷你一口,
扑到你的屋角,打落一角,
一角琉璃瓦吧? ——

"好家伙! 真吓坏了我,倒不是
一枚炸弹——哈哈哈哈!"

---

① 仿佛记得鹤见祐辅说过北京似马德里。

② 因想到我们当时的"善邻"而随便扯到,其实京都的天并不甚蓝,一九三五年在那里住了以后才知道。

“真舒服,春梦做得够香了不是?
拉不到人就在车磴上歇午觉,
幸亏瓦片儿倒还有眼睛。”
“鸟矢儿也有眼睛——哈哈哈哈!”

哈哈哈哈,有什么好笑,
歇斯底里,懂不懂,歇斯底里!
悲哉,悲哉!
真悲哉,小孩子也学老头子,
别看他人小,垃圾堆上放风筝,
他也会“想起了当年事……”
悲哉,听满城的古木
徒然的大呼,
呼啊,呼啊,呼啊,
归去也,归去也,
故都故都奈若何!……

我是一只断线的风筝,
碰到了怎能不依恋柳梢头,
你是我的家,我的坟,
要看你飞花,飞满城,
让我的形容一天天消瘦。

那才是胡闹,对不住;且看
北京城:垃圾堆上放风筝。
昨儿天气才真是糟呢,
老方到春来就怨天,昨儿更骂天
黄黄的压在头顶上像大坟,
老崔说看来势真有点不祥,你看
漫天的土吧,说不定一夜睡了
就从此不见天日,要待多少年后
后世人的发掘吧,可是
今儿天气才真是好呢,

看街上花树也坐了独轮车游春,[1]
春完了又可以红纱灯下看牡丹。
(他们这时候正看樱花吧?)
天上是鸽铃声——
蓝天白鸽,渺无飞机,
飞机看景致,我告诉你,
决不忍向琉璃瓦下蛋也……

北京城:垃圾堆上放风筝。

一九三四年

① 北平春天街头常见为豪门送花的独轮车。

水 成 岩

水边人想在岩上刻几行字迹：

大孩子见小孩子可爱，
问母亲“我从前也是这样吗？”

母亲想起了自己发黄的照片
堆在尘封的旧桌子抽屉里，

想起了一架的瑰艳
藏在窗前干瘪的扁豆荚里，

叹一声“悲哀的种子！”

“水哉，水哉！”沉思人叹息
古代人的感情像流水，
积下了层叠的悲哀。

一九三四年八月

距离的组织

想独上高楼读一遍《罗马衰亡史》,
忽有罗马灭亡星出现在报上。①
报纸落。地图开,因想起远人的嘱咐。
寄来的风景②也暮色苍茫了。
("醒来天欲暮,无聊,一访友人吧。")③
灰色的天。灰色的海。灰色的路。④
哪儿了?我又不会向灯下验一把土。⑤
忽听得一千重门外有自己的名字。
好累啊!我的盆舟没有人戏弄吗?⑥
友人带来了雪意和五点钟。⑦

一九三五年一月九日

---

① 一九三四年十二月二十六日《大公报》国际新闻版伦敦二十五日路透电:"两星期前索佛克业余天文学者发现北方大力星座中出现一新星,兹据哈华德观象台纪称,近两日内该星异常光明,估计约距地球一千五百光年,故其爆发而致突然灿烂,当远在罗马帝国倾覆之时,直至今日,其光始传至地球云"。这里涉及时空的相对关系。

② "寄来的风景"当然是指"寄来的风景片"。这里涉及实体与表象的关系。

③ 这行是来访友人(即末行的"友人")将来前的内心独白,语调戏拟我国旧戏的台白。

④ 本行和下一行是本篇说话人(用第一人称的)进入的梦境。

⑤ 一九三四年十二月二十八日《大公报》的《史地周刊》上《王同春开发河套讯》:"夜中驱驰旷野,偶然不辨在什么地方,只消抓一把土向灯一瞧就知道到了哪里了。"

⑥ 《聊斋志异》的《白莲教》篇:"白莲教某者,山西人也,忘其姓名…某一日,将他往,堂上置一盆,又一盆覆之,嘱门人坐守,戒勿启视。去后,门人启之。视盆贮清水,水上编草为舟,帆樯具焉。异而拨以指,随手倾侧,急扶如故,仍覆之。俄而师来,怒责'何违我命!'门人力白其无。师曰,'适海中舟覆,何得欺我!'"这里从幻想的形象中涉及微观世界与宏观世界的关系。

⑦ 这里涉及存在与觉识的关系。但整诗并非讲哲理,也不是表达什么玄秘思想,而是沿袭我国诗词的传统,表现一种心情或意境,采取近似我国一折旧戏的结构方式。

尺　　八

象候鸟衔来了异方的种子，
三桅船载来了一枝尺八，
从夕阳里，从海西头。
长安丸载来的海西客
夜半听楼下醉汉的尺八，
想一个孤馆寄居的番客
听了雁声，动了乡愁，
得了慰藉于邻家的尺八，
次朝在长安市的繁华里
独访取一枝凄凉的竹管……
（为什么霓虹灯的万花间
还飘着一缕凄凉的古香？）
归去也，归去也，归去也——
像候鸟衔来了异方的种子，
三桅船载来了一枝尺八，
尺八乃成了三岛的花草。
（为什么霓虹灯的万花间
还飘着一缕凄凉的古香？）
归去也，归去也，归去也——
海西人想带回失去的悲哀吗？

一九三五年六月十九日

圆 宝 盒

我幻想在哪儿(天河里?)
捞到了一只圆宝盒,
装的是几颗珍珠:
一颗晶莹的水银
掩有全世界的色相,
一颗金黄的灯火
笼罩有一场华宴,
一颗新鲜的雨点
含有你昨夜的叹气……
别上什么钟表店
听你的青春被蚕食,
别上什么骨董铺
买你家祖父的旧摆设。
你看我的圆宝盒
跟了我的船顺流
而行了,虽然舱里人
永远在蓝天的怀里,①
虽然你们的握手
是桥——是桥!可是桥
也搭在我的圆宝盒里;
而我的圆宝盒在你们
或他们也许也就是
好挂在耳边的一颗
珍珠——宝石?——星?

一九三五年七月八日

---

① 一九三四年春天我曾写过一首诗,早作废,从未发表,结尾三行,可供参考:
让时间作水吧,睡榻作舟,
仰卧舱中随白云变幻,
不知两岸桃花已远。

断　　章

你站在桥上看风景，
看风景人在楼上看你。

明月装饰了你的窗子，
你装饰了别人的梦。

一九三五年十月

鱼　化　石

(一条鱼或一个女子说:)

我要有你的怀抱的形状,①
我往往溶化于水的线条。②
你真像镜子一样的爱我呢。③
你我都远了乃有了鱼化石。④

一九三六年六月四月

① 法国保尔·艾吕亚有两行诗:

　　她有我的手掌的形状,
　　她有我的眸子的颜色。

我们有司马迁的"女为悦己者容"。

② 从盆水里看雨花石,水纹溶溶,花纹也溶溶,令人想起保尔·瓦雷里的《浴》。

③ 斯特凡·玛拉美《冬天的颤抖》里有"你那面威尼斯镜子…"一段。

④ 鱼成化石的时候,鱼非原来的鱼,石也非原来的石了。这也是"生生之谓易"。近一点说,往日之我已非今日之我,我们乃珍惜雪泥上的鸿爪,就是纪念。

无 题 四

隔江泥衔到你梁上,
隔院泉挑到你杯里,
海外的奢侈品舶来你胸前:
我想要研究交通史。

昨夜付一片轻喟,
今朝收两朵微笑,
付一枝镜花,收一轮水月…
我为你记下流水账。

一九三七年四月

无 题 五

我在散步中感谢
襟眼是有用的,
因为是空的,[1]
因为可以簪一朵小花。

我在簪花中恍然
世界是空的,
因为是有用的,
因为它容了你的款步。

一九三七年

① 古人有云:"无之以为用。"

纪 弦

（1913— ）

纪弦从二十年代末期开始创作，那时的大陆诗坛流行象征主义诗风，纪弦乃这股思潮里活跃的和创作丰富的年轻诗人……

五十年代，正当纪弦向台湾诗坛强调诗的主知趋向的时候，他的诗在这方面自然更加自觉了。传统的抒情诗往往是即兴赋得，而像《榕树·我·大寂寞》这样有深广内涵的诗，是反即兴赋得的，它的发生是情感的再流，往复与客观，作诗在吟味感情时，而不在感情冲动时。这首诗从各方面立体地写出了五十年代台湾土地上的那种历史与生命的寂寞，让人绝望、恐怖的寂寞，但不是抒发寂寞的感情，而是描述和暗示，诗艺高超。

——蓝棣之《〈纪弦诗选〉序》

火 灾 的 城

从你的灵魂的窗子望进去,
在那最深邃最黑暗的地方,
我看见了无消防队的火灾的城
和赤裸着的疯人们的潮。

我听见了从那无限的澎湃里响彻着的
我的名字,爱者的名字,仇敌们的名字,
和无数生者与死者的名字。

而当我轻轻地应答着
说"唉,我在此"时,
我也成为一个可怕的火灾的城了。

一九三六年

榕树·我·大寂寞

榕树是一切树中姿态最不美的,然而生命力最强。试把她从甲地移植到乙地,连根拔起,晒上两三天,然后随便地种下去,经过一个短期的死,就复活了。

一

午睡醒来抽枝烟;
一面凝视着窗外院子里
浓绿
繁多
榕树叶子的
大寂寞。
于是有家的大寂寞。
无线电收音机谁在唱歌,
什么人在演说的大寂寞。
行将毁灭或是愈新鲜的世界,
在脑袋的银幕上出现了又消失。
历史的大寂寞!
诗的大寂寞!

啊啊,今天,
我觉得有一种夏季的冷;
我第一次感到
需要一杯热些的茶。

风来了,
我看见榕树婆娑而起舞,

如一肥壮的中年妇人,
摇摆着夸张的臀部,
蠢态如猪。而自远处,
那些随风传至的是
大批出口家畜
被起重机吊起来
从码头上
抛掷到货舱里去的
尖锐的叫。
　凄厉的叫。
　　绝望的叫。
　　　Edvard Munch 的“叫”。
　　　　恐怖的叫。
　　　　　二十世纪的叫。
　　　　　　人类的叫。

我倾听着它们,
又默默地数着我自己:
一二三四五六,脉搏;
七八九十,心跳。
于是有逐渐硬化的
血管的大寂寞;
心脏病患者的
心脏的大寂寞。
　肉体的大寂寞。
　　灵魂的大寂寞。
　　　生命的大寂寞!

二

吁唏!蔓延在我的内部的
是一种无法敉平了的叛乱;
而我是再不能轻轻轻轻地唤着

那个难忘但永不宣布的名字。
何其大的寂寞啊!
寂寞的是
从我的口中喷出的,
软软的,
袅袅的,
一人接着一个的,
有风度的,
散步的烟圈啊。

一二三四飘过去,那些烟圈;
五六七八九十飘过去,那些烟圈。
那些乳白色的,飘过去;
那些青灰色的,飘过去。
飘过去,那些有组织的;
飘过去,那些成体系的。
那些虚无的实在,
　那些实在的虚无,
　　飘过去,飘过去。
那些神秘的,
　那些不可思议的,
　　飘过去,飘过去……
凡飘过的空间,
是无穷又有限;
凡飘过的时间,
是迅速又缓慢。
空间的大寂寞。
时间的大寂寞。
上下左右前后:
大寂寞!
过去现在未来:
大寂寞!

三

唉唉,什么时候,
让我买一张头等来回票,
搭乘着最新式最豪华的原子火箭,
到金星上,
火星上,
或是月亮上去玩他一趟才好哩。
说吧,什么时候,你,或人?

但是那些奇迹的行星和卫星啊,
已经重返于古老的太阳的墓地:
那些微笑着的恒星啊,
已经灯一般地熄掉;
那些宇宙的不朽的梦啊,
已经美丽的肥皂泡的爆炸似地,
我的一刻的午睡似地醒来;
至于那些全能的上帝的创世啊,
不过是一幅幅被激赏的
天才儿童的蜡笔画而已。

而在这里,听哪,
那些岁月的葡萄,
那些年华的橄榄,
那些青春的金黄的日吻橙,
一卡车一卡车地疾驰而过,
在我的额的高原上,
桥一般的鼻子上,
颈的地峡,
肩的悬崖,
胸部的丘陵地带,
脐的盆地,
沙漠似的不毛的小腹,

和分歧着的两条腿的
辽长的，辽长的公路上……

吁嗟乎！
大寂寞。
岁月逝去。年华逝去。
午睡醒来：青春不再。
榕树舞罢，无一叶落；
纸烟吸完，剩些灰烬。
榕树。榕树。大寂寞！
我。我。大寂寞！

后记：Edvard Munch（一八六三～一九四四），挪威人，表现主义画家；其名作《叫》，我最喜爱。

零　件

不过是小小一枚螺丝钉而已。
有什么可这样可那样的呢?
　什么诗人?
　半野蛮的族类!
我就模仿雪莱的朋友皮可克的口气
嘲弄嘲弄我自己而感到非常的过瘾
每当我被这样那样得

想哭的时候。　但是作为整个机器
之一部分,我是,怎么也旋不紧的
一枚。　也许此乃一种例外?
是的,也许;而这庞然大物
应该不是一种例外。
我亦没有上锈。还不到
报废的年龄。而零件的装配
也丝毫都没给弄错——这位置
不正是适合于我的么?
当然,这个所谓的
我,是可以拿了去派派用场的。
然而我是怎么也旋不紧的一枚。
怎么也旋不坚。这样,那样,
怎么也旋不紧。因为这螺丝钉
因是这螺丝钉老是　　　　小小的
　　　　想飞　　　　　　螺丝钉
　　老是　　　　　　　　半野蛮
想飞　　　　　　　　　　的族类

本来，
我是想哭的。
但我已不再是一个小孩子了。
我也不算一个大人：
我的心脏早已成熟；
我的心灵还很幼稚。
若干的神性和若干的兽性
在我的生命里共存共荣。
既非圣贤，亦非禽兽，
而也未尝生活在一个人的标准
上。究竟，我是什么东西？
——一种不值钱的零件罢了。
至于我之所以每常嘲弄我自己，
那是因为我是可以飞的。

对了！我是可以飞的；
并且
原则上
这个机器
（不是十九世纪古人所设计的那种样式，那种性质）
也不是不可以飞的：
只要我飞起来，
飞吧　　　　就能够把它也带着一同飞；
飞吧　　　　只要我飞起来，
凡想飞的都能够跟我一同飞。
然则，我为什么还不
还不开始飞呢？（飞吧！飞吧！）
难道有啥格可犹豫的，有啥格可留恋的不成？
也许时间尚未到吧？
时间未到，或者是个理由；

而目的地，应该早就到了。
这才真是雪莱们所无法理解，皮可克们也不会懂的啦。
什么诗人？
半野蛮的族类！唉唉什么诗人半野蛮的族类……

穆　旦

(1918—1977)

穆旦的真正的谜却是:他一方面最善于表达中国知识分子的受折磨而又折磨人的心情,另一方面他的最好的品质却全然是非中国的。在别的中国诗人是模糊而像羽毛样轻的地方,他确实,而且几乎是拍着桌子说话。在普遍的单薄之中,他的组织和联想的丰富有点近乎冒犯别人了。……现代中国作家所遭遇的困难主要是表达方式的选择。旧的文体是废弃了,但是它的词藻却逃了过来压在新的作品上。穆旦的胜利却在他对于古代经典的澈底的无知。甚至于他的奇幻都是新式的。那些不灵活的中国字在他的手里给揉着,操纵着,它们给暴露在新的严厉和新的气候之前。……在《五月》这类的诗里,他故意地将新的和旧的风格相比,来表示"一切都在脱节之中",而结果是,有一种猝然,一种剃刀片似的锋利……

——王佐良《一个中国诗人》

奥登说他要写他那一代人的历史经验,就是前人所未遇到过的独特经验。我由此引申一下,就是,诗应该写出"发现底惊异"。你对生活有特别的发现,这发现使你大吃一惊(因为不同于一般流行的看法,或出乎自己过去的意料之外),于是你把这种惊异之处写出来,其中或痛苦或喜悦,但写出之后,你心中如释重负,摆脱了生活给你的重压之感,这样,你就写成了一首有血肉的诗,而不是一首不关痛痒的人云亦云的诗。所以,在搜求诗的内容时,必须追究自己的生活,看其中有什么特别尖锐的感觉,一吐为快的。

——穆旦《致郭保卫的信》

防空洞里的抒情诗

他向我,笑着,这儿倒凉快,
当我擦着汗珠,弹去爬山的土,
当我看见他的瘦弱的身体
战抖,在地下一阵隐隐的风里。
他笑着,你不应该放过这个消遣的时机,
这是上海的申报,唉这五光十色的新闻,
让我们坐过去,那里有一线暗黄的光。
我想起大街上疯狂的跑着的人们,
那些个残酷的,为死亡恫吓的人们,
像是蜂拥的昆虫,向我们的洞里挤。

谁知道农夫把什么种子洒在这土里?
我正在高楼上睡觉,一个说,我在洗澡。
你想最近的市价会有变动吗?府上是?
哦哦,改日一定拜访,我最近很忙。
寂静。他们像觉到了氧气的缺乏。
虽然地下是安全的。互相观望着:
O 黑色的脸,黑色的身子,黑色的手!
这时候我听见大风在阳光里
附在每个人的耳边吹出细细的呼唤,
从他的屋檐,从他的书页,从他的血里。
　　炼丹的术士落下沉重的
　　眼睑,不觉堕入了梦里,
　　无数个阴魂跑出了地狱,
　　悄悄收摄了,火烧,剥皮,
　　听他号出极乐国的声息。
　　O 看,在古代的大森林里,

　　那个渐渐冰冷了的僵尸!

我站起来,这里的空气太窒息,
我说,一切完了吧,让我们出去!
但是他拉住我,这是不是你的好友,
她在上海的饭店结了婚,看看这启事!

我已经忘了摘一朵洁白的丁香夹在书里,
我已经忘了在公园里摇一只手杖,
在霓虹灯下飘过,听 LOVE PARADE 散播,
O 我忘了用淡紫的墨水,在红茶里加一片柠檬。
当你低下头,重又抬起,
你就看见眼前的这许多人,你看见原野上的那许多人,
于是觉得你染上了黑色,和这些人们一样。

　　那个僵尸在痛苦地动转,
　　他轻轻地起来烧着炉丹,
　　在古代的森林漆黑的夜里,
　　“毁灭,毁灭”一个声音喊,
　　“你那枉然的古旧的炉丹。
　　死在梦里! 坠入你的苦难!”
　　听你极乐的嗓子多么洪亮!”

胜利了,他说,打下几架敌机?
我笑,是我。
当人们回到家里,弹去青草和泥土,
从他们头上所编织的大网里,
我是独自走上了被炸毁的楼,
而发见我自己死在那儿
僵硬的,满脸上是欢笑,眼泪,和叹息。

一九三九年四月

还原作用

污泥里的猪梦见生了翅膀，
从天降生的渴望着飞扬，
当他醒来时悲痛地呼喊。

胸里燃烧了却不能起床，
跳蚤，耗子，在他的身上粘着：
你爱我吗？我爱你，他说。

八小时工作，挖成一颗空壳，
荡在尘网里，害怕把丝弄断，
蜘蛛嗅过了，知道没有用处。

他的安慰是求学时的朋友，
三月的花园怎么样盛开，
通信联起了一大片荒原。

那里看出了变形的枉然，
开始学习着在地上走步，
一切是无边的，无边的迟缓。

一九四〇年十一月

五　月

五月里来菜花香
布谷流连催人忙
万物滋长天明媚
浪子远游思家乡

勃朗宁,毛瑟,三号手提式,
或是爆进人肉去的左轮,
它们能给我绝望后的快乐,
对着漆黑的枪口,你就会看见
从历史的扭转的弹道里,
我是得到了二次的诞生。
无尽的阴谋;生产的痛楚是你们的,
是你们教了我鲁迅的杂文。

负心儿郎多情女
荷花池旁订誓盟
而今独自倚栏想
落花飞絮满天空

而五月的黄昏是那样的朦胧!
在火炬的行列叫喊过去以后,
谁也不会看见的
被恭维的街道就把他们倾出,
在报上登过救济民生的谈话后,
谁也不会看见的
愚蠢的人们就扑进泥沼里,
而谋害者,凯歌着五月的自由,
紧握一切无形电力的总枢纽。

春花秋月何时了
郊外墓草又一新
昔日前来痛哭者
已随轻风化灰尘

还有五月的黄昏轻网着银丝，
诱惑，溶化，捉捕多年的记忆，
挂在柳梢头，一串光明的联想……
浮在空气的小溪里，把热情拉长……
于是吹出些泡沫，我沉到底，
安心守住了你们古老的监狱，
一个封建社会搁浅在资本主义的历史里。

一叶扁舟碧江上
晚霞炊烟不分明
良辰美景共饮酒
你一杯来我一盅

而我是来飨宴五月的晚餐，
在炮火映出的影子里，
在我交换着敌视，大声谈笑，
我要在你们之上，做一个主人，
直到提审的钟声敲过了十二点。
因为你们知道的，在我的怀里
藏着一个黑色小东西，
流氓，骗子，匪棍，我们一起，
在混乱的街上走——

他们梦见铁拐李
丑陋乞丐是仙人
游遍天下厌尘世
一飞飞上九层云

一九四〇年十一月

赞 美

走不尽的山峦的起伏,河流和草原,
数不尽的密密的村庄,鸡鸣和狗吠,
接连在原是荒凉的亚洲的土地上,
在野草的茫茫中呼啸着干燥的风,
在低压的暗云下唱着单调的东流的水,
在忧郁的森林里有无数埋藏的年代。
它们静静地和我拥抱:
说不尽的故事是说不尽的灾难,沉默的
是爱情,是在天空飞翔的鹰群,
是干枯的眼睛期待着泉涌的热泪,
当不移的灰色的行列在遥远的天际爬行;
我有太多的话语,太悠久的感情,
我要以荒凉的沙漠,坎坷的小路,骡子车,
我要以槽子船,漫山的野花,阴雨的天气,
我要以一切拥抱你,你,
我到处看见的人民呵,
在耻辱里生活的人民,佝偻的人民,
我要以带血的手和你们一一拥抱。
因为一个民族已经起来。

一个农夫,他粗糙的身躯移动在田野中,
他是一个女人的孩子,许多孩子的父亲,
多少朝代在他的身边升起又降落了
而把希望和失望压在他身上,
而他永远无言地跟在犁后旋转,
翻起同样的泥土溶解过他祖先的,
是同样的受难的形象凝固在路旁。

在大路上多少次愉快的歌声流过去了，
多少次跟来的是临到他的忧患；
在大路上人们演说，叫嚣，欢快，
然而他没有，他只放下了古代的锄头，
再一次相信名词，溶进了大众的爱，
坚定地，他看着自己溶进死亡里，
而这样的路是无限的悠长的
而他是不能够流泪的，
他没有流泪，因为一个民族已经起来。

在群山的包围里，在蔚蓝的天空下，
在春天和秋天经过他家园的时候，
在幽深的谷里隐着最含蓄的悲哀：
一个老妇期待着孩子，许多孩子期待着
饥饿，而又在饥饿里忍耐，
在路旁仍是那聚集着黑暗的茅屋，
一样的是不可知的恐惧，一样的是
大自然中那侵蚀着生活的泥土，
而他走去了从不回头诅咒。
为了他我要拥抱每一个人，
为了他我失去了拥抱的安慰，
因为他，我们是不能给以幸福的，
痛哭吧，让我们在他的身上痛哭吧，
因为一个民族已经起来。

一样的是这悠久的年代的风，
一样的是从这倾圮的屋檐下散开的
无尽的呻吟和寒冷，
它歌唱在一片枯槁的树顶上，
它吹过了荒芜的沼泽，芦苇和虫鸣，
一样的是这飞过的乌鸦的声音。
当我走过，站在路上踯躅，
我踯躅着为了多年耻辱的历史

仍在这广大的山河中等待,
等待着,我们无言的痛苦是太多了,
然而一个民族已经起来,
然而一个民族已经起来。

一九四一年十二月

诗　八　首

一

你底眼睛看见这一场火灾，
你看不见我，虽然我为你点燃；
唉，那燃烧着的不过是成熟的年代，
你底，我底。我们相隔如重山！

从这自然底蜕变底程序里，
我却爱了一个暂时的你。
即使我哭泣，变灰，变灰又新生，
姑娘，那只是上帝玩弄他自己。

二

水流山石间沉淀下你我，
而我们成长，在死底子宫里。
在无数的可能里一个变形的生命
永远不能完成他自己。

我和你谈话，相信你，爱你，
这时候就听见我底主暗笑，
不断地他添来另外的你我
使我们丰富而且危险。

三

你底年龄里的小小野兽，
它和春草一样地呼吸，
它带来你底颜色，芳香，丰满，

它要你疯狂在温暖的黑暗里。

我越过你大理石的理智殿堂,
而为它埋藏的生命珍惜;
你我底手底接触是一片草场,
那里有它底固执,我底惊喜。

四

静静地,我们拥抱在
用言语所能照明的世界里,
而那未成形的黑暗是可怕的,
那可能和不可能的使我们沉迷。

那窒息着我们的
是甜蜜的未生即死的言语,
它底幽灵笼罩,使我们游离,
游进混乱的爱底自由和美丽。

五

夕阳西下,一阵微风吹拂着田野,
是多么久的原因在这里积累。
那移动了景物的移动我底心
从最古老的开端流向你,安睡。

那形成了树林和屹立的岩石的,
将使我此时的渴望永存,
一切在它底过程中流露的美
教我爱你的方法,教我变更。

六

相同和相同溶为怠倦,
在差别间又凝固着陌生;

是一条多么危险的窄路里，
我制造自己在那上面旅行。

他存在，听从我底指使，
他保护，而把我留在孤独里，
他底痛苦是不断的寻求
你底秩序，求得了又必须背离。

七

风暴，远路，寂寞的夜晚，
丢失，记忆，永续的时间，
所有科学不能祛除的恐惧
让我在你底怀里得到安慰——

呵，在你底不能自主的心上，
你底随有随无的美丽的形象，
那里，我看见你孤独的爱情
笔立着，和我底平行着生长！

八

再没有更近的接近，
所有的偶然在我们间定型；
只有阳光透过缤纷的枝叶
分在两片情愿的心上，相同。

等季候一到就要各自飘落，
而赐生我们的巨树永青，
它对我们的不仁的嘲弄
（和哭泣）在合一的老根里化为平静。

一九四二年二月

活　下　去

活下去,在这片危险的土地上,
活在成群死亡的降临中,
当所在的幻象已变狰狞,所有的力量已经
如同暴露的大海
凶残摧毁凶残,
如同你和我都渐渐强壮了却又死去,
那永恒的人。

弥留在生的烦扰里,
在淫荡的颓败的包围中,
看!那里已奔来了即将解救我们一切的
饥寒的主人;
而他已经鞭击,
而那无声的黑影已在苏醒和等待
午夜里的牺牲。

希望,幻灭,希望,再活下去
在无尽的波涛的淹没中,
谁知道时间的沉重的呻吟就要坠落在
于诅咒里成形的
日光闪耀的岸沿上;
孩子们呀,请看黑夜中的我们正怎样孕育
难产的圣洁的感情。

一九四四年九月

发　现

在你走过和我们相爱以前，
我不过是水，和水一样无形的沙粒，
你拥抱我才突然凝结成为肉体：
流着春天的浆液或擦过冬天的冰霜，
这新奇而紧密的时间和空间；

在你的肌肉和荒年歌唱我以前，
我不过是没有翅膀的喑哑的字句，
从没有张开它腋下的狂风，
当你以全身的笑声摇醒我的睡眠，
使我奇异的充满又迅速关闭；

你把我轻轻打开，一如春天
一瓣又一瓣的打开花朵，
你把我打开像幽暗的甬道
直达死的面前：在虚伪的日子下面
解开那被一切纠缠着的生命的根；

你向我走进，从你的太阳的升起
翻过天空直到我日落的波涛，
你走进而燃起一座灿烂的王宫：
由于你的大胆，就是你最遥远的边界：
我的皮肤也献出了心跳的虔诚。

一九四七年十月

智慧之歌

我已走到了幻想底尽头,
这是一片落叶飘零的树林,
每一片叶子标记着一种欢喜,
现在都枯黄地堆积在内心。

有一种欢喜是青春的爱情,
那是遥远天边的灿烂的流星,
有的不知去向,永远消逝了,
有的落在脚前,冰冷而僵硬。

另一种欢喜是喧腾的友谊,
茂盛的花不知道还有秋季,
社会的格局代替了血的沸腾,
生活的冷风把热情铸为实际。

另一种欢喜是迷人的理想,
它使我在荆棘之途走得够远,
为理想而痛苦并不可怕,
可怕的是看它终于成笑谈。

只有痛苦还在,它是日常生活
每天在惩罚自己过去的傲慢,
那绚烂的天空都受到谴责,
还有什么彩色留在这片荒原?

但唯有一棵智慧之树不凋,
我知道它以我的苦汁为营养,
它的碧绿是对我无情的嘲弄,
我咒诅它每一片叶的滋长。

一九七六年三月

老年的梦呓

一

这么多心爱的人迁出了
我的生活之温暖的茅舍，
有时我想和他们说一句话，
但他们已进入千古的沉默。

我抓起地上的一把灰尘，
向它询问亲人的音信，
就是它曾有过千言万语，
就是它和我心连过心。

啊,多少亲切的音容笑貌，
已迁入无边的黑暗与寒冷，
我的小屋被撤去了藩篱，
越来越卷入怒号的风中。

但它依旧微笑地存在，
虽然残破了,接近于塌毁，
朋友,趁这里还烧着一点火，
且让我们暖暖地聚会。

二

生命短促得像朝露：
你的笑脸,他的愤怒，
还有她那少女的妩媚，

转眼竟被阳光燃成灰！
不，它们还活在我的心上，
等着我的心慢慢遗忘埋葬。

三

我和她谈过永远的爱情，
我们曾把生命饮得沉醉；
另一个使我怀有怨恨，
因为她给我冷冷的智慧；
还有一个我爱得最深，
虽然我们隔膜有如路人；
但这一切早被生活忘掉，
若不是坟墓向我索要！

四

过去的生命已经丢失了，
你何必还要把它找回来？
打一个电话就能把她约到，
可是面对面再也没有华彩；
那年轻的太阳，年轻的草地，
灿烂的希望和无垠的天空
都已变成今天冷淡的言语，
使回忆的画面也遭霜冻。

五

到市街的一角去寻找惆怅，
因为我们曾在那里无心游荡，
年轻的日子充满了欢乐，
呵，只为了给今天留下苦涩！
到那庭院里去看一间空屋，

因为它铭刻一段共同的旅途，
当时写的什么我尚无所知，
现在才读出一篇委婉的哀诗。

六

别动吧，凡她保留的物品
也在保留着她的生命：
这一叠是亲友的来信，
来往琐事拼写着感情。
这是一些暗黄的戏单，
她度过的激动的夜晚。
这只花瓶并不出色，
但记载一次旅途之乐。
还有旧扇，破表，收据……
如今都失去了谜底，
自从她离开这个世界，
它们的信息已不可解。
但这些静物仍有余温，
似乎居住着她的灵魂。

一九七六年

冬

一

我爱在淡淡的太阳短命的日子,
临窗把喜爱的工作静静做完;
才到下午四点,便又冷又昏黄,
我将用一杯酒灌溉我的心田。
多么快,人生已到严酷的冬天。

我爱在枯草的山坡,死寂的原野,
独自凭吊已埋葬的火热一年,
看着冰冻的小河还在冰下面流,
不知低语着什么,只是听不见。
呵,生命也跳动在严酷的冬天。

我爱在冬晚围着温暖的炉火,
和两三昔日的好友会心闲谈,
听着北风吹得门窗沙沙地响,
而我们回忆着快乐无忧的往年。
人生的乐趣也在严酷的冬天。

我爱在雪花飘飞的不眠之夜,
把已死去或尚存的亲人珍念,
当茫茫白雪铺下遗忘的世界,
我愿意感情的热流溢于心间,
来温暖人生的这严酷的冬天。

二

寒冷，寒冷，尽量束缚了手脚，
潺潺的小河用冰封住口舌，
盛夏的蝉鸣和蛙声都沉寂，
大地一笔勾销它笑闹的蓬勃。

谨慎，谨慎，使生命受到挫折，
花呢？绿色呢？血液闭塞住欲望，
经过多日的阴霾和犹疑不决，
才从枯树枝漏下淡淡的阳光。

奇怪！春天是这样深深隐藏，
哪儿都无消息，都怕峥露头角，
年轻的灵魂裹进老年的硬壳，
仿佛我们穿着厚厚的棉袄。

三

你大概已停止了分赠爱情，
把书信写了一半就住手，
望望窗外，天气是如此肃杀，
因为冬天是感情的刽子手。

你把夏季的礼品拿出来，
无论是蜂蜜，是果品，是酒，
然后坐在炉前慢慢品尝，
因为冬天已经使心灵枯瘦。

你拿一本小说躺在床上，
在另一个幻想世界周游，
它使你感叹，或使你向往，
因为冬天封住了你的门口。

你疲劳了一天才得休息,
听着树木和草石都在嘶吼,
你虽然睡下,却不能成梦,
因为冬天是好梦的刽子手。

四

在马房隔壁的小土屋里,
风吹着窗纸沙沙响动,
几只泥脚带着雪走进来,
让马吃料,车子歇在风中。

高高低低围着火坐下,
有的添木柴,有的在烘干,
有的用他粗而短的指头
把烟丝倒在纸里卷成烟。

一壶水滚沸,白色的水雾
弥漫在烟气缭绕的小屋,
吃着,哼着小曲,还谈着
枯燥的原野上枯燥的事物。

北风在电线上朝他们呼唤,
原野的道路还一望无际,
几条暖和的身子走出屋,
又迎面扑进寒冷的空气。

一九七六年十二月

吴兴华

（1921—1966）

关于那首Eva的诗，它所以对我特别亲爱的缘故就是：（一）里面的主题思想是前人未曾道过的，而且是典型中国味的意思。你听没听过梅兰芳的《西施》，我没有。可是唱片听过，里面有："水殿风来云气紧，月照宫门第几层"（还有两句也很美，可惜忘了），这两句自小时就不可磨灭的嵌入我的脑子里。同时，天生下来爱好那些湮没无闻，被人踏在脚下的人那么一个性格，我总想speculate一下她当时倚栏想的是什么？没有人晓得。然而（这一点我敢保你会同意的）她想的事一定不会是日常的辛苦，人类的劳累，吴越的战情。This is badly put. 可是你一定明白，我的意思是西施当时或许会想到吴越的情形，自己的身世等等。可是我们脑中的西施是不被这些杂思缠绕的，就像海伦，那眼光柔弱的希腊美人，倚城看战士的独斗，战争在她脚下汹涌，而她的思想呢？荷马并不告诉我们。这就是她们的光荣。她们仿佛是不与我们一起存在，或者，在她们眼中的世界是与我们所见到的大不相同的，这样那雄心的夫差和她不过是"咫尺天涯"的关系。她一定不以这一切为要紧。因为她从前所抛下的，现在所见到的，将来所要去的境界，都是我们所不能了解的。

同样是海伦，她爱的是谁？她在这世上一切都是被动的，就因为她的思想与这世界格格不入，同样，照我看起来，是一切理想化的女子。正是，像雕像，纯粹是思想，而没有感情。你记得Beatrice吗？当然她是更高一层，而达到Divine Grace了。那种爱和人世的爱是不可并语的，而且有一个中世纪宗教在后面，那种爱不过是教义的一部，也就是intellect的化身。

这是一瞬间的触发，你看见她立在月明的园中，忽然这个思想进入你脑中："她想什么？"这样超人的美（假设她有的话）是与平常的思想不能溶合的，立刻像一闪电，这个思想扩大成一篇诗与西施连起来，等完了时，我们对这个女人就不感兴趣了。我们不想多知道她什么，怕打破了我们的好梦。本来，我对Idealism的观念老是这样：一小部分的举高，另外一大部分的抛弃。你必须把她和这世界分开，然后你才能猜想她和那另一个世界的关系。

——吴兴华一九四二年一月十三日致宋淇的信

给 伊 娃

伊娃,让我们活着时想一想明天
欲凋的花朵吧。今日徒费的劳力
还不是他年往回看,当新的香气
浮在美女的鬓边时悲苦的泪吗?
隔着明日的窗子我向下看,街心
来复着呜咽的微风,而你在园中
静立着如一座石像,象征着室外
常驻的美丽,却又不沾一粒尘土——
而我,做梦的诗人,在你的光辉里
看出来爱情的暂短,与热望如何
能凌越知识的范围,远去像流星
拜访些人类所未闻未见的境遇。

在不知多少年之前,当夜云无声
侵近了月亮苍白的圈子时,薄雾
抚摸着原野。西施在多树的廊间
听风,她的思想是什么呢?谁知道?
徒然为了她雪白的肌肤,有君王
肯倾覆自己正将兴未艾的国运;
纵使他在她含忧的倚着玉床时,
眼睛里看出将会有叉角的雌麋
来践踏他的宫室。绝代的容色
沉浸在思维里,宇宙范围还太小,
因为就在她唇角间系着吴和越。
成败是她所漠然的,人世的情感
得到她冷漠的反应而以为满足
她的灵魂所追逐的却是更久远

可神秘的事物——
或许根本不存在。

好奇的人们时常要追问:在姑苏
陷落后,她和范蠡到何处去流浪?
不受扰乱的静美才算是最完全,
一句话就会减少她万分的娇艳。
既然不是从沉重的大地里生出,
她又何必要关心于变换的身世?
从吴宫颦眉的王后降落为贾人
以船为家的妻子,她保持着静默,
接受不同的拥抱以同样的愁容,
日日呼吸着这人间生疏的空气,
她无时不觉得自己是一个过客。

啊,这可悲的空间!我们所惊奇的
不过是一点微尘,她或许看见过,
直觉的感受过什么,以至相形下
一切都像是长流水,她则是岩石。
她则是万古的岩石屹立在水中,
听身后身前新的浪淹没了旧的,
自己保持着永远的神圣的静默。

然而唉,伊娃,在你的生命里没有
对于将来的忧虑,只要是时间仍
置她如玉的双足在人世的山上。
你的静默是历史上无数失名的
女子的象征,尽管你生在现代;
日夜灵魂总像是深闭在永巷的
宫女,梦想着世界外芳馥的春天。

一九四一年

阿 垅

(1907—1967)

在我们的时代,少有这样的充满着强烈,真实的人生要求的诗。在人们附托着时代的虚情和观念写着诗的时候,S·M(阿垅)是站在人生的渴望里面,其中有爱情,战争,友谊……从这里方直面着时代。当人们被什么巨大的,激动的形势感动了,于是发生了浪漫的呼唤来的时候,S. M是在歌唱着他的深切的人生要求,这大半都正是和时代节拍息息相关的。

——PL(路翎)《两个诗人》

阿垅的名篇《纤夫》对于纤夫劳动生活作了特殊的概括……这是一幅历史性的悲壮场面,它对于力的搏斗的永恒的描写,犹如这些参差不齐的诗行所表达出来的力量、呼吸以及人体动作的错落,它的延伸与短促所造成的内在旋律与听觉间的抑扬顿挫,特别是它锲入现代人的劳动生活所传达出来的真实的力度和美感,都是格律诗所难于达到的,更是那些民歌体所难以实现的。

——谢冕《献给他们的白色花》

纤　夫

　　嘉陵江
风，顽固地逆吹着
江水，狂荡地逆流着，
而那大木船
衰弱而又懒惰
沉湎而又笨重，
而那纤夫们
正面着逆吹的风
正面着逆流的江水
在三百尺远的一条纤绳之前
又大大地——跨出了一寸的脚步！……

　　风，是一个绝望于街头的老人
伸出枯僵成生铁的老手随便拉住行人（不让再走了）
要你听完那永不会完的破落的独白，
江水，是一支生吃活人的卐字旗麾下的钢甲军队
集中攻袭一个据点
要给它尽兴的毁灭
而不让它有一步的移动！
但是纤夫们既逆着那
逆吹的风
更逆着那逆流的江水。

　　大木船
活够了两百岁了的样子，活够了的样子
污黑而又猥琐的，
灰黑的木头处处蛀蚀着

木板坼裂成黑而又黑的巨缝(里面像有阴谋和臭虫在做窠的)
用石灰、竹丝、桐油捣制的膏深深地填嵌起来
（填嵌不好的）,
在风和江水里
像那生根在江岸的大黄桷树,动也——真懒得动呢
自己不动影子也不动(映着这影子的水波也几乎不流动起来)
这个走天下的老江湖
快要在这宽阔的江面上躺下来睡觉了(毫不在乎呢),
中国的船啊!
古老而又破漏的船啊!
而船仓里有
五百担米和谷
五百担粮食和种子
五百担,人底生活的资料
和大地底第二次的春底胚胎,酵母,
纤夫们底这长长的纤绳
和那更长更长的
道路,不过为的这个!

　　一绳之微
紧张地拽引着
作为人和那五百担粮食和种子之间的力的有机联系,
紧张地——拽引着
前进啊;
一绳之微
用正确而坚强的脚步
给大木船以应有的方向(像走回家的路一样有一个确信而又满意的方向):
向那炊烟直立的人类聚居的、繁殖之处
是有那么一个方向的
向那和天相接的迷茫一线的远方

是有那么一个方向的
向那
一轮赤赤地炽火飞爆的清晨的太阳！——
是有那么一个方向的。

　　偻伛着腰
匍匐着屁股
坚持而又强进！
四十五度倾斜的
铜赤的身体和鹅卵石滩所成的角度
动力和阻力之间的角度，
互相平行地向前的
天空和地面，和天空和地面之间的人底昂奋的脊椎骨
昂奋的方向
向历史走的深远的方向，
动力一定要胜利
而阻力一定要消灭！
这动力是
创造的劳动力
和那一团风暴的大意志力。

　　脚步是艰辛的啊
有角的石子往往猛锐地楔入厚茧皮的脚底
多纹的沙滩是松陷的，走不到末梢的
鹅卵石底堆积总是不稳固地滑动着（滑头滑脑地滑动着），
大大的岸岩权威地当路耸立（上面的小树和草是它底一脸威严的大胡子）
——禁止通行！
走完一条路又是一条路
越过一个村落又是一个村落，
而到了水急滩险之处
哗噪的水浪强迫地夺住大木船
人半腰浸入洪怒的水沫飞漩的江水

去小山一样扛抬着
去鲸鱼一样拖拉着
用了
那最大的力和那最后的力
动也不动——几个纤夫徒然振奋地大张着两臂(像斜插在地上的十字架了)
他们决不绝望而用背退着向前硬走,
而风又是这样逆向的
而江水又是这样逆向的啊!
而纤夫们,他们自己
骨头到处格格发响像会片片迸碎的他们自己
小腿胀重像木柱无法挪动
自己的辛劳和体重
和自己的偶然的一放手的松懈
那无聊的从愤怒来的绝望和可耻的从畏惧来的冷淡
居然——也成为最严重的一个问题
但是他们——那人和群
那人的意志力
那坚凝而浑然一体的群
那群底坚凝成钢铁的集中力
——于是大木船又行动于绿波如笑的江面了。

    一条纤绳
整齐了脚步(像一队向召集令集合去的老兵),
脚步是严肃的(严肃得有沙滩上的晨霜的那种调子)
脚步是坚定的(坚定得几乎失去了人性的样子)
脚步是沉默的(一个一个都沉默得像铁铸的男子)
一条纤绳维系了一切
大木船和纤夫们
粮食和种子和纤夫们
力和方向和纤夫们
纤夫们自己——一个人,和一个集团,
一条纤绳组织了

脚步
组织了力
组织了群
组织了方向和道路,——
就是这一条细细的、长长的似乎很单薄的苎麻的纤绳。
　　前进——
强进!
这前进的路
同志们!
并不是一里一里的
也不是一步一步的
而只是——一寸一寸那么的,
一寸一寸的一百里
一寸一寸的一千里啊!
一只乌龟底竞走的一寸
一只蜗牛的最高速度的一寸啊!
而且一寸有一寸的障碍的
或者一块以不成形状为形状的岩石
或者一块小刺一样的自己已经破碎的石子
或者一枚从三百年的古墓中偶然给兔子掘出的锈烂钉子,
　……
但是一寸的强进终于是一寸的前进啊
一寸的前进是一寸的胜利啊,
以一寸的力
人底力和群底力
直迫近了一寸
那一轮赤赤地炽火飞爆的清晨的太阳!

一九四一,十一,五。方林公寓。

无　　题

不要踏着露水——
因为有过人夜哭。……

哦,我底人啊,我记得极清楚,
在白鱼烛光里为你读过《雅歌》。

但是不要这样为我祷告,不要!
我无罪,我会赤裸着你这身体去见上帝。
　……

但是不要计算星和星间的空间吧
不要用光年;用万有引力,用相照的光。

要开作一枝白色花——
因为我要这样宣告,我们无罪,然后我们凋谢。

一九四四,九。蜗居。

杜运燮

（1918—2002）

作者运用四十年代就尝试过的把官能感觉和抽象观念联结起来的现代艺术手段，来表达他对新生活的喜悦……诗(《秋》)中每个自然意象的象征含义，对于亲历过那段刚刚结束的历史的人都能唤起联想和记忆。对这种艺术手段的陌生而发出的愤怒指责，恰恰说明前代诗人艺术探索的经验积累，与当代固定于某种抒情方式的读者的艺术感受力之间存在的断裂。复出以后的杜运燮大都以这种抒情方式表达他对生活和历史的感受与认知。诗人打开久闭的心灵的窗子，蜂拥而来的意象既亲切又庄重，从阳光下沉思的树叶，笑哈哈的花，到窗外闪着泪花的眼睛，恢复伤口的生命。每个景象似乎都有某种政治含义的指向，但又不粘滞于过分具体的政治事件，而是立足于情绪的渲染和歌唱。因此，意象本身仍具有比较宽泛的、灵动的涵盖面。

——洪子诚、刘登翰《中国当代新诗史》

滇缅公路

不要说这只是简单的普通现实,
试想没有血脉的躯体,没有油管的
机器。这是不平凡的路,更不平凡的人:
就是他们,冒着饥寒与疟蚊的袭击,
(营养不足,半裸体,挣扎在死亡的边沿)
每天不让太阳占先,从匆促搭盖的
土穴草棄里出来,挥动起原始的
锹镐,不惜仅有的血汗,一厘一分地
为民族争取平坦,争取自由的呼吸。

放声歌唱吧,接近胜利的人民,
新的路给我们新的希望。而就是他们,
(还戴着沉重的枷锁而任人播弄)
给我们明朗的信念,光明闪烁在眼前。
我们都记得无知而勇敢的牺牲,
永在阴谋剥削而支持享受的一群,
与一种新声音在响,一个新世界在到来,
如同不会忘记时代是怎样无情,
一个浪头,一个轮齿都是清楚的教训。

看,那就是,那就是他们不朽的化身:
穿过高寿的森林,经过万千年风霜
与期待的山岭,蛮横如野兽的激流,
以及神秘如地狱的疟蚊大本营,……
就用勇敢而善良的血汗与忍耐
踩过一切阻碍,走出来,走出来,
给战斗疲倦的中国送鲜美的海风,

送热烈的鼓励,送血,送一切,于是
这坚韧的民族更英勇,开始拍手:
“我起来了,我起来了,我就要自由!”

路永远使我们兴奋,想纵情歌唱。
这是重要的时刻,胜利就在前方。
看它,风一样有力,航过绿色的原野,
蛇一样轻灵,从茂密的草木间
盘上高山的背脊,飘行在云流中,
俨然在飞机座舱里,发现新的世界,
而又鹰一般敏捷,画几个优美的圆弧,
降落到箕形的溪谷,倾听村落里
安息前欢愉的匆促,轻烟的朦胧中
洋溢着亲密的呼唤,家庭的温暖,
然后懒散地,沿着水流缓缓走向城市。

就在粗糙的寒夜里,荒冷
而空洞,也一样负着全民族的
食粮:载重卡车的亮眼满山搜索,
搜索着跑向人民的渴望;
沉重的胶皮轮不绝滚动着
人民兴奋的脉搏,每一块石子
一样觉得为胜利尽忠而骄傲;
微笑了,在满意地默默注视的星月下面,
微笑了,在热闹的凯旋日子的好梦里。

征服了黑暗就是光明,它晓得;
大家都看见,黎明的红色消息已写在
每一片云彩上,攒涌着多少兴奋的面庞
七色的光在忙碌调整布景的效果,
星子在奔走,鸟儿在转身睁眼,
远处沿着山顶闪着新弹的棉花,
滇缅公路得到万物朝气的鼓励,

狂欢地运载着远方来的物资,
上峰顶看雾,看山坡上的日出,
修路工人在草露上打欠伸腰:“好早啊!”

早啊!好早啊!路上的尘土还没有
大群地起来追逐,辛勤的农民
因为太疲倦,肌肉还需要松弛,
牧羊的小孩正在纯洁的忘却中,
城里人还在重复他们枯燥的旧梦,
而它,就引着成群各种形状的影子,
在荒废多年的森林草丛间飞奔:
一切在飞奔,不准许任何人停留,
远方的星球被转下地平线,
拥挤着房屋的城市已到面前,
可是它,不许停,这是光荣的时代,
整个民族在等待,需要它的负载。

一九四二年

秋

连鸽哨也发出了成熟的音调，
过去了，那阵雨喧闹的夏季。
不再想那严峻的闷热的考验，
危险游泳中的细节回忆。

经历过春天萌芽的破土，
幼叶成长中的扭曲和受伤，
这些枝条在烈日下也狂热过，
差点在雨夜中迷失方向。

现在，平易的天空没有浮云，
山川明净，视野格外宽广；
智慧、感情都成熟的季节啊，
河水也像是来自更深处的源泉。

紊乱的气流经过发酵
在山谷里酿成透明的好酒；
吹来的是第几阵秋意？醒人的香味
已把秋花秋叶深深染透。

街树也用红颜色暗示点什么，
自行车的车轮闪射着朝气；
吊车的长臂在高空指向远方，
秋阳在上面扫描丰收的信息。

一九七九年

郑　敏

(1920—　)

我今天对诗的感觉仍像一九四二年,当我将一本很不像样的手稿本,在下课后,交给我的德文老师冯至先生,当时风吹着他的长裳,我第一次听一位诗人说:这是一条很寂寞的路。那时我的老师正在他的创作巅峰,而我还不太知道诗为何物,只觉得,写下来给我很大的满足。它让我欢乐,让我觉得丰富。

——郑敏《我和爱丽丝》

对于我,诗和生命之间划着相互转换的符号。……在四十年代所写的《寂寞》中我也有过和生命突然面对面相遇之感,世界鲁莽地走进我的心里并展开一幕幕的人生的幻景,让我理解寂寞的真谛。

——郑敏《诗和生命》

金黄的稻束

金黄的稻束站在
割过的秋天的田里，
我想起无数个疲倦的母亲，
黄昏路上我看见那皱了的美丽的脸，
收获日的满月在
高耸的树巅上，
暮色里，远山
围着我们的心边，
没有一个雕像能比这更静默。
肩荷着那伟大的疲倦，你们
在这伸向远远的一片
秋天的田里低首沉思，
静默。静默。历史也不过是
脚下一条流去的小河，
而你们，站在那儿，
将成为人类的一个思想。

寂　　寞

这一棵矮小的棕榈树,
他是成年的都站在
这儿,我的门前吗?
我仿佛自一场闹宴上回来,
当黄昏的天光
照着它独个站在
泥地和青苔的绿光里。
我突然跌回世界,
它的心的顶深处,
在这儿,我觉得
它静静地围在我的四周
像一个下沉着的泥塘,
我的眼睛,
好像在深夜里睁开,
看见一切在他们
最秘密的情形里;
我的耳朵,
好像突然醒来,
听见黄昏时一切
东西在申说着,
我是单独的对着世界。
我是寂寞的。
当白日将没于黑暗,
我坐在屋门口,
在屋外的半天上
这时飞翔着那
在消灭着的笑声。

在远处有
河边的散步，
我看见了：
那啄着水的胸膛的燕子，
刚刚覆着河水的
早春的大树。

我想起海里有两块岩石，
有人说它们是不寂寞的；
同晒着太阳，
同激起白沫，
同守着海上的寂静，
但是对于我，它们
只不过是种在庭院里
不能行走的两棵大树，
纵使手臂搭着手臂，
头发缠着头发；
只不过是一扇玻璃窗
上的两个格子，
永远地站在自己的位子上。
呵，人们是何等地
渴望着一个混合的生命，
假设这个肉体里有那个肉体，
这个灵魂内有那个灵魂。

世界上有哪一个梦
是有人伴着我们做的呢？
我们同爬上带雪的高山，
我们同行在缓缓的河上，
但是谁能把别人，
他的朋友，甚至爱人，
那用誓约和他锁在一起的人
装在他的身躯里，

伴着他同
听那生命吩咐给他一人的话,
看那生命显示给他一人的颜容,
感着他的心所感觉的
恐怖、痛苦、憧憬和快乐呢?
在我的心里有许多
星光和影子,
这是任何人都看不见的,
当我和我的爱人散步的时候,
我看见许多魔鬼和神使,
我嗅到了最早的春天的气息,
我看见一块飞来的雨云;
这一刻我听见黄莺的喜悦,
这一刻我听见报雨的斑鸠;
但是因为人们各自
生活着自己的生命,
它们永远使我想起
一块块的岩石,
一棵棵的大树,
一个不能参与的梦。

为什么我常常希望
贴在一棵大树上如一枝软藤?
为什么我常常觉得
被推入一群陌生的人里?
我常常祈求道:
来吧,我们联合在一起,
不是去游玩,
不是去工作,
我是说你也看见吗
在我心里那要来到的一场大雨!
当寂寞挨近我,
世界无情而鲁莽地

直走入我的胸膛里，
我只有默默望着那丰满的柏树，
想道：他会开开他那浑圆的身体，
完满的世界，
让我走进去躲躲吗？
但是，有一天当我正感觉
“寂寞”它咬我的心像一条蛇，
忽然，我悟道：
我是和一个
最忠实的伴侣在一起，
整个世界都转过他们的脸去，
整个人类都听不见我的招呼，
它却永远紧贴在我的心边，
它让我自一个安静的光线里
看见世界的每一部分，
它让我有一双在空中的眼睛，
看见这个坐在屋里的我：
他的情感，和他的思想。
当我是一个玩玩具的孩童，
当我是一个恋爱着的青年，
我永远是寂寞的；
我们同走了许多路
直到最后看见
“死”在黄昏的微光里
穿着他的长衣裳。
将你那可笑的盼望的眼光
自树木和岩石上取回来罢，
它们都是聋哑而不通信息的，
我想起有人自火的疼痛里
求得“虔诚”的最后的安息，
我也将在“寂寞”的咬噬里
寻得“生命”最严肃的意义，
因为它，人们才无论

在冬季风雪的狂暴里,
在发怒的波浪上,
都不息地挣扎着。
来吧,我的眼泪
和我的苦痛的心,
我欢喜知道他在那儿
撕裂,压挤我的心,
我把人类一切渺小,可笑,猥琐
的情绪都掷入它的无边里
然后看见:
生命原来是一条滚滚的河流。

一九四三年于昆明

雕刻者之歌

春天，夏天，秋天，冬天
我掩起我的耳朵，遮着我的眼睛
不要知晓那飞跃的鸟，和它的鸣声，
还有那繁盛的花木和其间的微风
我的石头向我低语：宁静，宁静，宁静

我錾着，凿着，碰着，磨着
在黎明的朦胧里
在黄昏的阴影里
我默视着石面上光影游戏的白足
沉思着石头纹路的微妙地起伏
于是一天，我用我的智慧照见
一尊美丽的造像，她在睡眠，
阖上的她的眼睛，等待一双谦逊的手
一颗虔诚的心，来打开大理石的封锁
将她从幽冷的潜藏世界里迎接
到这阳光照耀下的你们的面前

春天，夏天，秋天，冬天
多少次我掩起我的耳朵，遮着我的眼睛
为了我的石头向我说：宁静，宁静
开始工作时，我退入孤寂的世界
那里没有会凋谢的花，没有有终止的歌唱
完成工作时，我重新回到你们之间
这里我的造像将使你们的生命增长

这不是遗弃，

是暂时的分离
谁从无生命里唤醒生命
他所需要的专诚和寂静
使他暂时忘记他自己的生命
那在有限时间里回旋沸腾的河流
我对于你们没有遗弃,假如有
只是因为我要在你们之间永远停留。

Renoir 少女的画像

追寻你的人,都从那半垂的眼睛走入你的深处,
它们虽然睁开,却没有把光投射给外面世界,
而象是灵魂的海洋的入口,从那里你的一切
思维又流返冷静的形体,像被地心吸回的海潮。

现在我看见你的嘴唇,这样冷酷地紧闭,
使我想起岩岸封锁了一个深沉的自己。
虽然丰稔的青春已经从你发光的长发泛出,
但是你这样苍白,仍像一个暗澹的早春。

呵,你不是吐出光芒的星辰,也不是
散着芬芳的玫瑰,或是泛溢着成熟的果实,
却是吐放前的紧闭,成熟前的苦涩。

瞧,一个灵魂先怎样紧紧地把自己闭锁,
而后才向世界展开。她苦苦地默思和聚炼自己,
为了就将向一片充满了取予的爱的天地走去。

爱的复活

复活了,这颤抖从我的心底,不,身体里,
好像听见春天呼唤的嫩芽,毅然地
从冷硬的泥土里伸出,呵,母亲
这阳光何等的耀目眩晕!

复活了,我觉得丰富而贫穷,
丰富,因为我所看见的仿佛是一整
个春天的大地,贫穷,因为纵
然看见,看见而不能占有。

我觉得自己变得勇敢而怯弱
勇敢得独自站在黑暗的荒野里,向星辰低语。
但是我却畏怯,畏怯于走近你的
身旁,更不能把眼睛向你举起。

呵让我感谢,感谢又痛苦吧,因为你不过
醒来又熟睡,复活为了另一次的死去。
既然上帝允许你在我的心头踏过,
来吧,我将如草原,等待你驰骋而去。

陈敬容

(1917—1989)

每一个文字是一尊雕像/ 固定的轮廓下有流动的思想……借你们有形的口,说我无言的言语/ 从一片大海把我的沉思捞起/ 当你们在一切峰顶向我召唤/ 趁着风浪,我扬起我的船帆

——陈敬容《文字》

深受古典诗词和西方诗歌影响的诗人和翻译家陈敬容的风格则往往是火爆式的快速反应,高速度地以外景触发内感,势头快而猛,粗犷而有力。例如在《飞鸟》里她从飞鸟负驮着太阳、云彩和风的外景受到触动,立刻想到自己也要随着鸟的歌声,攀上它的轻盈翅膀,化成云彩,飞翔高空。状物抒情不是陈敬容诗作的主要成分,但偶有这方面的描绘时,形象思维达到了入化的境地:“当一只青蛙在草地上跳跃,我仿佛看见大地在眣着眼睛”(《雨后》)。可是涉及对宇宙人生的探索时,她的沉思就交织着异样的惶惑与清醒:“在熟悉的事物面前/ 突然感到的陌生/ 将宇宙和我们/ 断然地划分”(《划分》)。

——袁可嘉《〈九叶集〉序》

回　声

回声搜扫着黄叶,
黄昏逡巡在泉边;
你的窗可在战栗,
你的灯可曾熄灭?
满生绿苔的小径,
凝冻的、我的足音;
远去的春和春的琴韵,
蓝空透明如蓝色的冰。

谁在微笑啊谁在幽咽——
谁,高高地投掷
一串滴血的
碎裂的心……

一九四三年冬于甘肃临夏

雨　　后

雨后黄昏的天空，
静穆如祈祷女肩上的披巾；
树叶的碧意是一个流动的海，
烦热的躯体在那儿沐浴。

我们避雨到槐树底下，
坐着看雨后的云霞，
看黄昏退落，看黑夜行进，
看林梢闪出第一颗星星。

有什么在时间里沉睡，
带着假想的悲哀？
从岁月里常常有什么飞去，
又有什么悄悄地飞来？

我们手握着手、心靠着心，
溪水默默地向我们倾听；
当一只青蛙在草丛间跳跃，
我仿佛看见大地眏着眼睛。

一九四六年夏作于上海

力的前奏

歌者蓄满了声音
在一瞬的震颤中凝神

舞者为一个姿势
拚聚了一生的呼吸

天空的云、地上的海洋
在大风暴来到之前
有着可怕的寂静

全人类的热情汇合交融
在痛苦的挣扎里守候
一个共同的黎明

一九四七年四月于上海

绿 原

（1922— 2009 ）

我的“潜在写作”大都是在两个特殊时期(五五至六二年因胡风集团案被隔离期间或六六至七六年文革期间)偶尔写出来的。这两个时期对我来说,还有重要得多、严重得多的事情要做,写作只能是非常偶然的几次。当时,只觉前路茫茫,毫无预知的可能,所些的东西大都是灰暗的,悲伤的,甚至绝望的,不但客观外不可能发表,主观外也觉得不值得留存。其所以想写,可以说出于一种现在看来是很不明智的习惯,即为了自我排遣而不惜冒一定的风险。一旦心血来潮,就在纸片上,笔记簿上,或者给家人的信中把它描摹下来,句不成句,段不成段,就匆匆搁笔扔在那儿,从来不曾完整成篇过。这些东西如被发觉,是会招来难以估量的麻烦的,所以它们不可能写在本人被严加看管的头几年,得到后来管理比较松懈才有私自动笔的可能。同时,一次两次虽然躲过了查抄,仍一直不敢大模大样地写什么,更没有发表什么的想法,所以断句残篇也留存不多。这是因为在“四人帮”倒台以后一两年、胡案平反前几天,社会上还有按照旧调子辱骂胡风、阿垅和我(如由“上海人民出版社写作组”署名的《“四人帮”与胡风反革命集团异同论》一文)。总的说来,那些随写随扔的东西是见不得人的,既没有积极的内容,更谈不上艺术性,如果对我个人有过什么用处,不过是通过某种宣泄作用,防止我在走投无路的情况下误入歧途而已。到一九八〇年平反以后,在朋友们的鼓励下,才从留下来的笔记簿和家信中找出略具规模的几篇发表过。

——绿原一九九九年十一月十日致刘志荣的信

无　　题

半夜惊醒过来
我常常听到一阵阵
砍岩石的声音
使我再也没有梦

它是那样严厉
就像旷野里一个巨人
折断了自己底骨头在磨剑……
它又常是醉人的

我兴奋得很
到外面奔跑
我想去答应
那个召唤,最后一次召唤

天象是可怕的
星星飞溅着,嘶叫
月亮逃走了
仿佛天空要翻过来

我忘掉一切
向前面跑去
那声音却又凭附着我
好像正是我的心跳

一九四八年,冬天辑成。

又一名哥伦布

Le silence éternal de ces espaces infinis m'effraie.

Pascal①

昨天,十五世纪
一名哥伦布
告别了亲人
告别了人民,甚至
告别了人类
驾驶着他的“圣玛丽娅”
航行在空间的海洋上
四周一望无涯
没有陆地,没有岛屿
没有房屋,没有船只
没有走兽,没有飞鸟
只有海
只有海的波涛
只有海的波涛的炮弹
在追赶,在拍击,在围剿
他的孤独的“圣玛丽娅”
哥伦布衣衫褴褛
然而精神抖擞
他站在船头
坚信前面就是印度
不顾一天天少下去的淡水
继续向前漂流、漂流

① 巴斯噶:“无限空间之永恒沉默使我颤栗。”

漂流在空间的海洋上
他终于没有到达印度
却发现了一个新大陆

今天,二十世纪
又一名哥伦布
也告别了亲人
告别了人民,甚至
告别了人类
驾驶着他的“圣玛丽娅”
航行在时间的海洋上
前后一望无涯
没有分秒,没有昼夜
没有星期,没有年月
只有海——时间的海
只有海的波涛——时间的海的波涛
只有海的波涛的炮弹——
时间的海的波涛的炮弹
在追赶,在拍击,在围剿
他的孤独的“圣玛丽娅”
他的“圣玛丽娅”不是一只船
而是四堵苍黄的粉墙
加上一抹夕阳和半轮灯光
一株马樱花悄然探窗
一块没有指针的夜明表咔咔作响
再没有声音,再没有颜色
再没有变化,再没有运动
一切都很遥远,一切都很朦胧
就像月亮,天安门,石碑胡同……
这个哥伦布形销骨立
蓬首垢面
手捧一部“雅歌中的雅歌”
凝视着千变万化的天花板

漂流在时间的海洋上
他凭着爱因斯坦的常识
坚信前面就是“印度”——
即使终于到达不了印度
他也一定会发现一个新大陆

一九五九年

手　语　诗

没有纸没有笔连声音都没有了的时候不幸技痒何妨用手语写诗如果方便还可将原稿输入镜面或水面加以修改再保存起来

——淅沥日记

向上指一指
又伸掌团团直抹
再像 Q 字拖出
一条彗星尾巴
代表点不尽的虚点
——这一句是说:
长—夜—漫—漫

左手托住倾侧的左颊
摇摇右手再指着眼睛
闭一下又睁开来
闭一下又睁开来
——这一句是说:
辗—转—难—眠

扮张苦脸又划个叉
再扮个 P 字微笑又划个叉
摸摸胸又
摇摇手——这一句
相当直白,不翻译
也读得懂:
不能哭也不能笑

也不想哭不想笑

指指凹陷的肋骨
双手张指微弯对齐
然后浑身战栗起来
同时十指如花朵绽开
这一句是诗眼所在
可惜朦胧一些
不加诠释谁也猜不着：
我的心是个纸折的灯笼
里面燃起了一朵小小的风暴

一九五九年

痖　弦

(1932—　)

怎样纯正清澈的一种声音！音乐家据此可以流畅地写出一部“北方交响曲”;怎样鲜活明快的一些意象，艺术家们据此该生发多少灵感？被放逐后的记忆，记忆中的人生、家园、故土以及历史与文化的情结，全被那串火焰般燃烧在记忆之屋檐下的“红玉米”点亮了，如暗夜中的烛光，如漂泊途中的篝火，一点慰藉，一种依托。而陌生的南方的土地不懂，在这块土地出生的儿女不懂，犹如异质文化下的凡尔哈仑不懂一样。家园(广义的)的失落、传统的隔断、文化乡愁的郁结等等，尽在这流失的存在之中，在那串对北方的红玉米的记忆之中了。

——沈奇《对存在的开放和对语言的再造》

对于仅仅一首诗，我常常作着它原本无法承载的容量;要说出生存期间的一切，世界终极学，爱与死，追求与幻灭，生命的全部悸动、焦虑、空洞和悲哀！总之，要鲸吞一切感觉的错综性和复杂性。如此贪多，如此无法集中一个焦点。这企图便成为《深渊》。

——痖弦《现代诗短札》

红　玉　米

宣统那年的风吹着
吹着那串红玉米
它就在屋檐下
挂着
好像整个北方整个北方的犹豫
都挂在那儿

犹似一些逃学的下午
雪使私塾先生的戒尺冷了
表姊的驴儿就拴在桑树下面

犹似唢呐吹起
道士们喃喃着
祖父的亡灵到京城去还没有回来

犹似叫哥哥的葫芦儿藏在棉袍里
一点点凄凉,一点点温暖
以及铜环滚过岗子

遥见外婆家的荞麦田
便哭了
就是那种红玉米
挂着,久久地
在屋檐底下
宣统那年的风吹着

你们永不懂得

那样的红玉米
它挂在那儿的姿态
和它的颜色
我底南方出生的女儿也不懂得
凡尔哈仑也不懂得
犹似现在

我已老过
在记忆的屋檐下
红玉米挂着
一九五八年的风吹着
红玉米挂着

一九五七年十二月十九日

深渊

我要生存，除此无他；同时我发现了他的不快。
——沙特

孩子们常在你发茨间迷失
春天最初的激流，藏在你荒芜的瞳孔背后
一部分岁月呼喊着，肉体展开黑夜的节庆。
在有毒的月光中，在血的三角洲，
所有的灵魂蛇立起来，扑向一个垂在十字架上的
憔悴的额头。

这是荒诞的；在西班牙
人们连一枚下等的婚饼也不投给他！
而我们为一切服丧。花费一个早晨去摸他的衣角。
后来他的名字便写在风上，写在旗上。
后来他便抛给我们
他吃剩下来的生活。

去看，去假装发愁，去闻时间的腐味，
我们再也懒于知道，我们是谁。
工作，散步，向坏人致敬，微笑和不朽。
他们是握紧格言的人！
这是日子的颜面；所有的疮口呻吟，裙子下藏满病菌。
都会，天秤，纸的月亮，电杆木的言语，
（今天的告示贴在昨天的告示上）
冷血的太阳不时发着颤
在两个夜夹着的
苍白的深渊之间。

岁月,猫脸的岁月,
岁月,紧贴在手腕上,打着旗语的岁月。
在鼠哭的夜晚,早已被杀的人再被杀掉。
他们用墓草打着领结,把齿缝间的主祷文嚼烂。
没有头颅真会上升,在众星之中,
在灿烂的血中洗他的荆冠,
当一年五季的第十三月,天堂是在下面。

而我们为去年的灯蛾立碑。我们活着。
我们用铁丝网煮熟麦子。我们活着。
穿过广告牌悲哀的韵律,穿过水门汀肮脏的阴影,
穿过从肋骨的牢狱中释放的灵魂,
哈里路亚!我们活着。走路、咳嗽、辩论,
厚着脸皮占地球的一部分。
没有什么现在正在死去,
今天的云抄袭昨天的云。

在三月我听到樱桃的吆喝。
很多舌头,摇出了春天的堕落。而青蝇在啃她的脸,
旗袍叉从某种小腿间摆荡;且渴望人去读她,
去进入她体内工作。而除了死与这个,
没有什么是一定的。生存是风,生存是打谷场的声音,
生存是,向她们——爱被人隔肢的——
倒出整个夏季的欲望。

在夜晚床在各处深深陷落。一种走在碎玻璃上
害热病的光底声响。一种被逼迫的农具的盲乱的耕作。
一种桃色的肉之翻译,一种用吻拼成的
可怖的言语;一种血与血的初识,一种火焰,一种疲倦!
一种猛力推开她的姿态
在夜晚,在那波里床在各处陷落。

在我影子的尽头坐着一个女人。她哭泣,

婴儿在蛇莓子与虎耳草之间埋下……。
第二天我们又同去看云、发笑、饮梅子汁，
在舞池中把剩下的人格跳尽。
哈里路亚！我仍活着。双肩抬着头，
抬着存在与不存在，
抬着一副穿裤子的脸。

下回不知轮到谁；许是教堂鼠，许是天色。
我们是远远地告别了久久痛恨的脐带。
接吻挂在嘴上，宗教印在脸上，
我们背负着各人的棺盖闲荡！
而你是风、是鸟、是天色、是没有出口的河。
是站起来的尸灰，是未埋葬的死。

没有人把我们拔出地球以外去。闭上双眼去看生活。
耶稣，你可听见他脑中林莽茁长的喃喃之声？
有人在甜菜田下面敲打，有人在桃金娘下……
当一些颜面像蜥蜴般变色，激流怎能为
倒影造像？当他们的眼珠粘在
历史最黑的那几页上！

而你不是什么；
不是把手杖击断在时代的脸上，
不是把曙光缠在头上跳舞的人。
在这没有肩膀的城市，你底书第三天便会被捣烂再去作纸。
你以夜色洗脸，你同影子决斗，
你吃遗产、吃妆奁、吃死者们小小的呐喊，
你从屋子里走出来，又走进去，搓着手……
你不是什么。

要怎样才能给跳蚤的腿子加大力量？
在喉管中注射音乐，令盲者饮尽辉芒！
把种子播在掌心，双乳间挤出月光，

——这层层叠叠围你自转的黑夜都有你一份,
妖娆而美丽,她们是你的。
一朵花、一壶酒、一床调笑、一个日期。

这是深渊,在枕褥之间,挽联般苍白。
这是嫩脸蛋的姐儿们,这是窗,这是镜,这是小小的粉盒。
这是笑,这是血,这是待人解开的丝带!
那一夜壁上的玛丽亚像剩下一个空框,她逃走,找忘川的水
去洗涤她听到的羞辱。
而这是老故事,像走马灯;官能,官能,官能!
当早晨我挽着满篮子的罪恶沿街叫卖,
太阳刺麦芒在我眼中。
哈里路亚!我仍活着。
工作,散步,向坏人致敬,微笑和不朽。
为生存而生存,为看云而看云,
厚着脸皮占地球的一部分……
在刚果河边一辆雪橇停在那里;
没有人知道它为何滑得那样远,
没人知道的一辆雪橇停在那里。

一九五九年五月

蔡其矫

（1918— 2007 ）

他是把思维浸入感觉中，又从感觉升华出思维，这意味着创造。他说："传统是神圣而神秘的东西，它无所不包，唯有一项除外，那就是人类不计一切地追求创新。"他把继承与借鉴都当作创新的动力。而又绝不滥用缪斯，不硬造谬喻，不强施教化。他认为，诗不告诉人走哪条路，而只是唤起他心底的渴求；无所明指的象征性可以长存，复制品却不能。诗人没有什么"必须"，只听从自己的本能，服从自己的天性。正因如此，他才对人类的未来具有影响力，他代表人类去梦想，去求索。关于形式，他说："现代的中国的自由诗，经过西方浪漫派散文化的影响，又逐渐发展到现代派的表现手法，减少连接词，物我合一，不用直言陈述，恢复音乐性，这都与旧诗的优良传统不谋而合。"诗人的创作实践上亦暗合这一辩证特征。

……作为诗人，他为我们树立起一个真诚的、华美而坚实的性格形象，如若遵循着白居易所说："根情——苗言——华声——实义"去寻觅，或可得其仿佛。

——公木《干雷酸雨走飞虹》

川 江 号 子

你碎裂人心的呼号,
来自石丈断崖下,
来自飞箭般的船上。
你悲歌的回声在震荡
从悬岩到悬岩,
从漩涡到漩涡。
你一阵吆喝,一声长啸,
有如生命最凶猛的浪潮
向我流来,流来。
我看见巨大的木船上有四支桨,
一支桨四个人;
我看见眼中的闪电,额上的雨点,
我看见川江舟子千年的血泪,
我看见终身搏斗在急流上的英雄,
宁做沥血歌唱的鸟,
不做沉默无声的鱼;
但是几千年来
有谁来倾听你的呼声
除了那悬挂在绝壁上的
一片云,一棵树,一座野庙?……

一九五八年

寂　　寞

暮春的夜,是令人焦灼万分
而终于彻底失望的夜。
街上人流车河
灯光照耀的大字报前的眼睛
夜色中迎面和背向的身影
都只给人带来冰冷
轮声也只唱孤苦伶仃。
屋内坐着一围开会的人
有谁能感知遗失的心
和战栗的嘴唇?
暮春的夜,是不眠和寂寞的长夜

一九六七年

郭小川

(1919—1976)

作为一个认真而诚恳地思考生活的诗人,他的独特和深刻之处在于:他看到了一片和谐中的某些不和谐,看到了个人的时间与历史的时间之间的不尽一致。历史急遽地转换和迈进,把许多人裹进来奔向前去,也把许多人抛出了生活的轨道。……有限的个人生命,怎样才能与无限广阔的历史发展相通?无限的追求又怎样才能体现在个人有限的努力之中?这一思考构成了郭小川五十年代最具深度的几首抒情诗及叙事诗的主题。……概括来说,郭小川解决个人与外在时空的不一致的方式,是以前者无条件地适应后者来处理的。我们在他的诗中看到的多是个人内心的严厉谴责,而很少看到外在时空有什么缺陷之处。这是那一时期郭小川人生思考的一大特点,这一特点也反映出中国知识分子在那大时代中痛苦转变的全部可贵性和深刻的局限性。……"天若有情天亦老"、"人生易老天难老",这本是古往今来的一个普遍命题。然而出现在1959年(4月初稿,8月二次修改,10月改成)的这首《望星空》,却折射了当时相当深刻的社会心理内容。在大的失误和挫折面前,人(革命者)对自己的生命、意义、命运的重新思索、把握和追求,达到了当代文学史上前所未有的深度。这一点,由于受种种社会历史原因的限制,恐怕连诗人自己都没有意识到。因为,诗人的本意是把这种情绪作为"虚无主义思想"来批判的。于是在诗的后半部分全力描写了人民大会堂的灯光,使得"天黑了,星小了,高空显得黯淡无光",这显然缺少艺术的说明力。《望星空》的批判者们无法理解,对生死存亡的重视,对人生短促的感慨,未必就是颓废、悲观、虚无。恰恰相反,有时深藏的正是对人生的执著和强烈求索,以及百折不挠的进取精神。……《望星空》是诗人的思考开始成熟的标志之一。可惜这一思考来不及结出更多丰硕的成果,就被外力的冲击阻断了它的深入。

——黄子平《郭小川诗歌中的时空意识》

望　星　空

一

今夜呀，
我站在北京的街头上，
向星空瞭望。
明天哟，
一个紧要任务，
又要放在我的双肩上。
我能退缩吗？
只有迈开阔步，
踏万里重洋；
我能叫嚷困难吗？
只有挺直腰身，
承担千斤重量。
心房呵，
不许你这般激荡！……
此刻呵，
最该是我沉着镇定的时光。

而星空，
却是异样地安详。
夜深了，
风息了，
雷雨逃往他乡。
云飞了，
雾散了，
月亮躲在远方。
天海平平，

不起浪,
四围静静,
无声响。
但星空是壮丽的,
雄厚而明朗。
穹窿呵,
深又广,
在那神秘的世界里,
好像竖立着层层神秘的殿堂。
大气呵,
浓又香,
在那奇妙的海洋中,
仿佛流荡着奇妙的酒浆。
星星呀,
亮又亮,
在浩大无比的太空里,
点起万古不灭的盏盏灯光。
银河呀,
长又长,
在没有涯际的宇宙中,
架起没有尽头的桥梁。

呵,星空,
只有你,
称得起万寿无疆!
你看过多少次:
冰河解冻,
火山喷浆!
你赏过多少回:
白杨吐绿,
柳絮飞霜!
在那遥远的高处,
在那不可思议的地方,
你观尽人间美景,

饱看世界沧桑。
时间对于你，
跟空间一样——
无穷无尽，
浩浩荡荡。

二

呵，
望星空，
我不免感到惆怅。
说什么：
身宽气盛，
年富力强！
怎比得：
你那根深蒂固，
源远流长！
说什么：
情豪志大，
心高胆大！
怎比得：
你那阔大胸襟，
无限容量！
我爱人间，
我在人间生长，
但比起你来，
人间还远不辉煌。
走千山，
涉万水，
登不上你的殿堂。
过大海，
越重洋，
饮不到你的酒浆。
千堆火，

万盏灯,
不如一颗小小星光亮。
千条路,
万座桥,
不如银河一节长。

我游历过半个地球,
从东方到西方。
地球的阔大幅员,
引起我的惊奇和赞赏。
可谁能知道:
宇宙里有多少星星,
是地球的姊妹行!
谁曾晓得:
天空中有多少陆地,
能够充作人类的家乡!
远方的星星呵,
你看得见地球吗?
——一片迷茫!
远方的陆地呵,
你感觉到我们的存在吗?
——怎能想象!

生命是珍贵的,
为了赞颂战斗的人生,
我写下成册的诗章;
可是在人生的路途上,
又有多少机缘,
向星空瞭望!
在人生的行程中,
又有多少个夜晚,
见星空如此安详!
在伟大的宇宙的空间,
人生不过是流星般的闪光。

在无限的时间的河流里，
人生仅仅是微小又微小的波浪。
呵，星空，
我不免感到惆怅！
于是我带着惆怅的心情，
走向北京的心脏……

三

忽然之间。
壮丽的星空，
一下子变了模样。
天黑了，
星小了，
高空显得黯淡无光；
云没有来，
风没有刮，
却像有一股阴霾罩天上。
天窄了，
星低了，
星空不再辉煌。
夜没有尽，
月没有升，
太阳也不曾起床。

呵，这突然的变化，
使我感到迷惘，
我不能不带着格外的惊奇，
向四围寻望：
就在我的近边，
在天安门广场，
升起了一座美妙的人民会堂；
就在那会堂的里面，
在宴会厅的杯盏中，

斟满了芬芳的友谊的酒浆;
就在我的两侧,
在长安街上,
挂出了长串的灯光;
就在那灯光之下,
在北京的中心,
架起了一座银河般的桥梁。

这是天上人间吗?
不,人间天上!
这是天堂中的大地吗?
不,大地上的天堂。
真实的世界呵,
一点也不虚妄;
你朴质地描述吧,
不需要作半点夸张!
是谁说的呀——
星空比人间还要辉煌?
是什么人呀——
在星空下感到忧伤?
今夜哟,
最该是我沉着镇定的时光!

是的,
我错了,
我曾是如此地神情激荡!
此刻我才明白:
刚才是我望星空,
而不是星空向我瞭望。
我们生活着,
而没有生命的宇宙,
既不生活也不死亡。
我们思索着,
而不会思索的穹窿,

总是露出呆相。
星空哟，
面对着你，
我有资格挺起胸膛。

四

当我怀着自豪的感情，
再向星空瞭望，
我的身子，
充溢着非凡的力量。
因为我知道：
在一切最好的传统之上，
我们的队伍已经组成，
犹如浩荡的万里长江。
而我自己呢，
早就全副武装，
在我们的行列里，
充当了一名小小的兵将。

可是呵，
我和我的同志一样，
决不会在红灯绿酒之前，
神魂飘荡。
我们要在地球与星空之间，
修建一条走廊，
把大地上的楼台殿阁，
移往辽阔的天堂。
我们要在无限的高空，
架起一座桥梁，
把人间的山珍海味，
送往迢遥的上苍。

真的，

我和我的同志一样
决不只是“自扫门前雪”,
而是定管“他人瓦上霜”。
我们要把长安街上的灯火,
延伸到远方;
让万里无云的夜空,
出现千千万万个太阳。
我们要把广漠的穹窿,
变成繁华的天安门广场;
让满天星斗,
全成为人类的家乡。

而星空呵,
不要笑我荒唐!
我是诚实的,
从不痴心妄想。
人生虽是暂短的,
但只有人类的双手,
能够为宇宙穿上盛装;
世界呀,
由于人的生存
而有了无穷的希望。
你呵,
还有什么艰难,
使你力不可当?
请再仔细抬头瞭望吧!
出发于盟邦的新的火箭,
正遨游于辽远的星空之上。

一九五九年四月初稿
一九五九年八月二次修改
一九五九年十月改成

洛　夫

(1928—　)

从我早期的《石室之死亡》诗集中,读者想必能发现我整个生命的裸程,其声发自被伤害的内部,凄厉而昂扬。当时,我的信念与态度是:“揽镜自照,我们所见到的不是现代人的影像,而是现代人残酷的命运,写诗即是对付这残酷命运的一种报复手段。”于是,我的诗也就成了在生与死、爱与恨、获得与失落之间的犹疑不安中迸出来的一声孤绝的呐喊。

——洛夫《我的诗观与诗法》

洛夫的诗最大的特色之一是重“原始之存在”(Prime Being),这内向的原始存在颤栗于黑色的诞生死亡与沟通中;充满雷般彻空的音响和劲度十足的动作。因此富于动感、动向和动力,以飞跃的意象作流荡的闪露和放射。

……

在《石室之死亡》中,沉痛和呼喊和黑色似乎成为不可分的意象。沉痛是一种内心感受的状态,呼喊是亟求音响扬起于空间。黑色这调子构成作者颤悸于死亡、战争和爱欲的底色,几乎可以代表了洛夫所迷恋的“上帝”。

——李英豪《论洛夫〈石室之死亡〉》

石室之死亡(选二首)

三七

饮太阳以全裸的瞳孔
我们的舌尖试探不出自己体内的冷暖
A·卡西,你知道什么是美丽的错失?
指针逐时间于钟面之外,这是唯一的日子
当一袭黑雨衣从那上尉的肩际徐徐滑落

为何一枚钉子老绕着那幅遗像旋飞不已
为何我们的脸仍搁置在不该搁的地方
假若一群飞蛾将我们血里的钟声撞响
便闪出火花来吧,这是唯一的结局
在床上,谁都要经历几次小小的死

四七

当时间被抽痛,我暗忖,自己或许就是那鞭痕
或许你的手势,第一次挥舞的
一伸臂便抓住一个宇宙
而闪烁,自一鹰视,鹰视自一成熟的静寂
犹闻风雷之声,隐隐自你指尖

便成为树,成为虹,我们乃争相攀援
爬着一段从升起到坠落的距离
亦如我们的仰视,以千心丈量千山
当光被吸尽,你遂破云而下
终至摔成传说中那个人的样子

写于一九五九~一九六〇

长　恨　歌

那蔷薇,就像所有的蔷薇,只开了一个早晨
——巴尔扎克

一

唐玄宗
从
水声里
提炼出一缕黑发的哀恸

二

她是
杨氏家谱中
翻开第一页便仰在那里的
一片白肉
一株镜子里的蔷薇
盛开在轻柔的拂拭中
所谓天生丽质
一粒
华清池中
等待双手捧起的
泡沫
仙乐处处
骊宫中
酒香流自体香
嘴唇,猛力吸吮之后

就是呻吟
而象牙床上伸展的肢体
是山
也是水
一道河熟睡在另一道河中
地层下的激流
涌向
江山万里
及至一支白色歌谣
破土而出

三

他高举着那只烧焦了的手
大声叫喊:
我做爱
因为
我要做爱
因为
我是皇帝
因为
我们惯于血肉相见

四

他开始在床上读报,吃早点,看梳头,批阅奏摺
盖章
盖章
盖章
盖章
从此
君王不早朝

五

他是皇帝
而战争
是一滩
不论怎么擦也擦不掉的
粘液
在锦被中
杀伐,在远方

远方,烽火蛇升,天空哑于
一绺叫人心惊的发式
鼙鼓,以火红的舌头
舐着大地

六

河川
仍在两股之间燃烧
仗
不能不打
征战国之大事
娘子,妇道人家之血只能朝某一方向流
于今六军不发
罢了罢了,这马嵬坡前
你即是那杨絮
高举你以广场中的大风

一堆昂贵的肥料
营养着
另一株玫瑰
或
历史中

另一种绝症

七

恨,多半从火中开始
他遥望窗外
他的头
随鸟飞而摆动
眼睛,随落日变色
他呼唤的那个名字
埋入了回声

竟夕绕室而行
未央宫的每一扇窗口
他都站过
冷白的手指剔着灯花
轻咳声中
禁城里全部的海棠
一夜凋成
秋风

他把自己胡须打了一个结又一个结,解开再解开,然后负手踱步,鞋声,鞋声,鞋声,一朵晚香玉在帘子后面爆炸,然后伸张十指抓住一部《水经注》,水声汩汩,他竟读不懂那条河为什么流经掌心时是嘤泣,而非咆哮
他披衣而起
他烧灼自己的肌肤
他从一块寒玉中醒来
千间厢房千烛燃
楼外明月照无眠
墙上走来一女子
脸在虚无缥缈间

八

突然间
他疯狂地搜寻那把黑发
而她递过去
一缕烟
是水,必然升为云
是泥土,必然踩成焦渴的藓苔
隐在树叶中的脸
比夕阳更绝望
一朵菊花在她嘴边
一口黑井在她眼中
一场战争在她体内
一个犹未酿成的小小风暴
在她掌里
她不再牙痛
不再出
唐朝的麻疹
她溶入水中的脸是相对的白与绝对的黑
她不再捧着一碟盐而大呼饥渴
她那要人搀扶的手
颤颤地
指着
一条通向长安的青石路……

十

时间七月七
地点长生殿
一个高瘦的青衫男子
一个没有脸孔的女子
火焰,继续升起
白色的空气中

一双翅膀
又
一双翅膀
飞入殿外的月色
渐去渐远的
私语
闪烁而苦涩
风雨中传来一两个短句的回响

曾 卓

(1922—2002)

他的诗即使是遍体鳞伤,也给人带来温暖和美感。不论写青春或爱情,还是写寂寞与期待,写遥远的怀念,写获得第二次生命的重逢……节奏与意象具有逼人的感染力,凄苦中带有一些甜蜜。它们极易引起读者的共鸣。他的诗句是湿润的,流动的;像眼泪那样湿润,像血那样流动……诗人在一九六一年写的《有赠》是一曲深沉的哀歌。……

他的《悬崖边的树》,朋友们看了没有不受感动的。他用简洁的手法,塑造出了深远的意境和真挚的形象,写出了让灵魂战栗的那种许多人都有过的沉重的时代感。……这首仅仅十二行的小诗,其容量与重量是巨大的。我从曾卓的以及许多同龄朋友变老变形的身躯上,从他张开的双臂上,确实看到悬崖边的树的感人风姿。那棵树,像是一代人的灵魂的形态(假如灵魂有形态的话)。因此,一年之后,我与绿原编选二十人选集《白色花》时,最初曾想用《悬崖边的树》作为书名。我们觉得它能表现出那一段共同的经历与奋飞的胸臆,是一个鼓舞人的形象。

——牛汉《一个钟情的人》

有　　赠

我是从感情的沙漠上来的旅客,
我饥渴,劳累,困顿。
我远远地就看到你窗前的光亮,
它在招引我——我的生命的灯。
我轻轻地叩门,如同心跳。
你为我开门。
你默默地凝望着我
(那闪耀着的是泪光么?)

你为我引路,掌着灯。
我怀着不安的心情走进你洁净的小屋,
我赤着脚,走得很慢,很轻,
但每一步还是留下了灰土和血印。

你让我在舒适的靠椅上坐下,
你微现慌张地为我倒茶,送水。
我眯着眼——因为不能习惯光亮,
也不能习惯你母亲般温存的眼睛。

我的行囊很小,
但我背负着的东西却很重,很重,
你看我的头发斑白了,我的背脊佝偻了,
虽然我还年轻。

一捧水就可以解救我的口渴,
一口酒就使我醉了,
一点温暖就使我全身灼热。

那么，我能有力量承担你如此的好意和温情么？

我全身颤栗，当你的手轻轻地握着我的，
我忍不住啜泣，当你的眼泪滴在我的手背。
你愿这样握着我的手走向人生的长途么？
你敢这样握着我的手穿过蔑视的人群么？

在一瞬间闪过了我的一生，
这神圣的时刻是结束也是开始，
一切过去的已经过去，终于过去了，
你给了我力量、勇气和信心。

你的含泪微笑着的眼睛是一座炼狱，
你的晶莹的泪光焚冶着我的灵魂，
我将在彩云般的烈焰中飞腾，
口中喷出痛苦而又欢乐的歌声……

一九六一年十一月

悬崖边的树

不知道是什么奇异的风
将一棵树吹到了那边——
平原的尽头
临近深谷的悬岩上

它倾听远处森林的喧哗
和深谷中小溪的歌唱
它孤独地站在那里
显得寂寞而又倔强

它的弯曲的身体
留下了风的形状
它似乎即将倾跌进深谷里
却又像是要展翅飞翔……

一九七〇年

罗 门

（1928— ）

（一）这首诗（《麦坚利堡》）确定了我个人的创作观与特殊的风格——诗人必须向“生命”非用“智识”写诗；诗人必须向“生命”与“艺术”进行双向投资……将“生命”与“艺术”一同放在“真实”的惊视的过程中，引起心灵颤动。……

（二）这首诗使我理解到战争、死亡、痛苦、悲剧甚至荒谬虚无等在人类内心中所引发的深一层的生存意义及其战栗性的美，是至为严肃的。

（三）这首诗，是我创作几个重大思想主题中表现“战争”主题的第一首诗，具有纪念性的意义。虽然后来写的《板门店38度线》与《时空奏鸣曲——遥望广九铁路》两首战争诗，较《麦》诗更具多面性与大幅度的展现，但毕竟《麦》诗的诗思较集中、凝练，爆发力较强，揭露战争所引发的悲剧性与人道精神也较强烈。

——罗门《罗门创作大系·〈麦坚利堡〉特辑·自序》

麦坚利堡

超过伟大的
是人类对伟大已感到茫然
战争坐在此哭谁
它的笑声　曾使七万个灵魂陷落在此睡眠还深的地带
太阳已冷　星月已冷　太平洋的浪被炮火煮开也都冷了
史密斯　威廉斯　烟花节光荣伸不出手来接你们回家
你们的名字运回故乡　比入冬的海水还冷
在死亡的喧噪里　你们的无救　上帝的手呢
血已把伟大的纪念冲洗了出来
战争都哭了　伟大它为什么不笑
七万朵十字花　围成园　排成林　绕成百合的村
在风中不动　在雨里也不动
沉默给马尼拉海湾看　苍白给游客们的照相机看
史密斯　威廉斯　在死亡紊乱的镜面上　我只想知道
哪里是你们童幼时眼睛常去玩的地方
哪地方藏有春日的录音带与彩色的幻灯片

麦坚利堡　鸟都不叫了　树叶也怕动
凡是声音都会使这里的静默受击出血
空间与空间绝缘　时间逃离钟表
这里比灰暗的天地线还少说话　永恒无声
美丽的无音房　死者的花园　活人的风景区
神来过　敬仰来过　汽车与都市也都来过
而史密斯　威廉斯　你们是不来也不去了
静止如取下摆心的表面　看不清岁月的脸
在日光的夜里　星灭的晚上
你们的盲睛不分季节地睡着

睡醒了一个死不透的世界
睡熟了麦坚利堡绿得格外忧郁的草场
死神将圣品挤满在嘶喊的大理石上
给昇满的星条旗看　给不朽看　给云看
麦坚利堡是浪花已塑成碑林的陆上太平洋
一幅悲天泣地的大浮彫　挂入死亡最黑的背景
七万个故事焚毁于白色不安的颤慄
史密斯　威廉斯　当落日烧红满野芒果林于昏暮
神都将急急离去　星也落尽
你们是哪里也不去了
太平洋阴森的海底是没有门的

【注】麦坚利堡(Fort Mckinly)是纪念第二次大战期间七万美军在太平洋地区战亡;美国人在马尼拉城郊,以七万座大理石十字架,分别刻著死者的出生地与名字,非常壮观也非常凄惨地排列在空旷的绿坡上,展览着太平洋悲壮的战况,以及人类悲惨的命运,七万个彩色的故事,是被死亡永远埋住了,这个世界在都市喧噪的射程之外,这里的空灵有着伟大与不安的颤慄,山林的鸟被吓住都不叫了。静得多么可怕,静得连上帝都感到寂寞不敢留下:马尼拉海湾在远处闪目,芒果林与凤凰木连绵遍野,景色美得太过忧伤。天蓝,旗动,令人肃然起敬;天黑,旗静,周围便黯然无声,被死亡的阴影重压者……作者本人最近因公赴菲,曾与菲作家施颖洲,亚薇及画家朱一雄家人往游此地,并站在史密斯威廉斯的十字架前拍照。

一九六二

窗

猛力一推　双手如流
　总是千山万水
　总是回不来的眼睛

遥望里
你被望成千翼之鸟
弃天空而去　你已不在翅膀上
聆听里
你被听成千孔之笛
音道深如望向往昔的凝目

猛力一推　竟被反锁在走不出去的透明里

一九七二年

黄　翔

（1941—　）

黄翔的诗让我感动的是他写于一九六二年的《独唱》，我把它当作了诗人的文学观念独白，列入了"作家的话"中。而在这首写于特殊年代的诗(《野兽》)里，诗的意象更为尖锐，时代使人异化为野兽，但野兽也成为对这时代必须付出的报复，于是"野兽"一词在诗中获得了双重的意义。我们可以对照食指的《疯狗》意象来咀嚼这首诗，其"狂人"心态则是直接继承了"五四"以来的最可贵的战斗传统。

——陈思和《二十世纪中国文学精品·推荐者的话》

独　　唱

我是谁
我是瀑布的孤魂
一首永久离群索居的
诗
我的漂泊的歌声是梦的
游踪
我的唯一的听众
是沉寂

一九六二年

野　　兽

我是一只被追捕的野兽
我是一只刚捕获的野兽
我是被野兽践踏的野兽
我是践踏野兽的野兽

一个时代扑倒我
斜乜着眼睛
把脚踏在我的鼻梁架上
撕着
咬着
啃着
直啃到仅仅剩下我的骨头

即使我只仅仅剩下一根骨头
我也要哽住一个可憎时代的咽喉

一九六八年

人　界

那狂奔的大笑和大哭是什么?

一个白痴攀沿于人的表情的崖壁。那个痴人就是我。
我的苦闷无法越出我的边界。
我不知道我为什么朝你们大笑,朝你们大哭?
我揭下我的面具。于是
揭开我完成于醒的未遂。
时辰明灭如沙砾。
每一次
我都从我攀沿的崖壁上滑落。

一只鼠从下沉为鼠的地方望着上升为人的我。

我发觉
我直立着一条巨大蟒蛇的黑影。
一只獾的眼睛就是我的眼睛。

我永远在世界的螺壳中成形于未遂。

那只披着皮毛的鼠形压物
很可能再次向我呈献我早已失传的图像。

我为我自己竖起大哭大笑的婴孩的崖壁。
我的升腾的企望狂奔着从我的名字上熄灭。
我无法跨越我自体。
时辰滑落如沙砾。

一九八五年九月六日

食 指

（1948— ）

郭路生（即食指）是唯一念诗能把我们念哭的人。一次他朗诵《这是四点零八分的北京》，我至今还记得那催人泪下的诗句……当时有两个女生还没听完就跑出厨房，站在黑夜中放声大哭。凡是经历过一九六八年冬北京火车站四点零八分场面的人没有不为此诗掉泪的。那时每天四点零八分都有班火车把北京知青送走。

——戈小丽《郭路生在杏花村》

疯了就可以面对命运。要不面对命运就坏了。

我写的都是短诗，放在一起连着看也像看小说似的，有连贯性，一个阶段一个阶段的。……年轻的时候比较忧郁和优美；后来疯了，写的是世态炎凉、人情冷暖，比较愤怒、比较火；到后来进福利院，这之后比较沉静，写出来的像《归宿》、《人生舞台》、《午后的生涯》。写这些诗，岁数比较大了，也没那么大火了，比较平静，带有哲理性。

——食指《诗神眷顾受苦的人》

相信未来

当蜘蛛网无情地查封了我的炉台
当灰烬的余烟叹息着贫困的悲哀
我依然固执地铺平失望的灰烬
用美丽的雪花写下:相信未来

当我的紫葡萄化为深秋的露水
当我的鲜花依偎在别人的情怀
我依然固执地用凝霜的枯藤
在凄凉的大地上写下:相信未来

我要用手指那涌向天边的排浪
我要用手掌那托起太阳的大海
摇曳着曙光那枝温暖漂亮的笔杆
用孩子的笔体写下:相信未来

我之所以坚定地相信未来
是我相信未来人们的眼睛
她有拨开历史风尘的睫毛
她有看透岁月篇章的瞳孔

不管人们对于我们腐烂的皮肉
那些迷途的惆怅、失败的苦痛
是寄予感动的热泪、深切的同情
还是给以轻蔑的微笑、辛辣的嘲讽

我坚信人们对于我们的脊骨
那无数次的探索、迷途、失败和成功

一定会给予客观、公正的评定
是的，我焦急地等待着他们的评定

朋友，坚定地相信未来吧
相信不屈不挠的努力
相信战胜死亡的年轻
相信未来，热爱生命

一九六八年

这是四点零八分的北京

这是四点零八分的北京
一片手的海浪翻动
这是四点零八分的北京
一声尖厉的汽笛长鸣

北京车站高大的建筑
突然一阵剧烈地抖动
我吃惊地望着窗外
不知发生了什么事情

我的心骤然一阵疼痛,一定是
妈妈缀扣子的针线穿透了心胸
这时,我的心变成了一只风筝
风筝的线绳就在妈妈的手中

线绳绷得太紧了,就要扯断了
我不得不把头探出车厢的窗棂
直到这时,直到这个时候
我才明白发生了什么事情

——一阵阵告别的声浪
　　就要卷走车站
　　北京在我的脚下
　　已经缓缓地移动

我再次向北京挥动手臂
想一把抓住她的衣领

然后对她亲热地叫喊：
永远记着我，妈妈啊北京

终于抓住了什么东西
管他是谁的手，不能松
因为这是我的北京
这是我的最后的北京

一九六八年

疯 狗

受够无情的戏弄之后,
我不再把自己当成人看,
仿佛我成了一条疯狗,
漫无目的地游荡人间。

我还不是一条疯狗,
不必为饥寒去冒风险,
为此我希望成条疯狗,
更深刻地体验生存的艰难。

我还不如一条疯狗!
狗急它能跳出墙院,
而我只能默默地忍受,
我比疯狗有更多的辛酸。

假如我真的成条疯狗
就能挣脱这无形的锁链,
那么我将毫不迟疑地
放弃所谓神圣的人权。

一九七八年

诗人的桂冠

诗人的桂冠和我毫无缘分
我是为了记下欢乐和痛苦的一瞬
即使我已写下那么多诗行
不过我看它们不值分文

我是人们啐在地上的痰迹
不巧会踏上哪位姑娘的足迹
我看这决不是为了沾上我
一定是出于无意决非真心

我是我那心灵圣殿的墙上
孩子们刻下的污秽的字文
岁月再长也不会被抹去
但对这颗高傲的心却丝毫无损

人们会问你到底是什么
是什么都行但不是诗人
只是那些不公平的年代里
一个无足轻重的牺牲品

一九八六年于精神病院

黄永玉

(1924—)

“文革”前,忽然偷偷写起动物短句(即《永玉三记》的第一记)来。“文革”一开始,被人揭发差点要了老命。“文革”末期,天安门的“四·五”运动时,忽然诗情大发,一首又一首地写个没完。写了又怕,怕了又写;今天藏在这里,明天藏那里。直到“四人帮”倒台,简直是放手奔腾,李白加杜甫的激情也包括不住。

人,也应该有个清醒的时候。我到底不是诗人。诗人不是你想做就做得了的。“人之患在好为人诗”!嘿!诗人已经够多的了。

年轻时期的诗,请原谅了吧!

到了老年做诗,不再想当诗人了,只是像个账房先生,小心地作一些忧伤的记录!

历史地看待痛苦,是年老之后才学会的啊!

——黄永玉《〈老婆呀,不要哭〉序》

老婆呀,不要哭

——寄自农场的情诗

诗,是农场三年劳动所作,带着包袱进行改造如吞丸药以浓茶送服,虽明知"医之道大矣!"积习却中和了药性,病是治不好的。

这首诗是夜间弓在被窝里照着电筒写的,怪不得同志们惊讶我每星期换两节电池,或许真以为我每晚都去偷鸡摸狗。

那时候家人心情懊丧,日子太长了!展望前途如雾里观河,空得澎湃。启用几十年前尘封的爱情回忆来作点鼓舞和慰藉,虽明知排场、心胸太小,却祈望它真是能济事的。

在童年时代,
我有一间小房,和
一张小床,
跟一个明亮的小窗。
从窗口
我望见长满绿树和鲜草的"棘园",
还有青苔和虎耳装点的别人家的屋顶;
远处花边般的城墙,
城外是闪光而嬉闹的河流,
更远处,无际的带雾的蓝山。
我早晚常俯览窗外,
从窗口第一次认识世界。

我看云,
我听城墙上传来的苗人吹出的笛音,

我听黎明时分满城的鸡鸣,
我听日出后远处喧嚣的市声,
还有古庙角楼上的风铃。

我读着云写的诗篇,
我看龙女赶着羊群走过窗前,
看众神
　　裸露闪光的巨身,
　　沉湎于他们
　　狂欢的晚宴,
还有
执法的摩西坐在神圣的殿堂
　　闪电是他的眼色,
　　霹雷是他的宣判,
伴随着狂风暴雨的忿怒,
在威严地处理众神的悲欢。
夜色来临,
孤独、衰老的月亮,
在林莽边沿散步,
古往的忧伤压弯了他的腰背,
无穷的哲理把他的热情熬干,
到今天,只剩下一点点智慧的幽光,
在有限的时间点缀
　　寂寞的晚年。

早晨,
在稔熟的草丛里,
我发现一颗颗晶莹的泪珠,
唉! 我才知道,
连年老的月亮也会哭泣!
如今,
我已太久地离开那座
　　连空气也是绿色的、滋润的"棘园",
那一小块开满小黄花和小紫花,

飞舞着野蜂和粉蝶的王国，
离开那厮守过多少晴天和雨天的小窗。
我迈着小小的
　　十二岁男人的脚步，
在一个轻率的早晨，
离开那永远宠爱我的
　　微笑着的故里。

漫长的道路连着漫长的道路，
无休的明天接着另一个明天，
我曾在多少个窗子中生活过，
我珍惜地拾掇往日微笑着的一切，
多少窗户带领我走向思想的天涯。
曾经有这样一个秋天，
这是一个隆重的秋天，
一个为十八岁少年特别开放的、
　　飞舞着灿烂红叶的秋天，
你，这个褐色皮肤、
　　大眼睛的女孩，
向我的窗户走来。
我们在孩提时代的梦中早就相识，
我们是洪荒时代
　　在太空互相寻找的星星，
我们相爱已经十万年。
我们传递着汤姆·索亚式的
　　严肃的书信，
我们热烈地重复伊甸园一对痴人的傻话，
我们在田野和丛林里追逐，
我们假装着生气而又认真和好，
我们手挽手在大街上走，
　　红着脸却一点也不害羞。
你这个高明的厨师，
　　宽容地吞下我第一次为你
　　做出的辣椒煮鱼，

这样腥气的鱼,你居然说“好!”
我以丰富的贫穷和粗鲁的忠实
　　来接待你,
却连称赞一声你的美丽也不会。

我们的小屋一开始就那么黑暗,
却在小屋中摸索着未来和明亮的天堂,
我们用温暖的舌头舐着哀愁,
我用粗糙的大手紧握你柔弱的手,
战胜了多少无谓的忧伤。

你的微笑像故乡三月的小窗和“棘园”,
使我战胜了年轻的离别,
　　去勇敢地攻克阿波罗的城堡,
你的歌,使我生命的翅膀生出虹彩,
　　你深远的眼睛驯服我来自山乡的野性。
岁月往复,
我们已习惯于波希米亚式的漂泊,
我们永远欢歌破落美丽的天堂,
对于那已经古老的,
钻石般的夜城装点的小窗的怀念,
对于窗前的木瓜树和井泉的怀念,
那海、那山、那些优雅的云和雾,
　　那六月的黄昏和四月的苦雨……
是我们快乐地创造的支柱啊!

许多个蓝色的夜晚,
我开始在木质的田野上耕耘,
我的汗滴在这块无垠的、
　　深情的土地上,
像真的庄稼汉一样,
　　时刻担心这一犁一锄的收成。
你在我的身边,
我在你的梦边,

炉上的水壶鸽子似的
　　在我们生活的田野上叫着，
四周那么宁静，
梦，夜雾般地游徙在书本的丛林中。
你酣睡的呼吸像对我轻轻呼唤，
我劳动的犁声，
　　是你的呼唤的接应。
我常在夜晚完成的收获，
我每次都把你从梦中唤醒，
当我的收获摊在床前，
你带着惺忪的喜悦，
　　像个阿拉伯女孩
　　拥着被子只露出两眼，
　　和我一起分享收获的恩赐。
自然，
　　世上的一切都有歉收的灾难，
我也带着失败忿怒把你唤醒，
你就像一个不幸的农妇那样，
　　抚慰你可怜的伙伴。

你常常紧握着我这和年龄完全不相称的粗糙的大手，
母性地为这双大手的创伤心酸，
我多么珍惜你从不过分的鼓励，
就像我从来不称赞你的美丽一样，
要知道，一切的美，
　　都不能叫出声来的啊！

今天，
时光像秋风吹过芳草丛生的湖边，
你褐色的面颊已出现最初的涟漪，
你骄傲的黑发也染上了第一次的秋霜，
我们虽然还远离着
　　彭斯致玛丽·莫里逊的情歌的年龄，
还远离着那可怜的彼德洛夫套着雪橇，

　　送他老伴上城看病的年龄,
虽然
　　我们仿佛还刚刚学会一点
　　做父母的原理,
我们还和孩子一道顽皮、
　　一样淘气地做着鬼脸。
我们还为一件有趣的玩具心醉,
虽然……即使是一百个“虽然”,
亲爱的,
毕竟我们已经跨进了成熟的中年。
让我们俩一起转过身来,
向过去的年少,微笑地告别吧!
向光阴致意,
一种致意;
一种委婉的惜别;
一种英雄的、不再回来的眷恋;
一首快乐的挽歌。
我们的爱情,
　　和我们的生活一样顽强,
生活充实了爱情,
爱情考验了生活的坚贞。

我们有过悲伤,
但我们蔑视悲伤,
她只是偶尔轻轻飘在我们发尖上的游丝,
不经意地又随风飘去。
我们有太多的欢笑,
我们有太多的为中年的欢笑
　　而设想的旅程,
在我们每一颗劳动的汗珠里,
都充满笑容,
中年,是成熟的季节啊!

我们划着船,

在生活的江流中航行，
我们是江流的主人，
我们欣赏重叠的、起伏着的浪涛，
我们从船底浏览幻想的风云，
也曾从峡谷绝壁两岸
　　闻到幽兰的芬芳。
小船经过广漠的、阳光的平原，
有时也开进长着橘柚和荔枝的小河，
看到那使人心醉的红瓦白墙的、
冒着炊烟的小屋……

我们快乐的小船，
今天站着两个年轻水手，
他们和我们年轻时多么相似，
　　那满头油亮的南方人的黑发，
　　那远航人的前额和眼睛，
　　那适于风雨的宽阔的肩膀，
他们凝视着愿望的大海的方向，
有一天，将要接过我们的舵和桨。
中年是满足的季节啊！
让我们欣慰于心灵的朴素和善良，
我吻你，
吻你稚弱的但满是裂痕的手，
吻你静穆而勇敢的心，
吻你的永远的美丽，
因为你，
世上将流传我和孩子们幸福的故事。

一九七〇年十二月十二日于磁县

根　子

(1950—　)

一九七二年春节前夕,岳重(即根子)把他生命受到的头一次震动带给我:《三月与末日》,我记得我是坐在马桶上反复看了好几遍,不但不解其文,反而感到这首诗深深地侵犯了我——我对它有气!我想我说我不知诗为何物恰恰是我对自己的诗品观念的一种隐瞞:诗,不应当是这样写的。由于岳重的诗与我在此之前读过的一切诗都不一样(我已读过艾青,并认为他是中国白话文以来第一诗人),因此我判岳重的诗为:这不是诗。如同对郭路生一样,也是随着时间我才越来越感到其狞厉的内心世界,诗品是非人的、磅礴的,十四年后我总结岳重的形象:"叼着腐肉在天空炫耀。"

——多多《被埋葬的中国诗人(1972—1978)》

三月与末日

三月是末日。

这个时辰
世袭的大地的妖冶的嫁娘
——春天，裹卷着滚烫的粉色的灰沙
第无数次地狡黠而来，躲闪着
没有声响，我
看见过足足十九个一模一样的春天
一样血腥的假笑，一样的
都在三月来临。这一次
是她第二十次把大地——我仅有的同胞
从我的脚下轻易地掳去，想要
让我第二十次领略失败和嫉妒。
而且恫吓我："原则
你飞去吧，像云那样。"
我是人，没有翅膀，却
使春天第一次失败了。因为
这大地的婚宴，这一年一度的灾难
肯定地，会酷似过去的十九次
伴随着春天这娼妓的经期，它
将会在，二月以后
将在三月到来

她竟真的这个时候出现了
躲闪着，没有声响
心是一座古老的礁石，十九个
凶狠的夏天的熏灼，它

没有融化,没有龟裂,没有移动
不过礁石上
稚嫩的苔草,细腻的沙砾也被
十九场沸腾的大雨冲刷,烫死
礁石阴沉地裸露着,不见了
枯黄的透明的光泽,今天
暗褐色的心,像一块加热又冷却过
十九次的钢,安详、沉重
永远不再闪烁
既然
　　大地是由于辽阔才这样薄弱,既然他
　　是因为苍老才如此放浪形骸
既然他毫不吝惜
　　每次私奔后的绞刑,既然
他从不奋力锻造一个,大地应有的
朴素壮丽的灵魂
既然他浩荡的血早就沉淀
既然他,没有智慧
　　　没有骄傲
更没有一颗
　　　庄严的心
那么,我的十九次的陪葬,也都已被
春天用大地的肋骨搭架成的篝火
烧成了升腾的烟
我用我的无羽的翅膀——冷漠
飞离即将欢呼的大地,没有
第一次没有拼死抓住大地——
这漂向火海的木船,没有
想要拉回它

春天的浪作着鬼脸和笑脸
把船往夏天推去,我砍断了
一直拴在船上的我的心——

那钢和铁的锚,心
冷静地沉没,第一次
没有像被晒干的蘑菇那样萎缩
第一次没有为了失宠而肿胀充血,也没有
挤拥出辛酸的泡沫,血沉思着
如同冬天的海,威武地流动,稍微
有些疲乏。
作为大地的挚友,我曾经忠诚
我曾十九次地劝阻过他,非常激动
“春天,温暖的三月——这意味着什么?”
我曾忠诚
“春天,这蛇毒的荡妇,她绚烂的裙裾下
哪一次,哪一次没有掩藏着夏天——
那残忍的姘夫,那携带大火的魔王?”
我曾忠诚
“春天,这冷酷的贩子,在把你偎依沉醉后
哪一次,哪一次没有放出那些绿色的强盗
放火将你烧成灰烬?”
我曾忠诚
“春天,这轻佻的叛徒,在你被夏日的燃烧
烤得垂死,哪一次,哪一次她用真诚的温存
扶救过你?她哪一次
在七月回到你身旁?”
作为大地的挚友,我曾忠诚
我曾十九次地劝阻过他,非常激动
“春天,温暖的三月——这意味着什么?”
我蒙受牺牲的屈辱,但是
迟钝的人,是极认真的
锚链已经锈朽
心已经成熟,这不
第一次收获,第一次清醒的三月来到了
迟早,这样的春天,也要加到十九个,我还计划
乘以二,有机会的话,就乘以三

春天,将永远烤不熟我的心——
那石头的苹果。
今天,三月,第二十个
春天放肆的口哨,刚忽东忽西地响起
我的脚,就已经感到,大地又在
固执地蠕动,他的河湖的眼睛
又浑浊迷离,流淌着感激的泪
　　也猴急地摇曳。

一九七一年

牛　汉

（1918—　）

我的身高有一米九十，像我家乡的一棵高粱。我也是一个瘦骨嶙峋的人，我的骨头不仅美丽，而且很高尚……是我的骨头怜悯我，保护我……当我艰难跋涉在人生逆旅途中，听见我的几千根大大小小的骨头在咯吱咯吱地咬着牙关，为我承受厄运。谢天谢地，谢谢我的骨头，谢谢我的诗……由于劳役，我的手心有不少坚硬的茧子，还有许多深深浅浅的疤痕。几十年来，我就是用这双时刻都在隐隐作痛的手写着诗，写一行诗一个字都在痛……我以为我比别人还多了一种感觉器官，这器官就是我的骨头，以及皮肤上心灵上的伤疤，这些伤疤，有如小小的隆起的坟堆，里面埋着我不甘幻灭的诗和梦。

……

我和我的诗像一匹野马，像布罗斯基的那匹黑马总在躁动，总在奔跑，总想游牧到水草丰美的远方。但是有许多年命运却使我不幸成为一个在围场中被捕猎的活物。我只能从命运中冲出去才有生路。这些复杂的时刻都在痛切入骨的生命体验，引发我沉入一个个噩梦和幻想之中，我已不可能成为一个健全的人，只能是浑身疼痛的一个梦游的人。我只能用伤疤的敏感去感觉世界，以祖先的习性去游牧向远方，这对我已是一种无法摆脱的求生的自卫的方式。

——牛汉《谈谈我这个人，以及我的诗》

半 棵 树

真的,我看见过半棵树
在一个荒凉的山丘上

像一个人
为了避开迎面的风暴
侧着身子挺立着

它是被二月的一次雷电
从树尖到树根
齐楂楂劈掉了半边

春天来到的时候
半棵树仍然直直地挺立着
长满了青青的枝叶

半棵树
还是一整棵树那样高
还是一整棵树那样伟岸

人们说
雷电还要来劈它
因为它还是那么直那么高
雷电从远远的天边就盯住了它

一九七二年,咸宁

华　南　虎

在桂林
小小的动物园里
我见到一只老虎。
我挤在叽叽喳喳的人群中
隔着两道铁栅栏
向笼里的老虎
张望了许久许久，
但一直没有瞧见
老虎斑斓的面孔
和火焰似的眼睛。

笼里的老虎
背对胆怯而绝望的观众，
安详地卧在一个角落，
有人用石块砸它
有人向它厉声呵斥
有人还苦苦劝诱
它都一概不理！

又长又粗的尾巴
悠悠地在拂动，
哦，老虎，笼中的老虎，
你是梦见了苍苍莽莽的山林吗？
是屈辱的心灵在抽搐吗？
还是想用尾巴鞭击那些可怜而可笑的观众？

你的健壮的腿

直挺挺地向四方伸开,
我看见你的每个趾爪
全都是破碎的,
凝结着浓浓的鲜血!
你的趾爪
是被人捆绑着
活活地铰掉的吗?
还是由于悲愤
你用同样破碎的牙齿
(听说你的牙齿是被钢锯锯掉的)
把它们和着热血咬碎……

我看见铁笼里
灰灰的水泥墙壁上
有一道一道的血淋淋的沟壑
像闪电那般耀眼刺目!

我终于明白……
我羞愧地离开了动物园,
恍惚之中听见一声
石破天惊的咆哮,
有一个不羁的灵魂
掠过我的头顶
腾空而去,
我看见了火焰似的斑纹
火焰似的眼睛,
还有巨大而破碎的
滴血的趾爪!

一九七三年六月

汗　血　马

跑过一千里戈壁才有河流
跑过一千里荒漠才有草原

无风的七月八月天
戈壁是火的领地
只有飞奔
四脚腾空的飞奔
胸前才感觉有风
才能穿过几百里闷热的浮尘

汗水全被焦渴的尘沙舐光
汗水结晶成马的白色的斑纹

汗水流尽了
胆汁流尽了
向空旷冲刺的目光
宽阔的抽搐的胸肌
沉默地向自己生命的内部求援
从肩胛和臀股
沁出一粒一粒的血珠
世界上
只有汗血马
血管与汗腺相通

肩胛上并没有翅翼
四蹄也不会生风
汗血马不知道人间美妙的神话

它只向前飞奔
浑身蒸腾出彤云似的血气
为了翻越雪封的大坂
和凝冻的云天
生命不停地自燃

流尽了最后一滴血
用筋骨还能飞奔一千里

汗血马
扑倒在生命的顶点
焚化成了一朵
雪白的花

一九八六年八月

附注:传说汗血马飞跑到最后,体躯变得很小很轻,骑士把它背回家乡埋葬。

梦 游(第三稿)

据医生的确诊,我是一个有四十年病史的梦游患者。

——题记

不错,大白天
我是个堂堂彪形大汉
体魄顽健还带点粗野
肩头上扛得起两百多斤重的米袋
人世间最棘手的难题
都曾一一解答过
阳光下
我的影子都比别人的粗壮

但是在深更半夜不可预测的一瞬间
我常常猛地一声长长的呼吼
挣脱了亲人援救的手臂
从床上蹦起飞跃起升腾而起
心脏仿佛是胸腔里埋没很久的雷管
体躯的岩壁爆裂得粉碎
连同里面蠢蠢而动的一群噩梦
和暂时安歇的人生……

我的亲人听见我使出全身的力气
喊了一声:永别了

我并没有毁灭
我是蛹变成了蝴蝶

我是岩石变成火焰
我是凋枯的花放射出浓浓的香气
失去躯壳的生命
顿然感到异常的轻松
哈哈,压在胸口的那块庞大而狰狞的岩石
被我摔得很远很远
我听见了它碎裂的呻吟
这块镇心石
几十年来
它把我的肺叶
压成了血红的片页岩
把呐喊把歌把笑把叹息把哭诉
从胸腔里
一滴不留地统统挤压净光

有多少次(我已经记不清)
在我那一声凄厉的狂吼中
恍惚看见一个直立的山峰般的阴影
惶惶地逃走
还哧哧地回转头向碎裂的我阴笑
原来压伏在我胸口的
还有一匹毛茸茸(铁叉似的尖硬)的兽
它比黑夜还黑
它有长长的牙和爪子
刺透了我的躯体

每次梦游后很久很久
我的生命的内部隐隐疼痛

光着脚板
裸着心胸
我像风(这是我妻子的感觉)
冲出了家门

如果墙壁上没有门
我会撞出一个门
有一次门上锁
居然晓得推开窗户
一跃而出
如果墙壁上没有窗口
我也会撞出一个窗口
不管外面遍地冰雪
还是荆棘泥泞风狂雨暴
或者是一个深深的峡谷
我毫无顾虑
只回过头喊一声:永别了
永别了我的破碎的躯体
只有一回我被亲人找到
我的头正抵在一个开裂的墙缝
那一道墙缝
能穿过光穿过风穿过灵魂
不再惧怕坠落
不再惧怕摔倒
不再惧怕撞击
不再惧怕焚烧
我的躯体轻飘飘完完全全失重
挣脱了贮蓄血泪的脏腑
变成为一个空洞的人形
我飘然地游动
我是带血的风
我不同于艾略特的空心人
那不过是一个稻草人
我是一个出壳的灵魂
一团飞腾的火光
有人对我这么说过

无声无息广阔无垠的夜

没有呼吸没有心跳没有路灯没有纪念碑的夜
我确是一个机敏而且有经验的越狱者
巧妙地旋开关闭的门
不磕不碰通过窄长而曲折的楼道
还绕过三个路障似的没有熄灭的火炉
脚尖点地一跨三尺
如微风飘下九十多级拐四个弯的残破的台阶

奇怪的是
三十多年来
梦游过不下几百回
却从没有遇见一个人一个有形的生命
是不是夜行的人看不见梦游的人
而梦游的人也看不见梦外的生命
听说左邻右舍有人从沉睡中被惊醒
他们真真切切听见
一声非人的嗥叫在楼体内震荡
谁也没有听过这种异常的声音
或许是那匹比黑夜还黑的兽
向安静的人间和梦游的人
狺狺地示威

我的家人(其中有我只几岁的第三代)
听出我喊了一声:永别了

黑夜沉沉
天地间一片混沌
我潜入深深的浑浊的河流
(幸亏我学会了鲤鱼在恶浪与恶浪的隙缝中
从容地呼吸)
我不停地游走
昏暗的四周
像朦胧的月亮地

这正是困顿的梦魂所渴望的
那个黑甜黑甜的
埋没生命又让生命滋长希望的世界

有许多次在黑沉沉的前面
我望见雪亮雪亮地竖立着一架梯子
不错,是梯子,光线凝铸的梯子
看不清它有多高
不知道它是怎么竖立起来的
我信赖它
梯子后面一定有墙有山有路
必须靠着它攀登翻越
我风暴般扑过去呼喊地扑过去
但总摸不到抓不到那梯子
梯子呢梯子呢
那梯子还雪亮雪亮竖立在前面
看去并不遥远……

哦,面前(这个词很不准确)
闪现出一束雪白的亮光
很长很长望不到尽头
它深深地插入黑夜的胸腔
那雪白的光是黑夜流出的血
否则黑夜怎么能孕育出白天

哪来的这熠熠的光
是我的灵魂
(感谢它没有离弃我)
向远方伸出的触须
我相信心灵的触须
是能以穿透坚实的黑夜的火焰
有几回这束亮光像是纤绳
紧绷绷地牵引着我

生怕我沉没到河底
我的躯壳变成兜满风的布帆
直立的黑夜是岩峰囚禁的深深的岸
这亮光是流动的河
听不见流动的音响
它是一束奔腾的光

我想唱歌
一边游走一边唱歌
像风像河流
但嘴唇和肺叶全部消失
我的歌声
只响在遥远遥远的白天的记忆里
我似乎听见了隐隐的歌声
它在我的深深的生命里回响
久不封口的伤疤
进化成会唱歌的嘴唇
血管成为发声的琴弦

我轻飘飘地游走
黑暗在回避我
我像峭厉的风
即使我真是风
风也有凸起的胸和高昂的头
它的面部和胸口上也会有深深的伤痕
我飘飘荡荡地游走
碰到墙角会拐弯
遇到泥泞水洼垃圾陷坑会跨过
迎面有挡道的树干也晓得躲闪
(树干上睁着那么多没有瞳仁的眼睛)
看见紧闭的门决不去叩
看见路决不踏上去
梦游的人不走看得见的路

我不信任路
陷阱都埋在路上

沿着那一束雪亮的光
执迷地向远远的黑夜游走
如果没有这束光
人世间决不会有梦游的人

前面一定有一片开阔的平原
有一个港口
一个光的湖泊

可我从来没有走到过尽头

一九七六～一九八六年完稿
一九八七年三月删定

多　多

(1951—　)

最神奇也最具悖论意味的是《居民》一诗第二、三节中的音乐……这首诗的中心意象是河流,诗的音乐就是在河流上划船的节奏。当诗人说“他们划桨,地球就停转”时,那节奏就使我们看见(是看见)那桨划了一下,又停了一下;接着“他们不划,他们不划”,事实上我们从这个节奏里看见的却是他们用力连划了两下。在用力连划了两下之后,划船者把桨停下,让船自己行驶,而“我们就没有醒来的可能”的空行及其带来的节奏刚好就是那只船自己在行驶。真神哪!

……

我多次提到多多与传统的关系,但他诗中即使不是更具爆炸力至少也是同样重要的,是他那令人怵目的现代感性,尤其是那耀眼的超现实主义。值得一提的是,他在一九八八年获得诗歌奖,授奖词最后一句即是:“他以近乎疯狂的对文化和语言的挑战,丰富了中国当代诗歌的内涵和表现力。”这句话如果不是暗示他反传统,至少也暗示他是极其现代的。但他在两者之间取得几乎是天赐的成就:他的成就不仅在于他结合和现代与传统,而且在于他来自现代,又向传统的精神靠近,而这正是他对于当代青年诗人的意义之所在:他的实践提供了一条对当代诗人来说可能更有效的继承传统的途径。

——黄灿然《最初的契约》

手　　艺

——和玛琳娜·茨维塔耶娃

我写青春沦落的诗
(写不贞的诗)
写在窄长的房间中
被诗人奸污
被咖啡馆辞退街头的诗
我那冷漠的
再无怨恨的诗
(本身就是一个故事)
我那没有人读的诗
正如一个故事的历史
我那失去骄傲
失去爱情的
(我那贵族的诗)
她,终会被农民娶走
她,就是我荒废的时日……

一九七三年

无　　题

一个阶级的血流尽了
一个阶级的箭头仍在发射
那空漠的没有灵感的天空
那阴魂萦绕的古旧的中国的梦

当那枚灰色的变质的月亮
从荒漠的历史边际升起
在这座漆黑的空空的城市中
又传来红色恐怖急促的敲击声……

一九七四年

一个故事中有他全部的过去

当他敞开遍身朝向大海的窗户
向一万把钢刀碰响的声音投去
一个故事中有他全部的过去
当所有的舌头都向这个声音伸去
并且衔回了碰响这个声音的一万把钢刀
所有的日子都挤进一个日子
因此,每一年都多了一天

最后一年就翻倒在大橡树下
他的记忆来自一处牛栏,上空有一柱不散的烟
一些着火的儿童正拉着手围着厨刀歌唱
火焰在未熄灭之前
一直都在树上滚动燃烧
火焰,竟残害了他的肺
而他的眼睛是两座敌对城市的节日
鼻孔是两只巨大的烟斗仰望天空
女人,在用爱情向他的脸疯狂射击
使他的嘴唇留有一个空隙
一刻,一列与死亡对开的列车将要通过
使他伸直的双臂间留有一个早晨
正把太阳的头按下去

一管无声手枪宣布了这个早晨的来临
一个比空盒子扣在地上还要冷淡的早晨
一阵树林内折断树枝的声响
一根折断的钟锤就搁在葬礼街卸下的旧门板上

一个故事中有他全部的过去
死亡,已成为一次多余的心跳

当星星向寻找毒蛇毒液的大地飞速降临
时间,也在钟表的滴答声外腐烂
耗子,在铜棺的锈斑上换牙
菌类,在腐败的地衣上跺着脚
蟋蟀的儿子在他身上长久地做针线
还有邪恶,在一面鼓上撕扯他的脸
他的体内已全部都是死亡的荣耀
全部都是,一个故事中有他全部的过去

一个故事中有他全部的过去
一个瘦长的男子正坐在截下的树墩上休息
第一次太阳这样近地阅读他的双眼
更近地太阳坐到他的膝上
太阳在他的指间冒烟
每夜我都手拿望远镜向那里瞄准
直至太阳熄灭的一刻
一个树墩在他坐过的地方休息

比五月的白菜畦还要寂静
他赶的马在清晨走过
死亡,已碎成一堆纯粹的玻璃
太阳已变成一个滚动在送葬人回家路上的雷
而孩子细嫩的脚丫正走上常绿的橄榄枝
而我的头肿大着,像千万只马蹄在击鼓
与粗大的弯刀相比,死亡只是一粒沙子
所以一个故事中有他全部的过去
所以一千年也扭过脸来——看

一九八三

从死亡的方向看

从死亡的方向看总会看到
一生不应见到的人
总会随便地埋到一个地点
随便嗅嗅,就把自己埋在那里
埋在让他们恨的地点

他们把铲中的土倒在你脸上
要谢谢他们。再谢一次
你的眼睛就再也看不到敌人
就会从死亡的方向传来
他们陷入敌意时的叫喊
你却再也听不见
那完全是痛苦的叫喊!

一九八三

居　　民

他们在天空深处喝啤酒时,我们才接吻
他们歌唱时,我们熄灯
我们入睡时,他们用镀银的脚指甲
走进我们的梦,我们等待梦醒时
他们早已组成了河流

在没有时间的睡眠里
他们刮脸,我们就听到提琴声
他们划桨,地球就停转
他们不划,他们不划

我们就没有醒来的可能
在没有睡眠的时间里
他们向我们招手,我们向孩子招手
孩子们向孩子们招手时
星星们从一所遥远的旅馆中醒来了

一切会痛苦的都醒来了

他们喝过的啤酒,早已流回大海
那些在海面上行走的孩子
全都受到他们的祝福:流动

流动,也只是河流的屈从
用偷偷流出的眼泪,我们组成了河流……

一九八九年

芒 克

（1950— ）

芒克是个自然诗人，我们十六岁同乘一辆马车来到白洋淀。白洋淀是个藏龙卧虎之地，历来有强悍人性之称，我在那里度过六年，岳重三年，芒克七年，我们没有预料到这是一个摇篮。当时白洋淀还有不少写诗的人，如宋海泉、方含。以后北岛、江河、甘铁生等许多诗人也都前往那里游历。芒克正是这个大自然之子，打球、打架、流浪，他诗中的“我”是从不穿衣服的、肉感的、野性的，他所要表达的不是结论而是迷失。迷惘的效应是最经久的，立论只在艺术之外进行支配。芒克的生命力是最令人欣慰的，从不读书但读报纸，靠心来歌唱。如果从近期看到芒克诗中产生了“思想”，那一点也不足怪：芒克是我们中学的数学课代表。

——多多《被埋葬的中国诗人（1972—1978）》

街

我至今不清楚自己准确的年龄大概已活了十几年
可是我却知道我的脑袋什么乌七八糟的事都想
我走在街上双脚使劲儿地踩着一个女孩儿的影子
从我身旁晃悠着走过一个被拍着屁股的婴儿睡着了
离我不远的那个老头儿不知他从地下捡走了什么
谁也不理睬那些孩子们挺着肚皮在大街上撒尿
我突然被吓了一跳竟有人把狗放出家门我急忙躲开
人群中不知是什么人在众目睽睽之下呕吐一地
我视而不见转身发现对面一双大胆而放荡的眼睛
我简直不明白她为何这副模样她为什么要出来丢脸
迎面一个无事可干的男人胖得汕亮直眉瞪眼地盯着我
我猜不出他想干什么他肚子里打着什么主意
真是讨厌一只挨了打的猫冲着一个呆子叫个没完
我对着它指手画脚地嚷嚷你怎么不蹿上去抓他的脸
可是这个笨蛋反倒逃跑了我诅咒它决不会有好下场
在高处有扇窗户打开着并且跳出一个丑姑娘的面孔
我同她打个招呼闹着玩儿却把她的头吓得缩了进去
我真想不出她想的是什么我感到好笑又觉得无聊
忽然一个女人惊惶的声音像急救车一样尖叫着跑过
紧跟着在她后面传来一个凶恶的男人满嘴的脏话
看热闹的人议论纷纷当中还有人比划着下流手势,
一个小伙子把痰吐在了那个画在墙上的女人的身上
我差点儿摔了一跤真他妈的居然路上堆着垃圾
那一头碰在我背后的乞丐他双脚在地面仔细地寻找
这会儿看来已到了晚饭时间只见有钱的走进了饭馆
而一个油头粉面的家伙却急忙解着裤带钻进厕所
街上的人开始渐渐稀少我注意到他们都回家了

就连那个太阳也好像有家似的它这时也匆匆溜走
天黑了下来我仍旧在街上游荡感到肠胃一阵疼痛
我现在真想发疯似地喊叫让满街都响起我的叫声

一九七四年

葡　萄　园

一小块葡萄园,
是我发甜的家。

当秋风突然走进哐哐作响的门口,
我的家园都是含着眼泪的葡萄。

那使院子早早暗下来的墙头,
几只鸽子惊慌飞走。

胆怯的孩子把弄脏的小脸
偷偷地藏在房后。

平时总是在这里转悠的狗,
这会儿不知溜到哪里去了。

一群红色的鸡满院子扑腾
咯咯地叫个不停。

我眼看着葡萄掉在地上,
血在落叶中间流。

这真是个想安宁也不能安宁的日子,
这是在我家失去阳光的时候。

一九七八年

阳光中的向日葵

你看到了吗
你看到阳光中的那棵向日葵了吗
你看它,它没有低下头
而是在把头转向身后
它把头转了过去
就好像是为了一口咬断
那套在它脖子上的
那牵在太阳手中的绳索

你看到它了吗
你看到那棵昂着头
怒视着太阳的向日葵了吗
它的头几乎已把太阳遮住
它的头即使是在没有太阳的时候
也依然在闪耀着光芒

你看到那棵向日葵了吗
你应该走近它
你走近它便会发现
它脚下的那片泥土
每抓起一把
都一定会攥出血来

一九八三年

灯

灯突然亮了
只见灯光的利爪
踩着醉汉们冷冰冰的脸
灯,扑打着巨大翅膀
这使我惊愕地看见
在它的巨大翅膀下面
那些像是死了的眼睛
正向外流着酒……

灯突然亮了
这灯光引起了一阵骚乱
就听醉汉们大声嚷嚷
它是从哪儿飞来的
我们为什么还不把它赶走
我们为什么要让它来啄食我们
我们宁愿在黑暗中死……

一九八三年

余光中

（1928—　）

生命的地理拼图，有两块大陆、一座岛，一座半岛；诗作的分布是：旧大陆时期只留下三两首少作，因为我在离开故土的前一年才写起诗来；新大陆时期得诗五十六首，香港时期得诗一百七十首，其他的诗则都在台湾完成。

……

我写新诗，是从新月派的格律诗入手，久而病其单调、拘谨，转向句法、韵式、分段、回行各方面寻求变化，却始终不曾“变节”，向所谓自由诗投降。自由诗之误解、误用，乃当今新诗之沉疴，病情是有自由而无诗。……我早期写诗，多为整齐分段，后来发现，分段虽有整齐、工巧、清晰之功，却不如全诗（尤其是长诗）一气呵成，不加分段时，那种累积的分量与伸缩的弹性。我后期的诗不分段的渐多，就是想在诗艺上把中国的古风与西方的无韵体熔于一炉。

——余光中《〈余光中自选集〉自序》

白玉苦瓜

——故宫博物院所藏

似醒似睡,缓缓的柔光里
似悠悠醒自千年的大寐
一只瓜从从容容在成熟
一只苦瓜,不再是涩苦
日磨月磋琢出深孕的清莹
看茎须缭绕,叶掌抚抱
哪一年的丰收像一口要吸尽
古中国喂了又喂的乳浆
完美的圆腻啊酣然而饱
那触觉,不断向外膨胀
充实每一粒酪白的葡萄
直到瓜尖,仍翘着当日的新鲜

茫茫九州只缩成一张舆图
小时候不知道将它叠起
一任摊开那无穷无尽
硕大似记忆母亲,她的胸脯
你便向那片肥沃匍匐
用蒂用根索她的恩液
苦心的悲慈苦苦哺出
不幸呢还是大幸这婴孩
钟整个大陆的爱在一只苦瓜
皮靴踩过,马蹄踩过
重吨战车的履带踩过
一丝伤痕也不曾留下

只留下隔玻璃这奇迹难信
犹带着后土依依的祝福
在时光以外奇异的光中
熟着,一个自足的宇宙
饱满而不虞腐烂,一只仙果
不产在仙山,产在人间
久朽了,你的前身,唉,久朽
为你换胎的那手,那巧腕
千眄万睐巧将你引渡
笑对灵魂在白玉里流转
一首歌,咏生命曾经是瓜而苦
被永恒引渡,成果而甘

一九七四年二月十一日

乡愁四韵

给我一瓢长江水啊长江水
　　酒一样的长江水
　　醉酒的滋味
　　是乡愁的滋味
给我一瓢长江水啊长江水

给我一张海棠红啊海棠红
　　血一样的海棠红
　　沸血的烧痛
　　是乡愁的烧痛
给我一张海棠红啊海棠红

给我一片雪花白啊雪花白
　　信一样的雪花白
　　家信的等待
　　是乡愁的等待
给我一片雪花白啊雪花白

给我一朵腊梅香啊腊梅香
　　母亲一样的腊梅香
　　母亲的芬芳
　　是乡土的芬芳
给我一朵腊梅香啊腊梅香

一九七四年三月

北　岛

（1949—　）

在北岛早期的诗作里，美学的叛逆性同纯粹的元历史(metahistory)的投射混合在一起，成为七十年代末八十年代初时代精神的表征。毋庸置疑，像"从星星的弹孔中/将流出血红的黎明"(《宣告》)这样令人战栗的诗句潜藏的理想主义是文革劫难之后凄厉的希望之声，但似乎也是既与的、启蒙主义历史模式的一次变奏。启蒙主义的历史模式正是我所说的元历史(马克思主义历史秩序当然也是其类型之一)，它规定了从苦难到幸福的社会历史或者从罪性到神性的精神历史。在上引的诗句里，"弹孔"这样的词语作为否定的、代价性的意象显现，由介词"从"表明了中介的意味，通过"血红"一词把残酷同时转换为美，从而引导出"黎明"的理想景色。

——杨小滨《今天的"今天派"诗歌》

回　　答

卑鄙是卑鄙者的通行证,
高尚是高尚者的墓志铭。
看吧,在那镀金的天空中,
飘满了死者弯曲的倒影。

冰川纪过去了
为什么到处都是冰凌?
好望角发现了,
为什么死海里千帆相竞?

我来到这个世界上,
只带着纸、绳索和身影,
为了在审判之前,
宣读那些被判决的声音:

告诉你吧,世界,
我——不——相——信!
纵使你脚下有一千名挑战者,
那就把我算做第一千零一名。

我不相信天是蓝的;
我不相信雷的回声;
我不相信梦是假的;
我不相信死无报应。

如果海洋注定要决堤,
让所有的苦水注入我心中;

如果陆地注定要上升，
就让人类重新选择生存的峰顶。

新的转机和闪闪的星斗，
正在缀满没有遮拦的天空，
那是五千年的象形文字，
那是未来人们凝视的眼睛。

结局或开始

——献给遇罗克

我,站在这里
代替另一个被杀害的人
为了每当太阳升起
让沉重的影子象道路
穿过整个国土

悲哀的雾
覆盖着补钉般错落的屋顶
在房子与房子之间
烟囱喷吐着灰烬般的人群
温暖从明亮的树梢吹散
逗留在贫困的烟头上
一只只疲倦的手中
升起低沉的乌云

以太阳的名义
黑暗在公开地掠夺
沉默依然是东方的故事
人民在古老的壁画上
默默地永生
默默地死去

呵,我的土地
你为什么不再歌唱
难道连黄河纤夫的绳索
也像绷断的琴弦

不再发出鸣响
难道时间这面晦暗的镜子
也永远背对着你
只留下星星和浮云

我寻找着你
在一次次梦中
一个个多雾的夜里或早晨
我寻找春天和苹果树
蜜蜂牵动的一缕缕微风
我寻找海岸的潮汐
浪峰上的阳光变成的鸥群
我寻找砌在墙里的传说
你和我被遗忘的姓名

如果鲜血会使你肥沃
明天的枝头上
成熟的果实
会留下我的颜色

必须承认
在死亡白色的寒光中
我,战栗了
谁愿意做陨石
或受难者冰冷的塑像
看着不熄的青春之火
在别人的手中传递
即使鸽子落在肩上
也感不到体温和呼吸
它们梳理一番羽毛
又匆匆飞去

我是人

我需要爱
我渴望在情人的眼睛里
度过每个宁静的黄昏
在摇篮的晃动中
等待着儿子第一声呼唤
在草地和落叶上
在每一道真挚的目光上
我写下生活的诗
这普普通通的愿望
如今成了做人的全部代价

一生中
我曾多次撒谎
却始终诚实地遵守着
一个儿时的诺言
因此,那与孩子的心
不能相容的世界
再也没有饶恕过我

我,站在这里
代替另一个被杀害的人
没有别的选择
在我倒下的地方
将会有另一个人站起
我的肩上是风
风上是闪烁的星群
也许有一天
太阳变成了萎缩的花环
垂放在
每一个不屈的战士
森林般生长的墓碑前
乌鸦,这夜的碎片
纷纷扬扬

走向冬天

风,把麻雀最后的余温
朝落日吹去

走向冬天
我们生下来不是为了
一个神圣的预言,走吧
走过驼背的老人搭成的拱门
把钥匙留下
走过鬼影幢幢的大殿
把梦魇留下
留下一切多余的东西
我们不欠什么
甚至卖掉衣服,鞋
和最后一份口粮
把叮当作响的小钱留下
走向冬天
唱一支歌吧
不祝福,也不祈祷
我们绝不回去
装饰那些漆成绿色的叶子
在失去诱惑的季节里
酿不成酒的果实
也不会变成酸味的水
用报纸卷支烟吧
让乌云像狗一样忠实
像狗一样紧紧跟着
擦掉一切阳光下的谎言

走向冬天
不在绿色的淫荡中
堕落,随遇而安
不去重复雷电的咒语
让思想省略成一串串雨滴
或者在正午的监视下
像囚犯一样从街上走过
狠狠踩着自己的影子
或者躲进帷幕后面
口吃地背诵死者的话
表演着被虐待狂的欢乐

走向冬天
在江河冻结的地方
道路开始流动
乌鸦在河滩的鹅卵石上
孵化出一个个月亮
谁醒了,谁就会知道
梦将降临大地
沉淀成早上的寒霜
代替那些疲倦不堪的星星
罪恶的时间将要中止
而冰山连绵不断
成为一代人的塑像

履　　历

我曾正步走过广场
剃光脑袋
为了更好地寻找太阳
却在疯狂的季节
转了向,隔着栅栏
会见那些表情冷漠的山羊
直到从盐碱地似的
白纸上看见理想
我弓起了脊背
自以为找到表达真理的
唯一方式,如同
烘烤着的鱼梦见海洋
万岁！我只他妈喊了一声
胡子就长出来
纠缠着,像无数个世纪
我不得不和历史作战
并用刀子与偶像们
结成亲眷,倒不是为了应付
那从蝇眼中分裂的世界
在争吵不休的书堆里
我们安然平分了
倒卖每一颗星星的小钱
一夜之间,我赌输了
腰带,又赤条条地回到世上
点着无声的烟卷
是给这午夜致命的一枪
当天地翻转过来

我被倒挂在
一棵墩布似的老树上
眺望

使 命

牧师在祷告中迷路
一扇通风窗
开向另一个时代
逃亡者在翻墙

气喘吁吁的词引发
作者的心脏病
深呼吸,更深些
抓住和北风辩论的
槐树的根

夏天到了
树冠是地下告密者
低语是被蜂群蜇伤的
红色睡眠
不,一场风暴

读者们纷纷爬上岸

江 河

(1949—)

(《纪念碑》一诗)既有被埋葬、出卖和死亡的耻辱性记忆,也有不屈的抗争和自强、智慧、劳动的文明经验,构成了纪念碑所包含的全部"东方的秘密",也构成了把历史、现实与未来连接起来的巨大支点。采取"我"—"纪念碑"—"人民"浑然一体的抒情视角,表明个体与群体、与历史整体无法分割的整合关系。意象宏阔有力,结构奇崛,情绪沉重。在恢复个性尊严还是一个普遍的热门话题的时候,诗作以着力张扬的历史整体观念,反显出别具一格的思想个性。

——李振声《新中国文学词典·纪念碑》

(包括《追日》在内的组诗《太阳和他的反光》)通过积聚着民族某类最古老、最根本的智慧和经验的神话框架的重建,充分发挥现代历史感,倾听古老生命经验在现代人身心中激发的回响,展示过去与现在在人类精神中的同时性存在。确认太阳精神为民族精神的内核,将初民对太阳难以分离的依附隐喻为太阳的反光;思索人与自然的复杂关系,表达民族的不死精神。……与作者以往自我意识旺盛的诗作有所不同,主观激情沉潜到物象内里,无迹可求又无所不在。……是"文革"结束后诗创作由直接关注社会政治现实转向沉思民族文化精神中较具代表性的诗作之一。

——李振声《新中国文学词典·太阳和他的反光》

纪 念 碑

我常常想
生活应该有一个支点
这支点
是一座纪念碑

天安门广场
混凝土筑成的坚固底座
建筑起中华民族的尊严
纪念碑
历史博物馆和人民大会堂
像一台巨大的天平
一边
是历史,是昨天的教训
另一边
是今天,魄力和未来
纪念碑默默站在那里
像胜利者那样站着
像经历过许多次失败的英雄
在沉思
整个民族的骨骼是他的结构
人民巨大的牺牲给了他生命
他从东方古老的黑暗中醒来
把不能忘记的一切都刻在身上
从此
他的眼睛关注着世界和革命
他的名字叫人民

我想
我就是纪念碑
我的身体里垒满了石头
中华民族的历史有多沉重
我就有多少重量
中华民族有多少伤口
我就流出过多少血液

我就站在
昔日皇宫对面
那金子一样的文明
有我的智慧,我的劳动
我的被掠夺的珠宝
以及太阳升起的时候
琉璃瓦下紫色的影子
——我苦难中的梦境
在这里
我无数次地被出卖
我的头颅被砍去
身上还留着锁链的痕迹
就这样被埋葬
生命在死亡中成为东方的秘密

但是
罪恶终究会被清算
罪行终将会被公开
死亡不可避免的时候
流出的血也不会凝固
当祖国的土地上只有呻吟
真理的声音才更响亮
既然希望不会灭绝
既然太阳每天从东方升起
真理就把诅咒没有完成的

留给了枪
革命把用血浸透的旗帜
留给风，留给自由的空气
那么
斗争就是我的主题
我把我的诗和生命
献给了
纪念碑

星星变奏曲

如果大地的每个角落都充满了光明
谁还需要星星,谁还会
在夜里凝望
寻找遥远的安慰
谁不愿意
每天
都是一首诗
每个字都是一颗星
像蜜蜂在心头颤动
谁不愿意,有一个柔软的晚上
柔软得像一片湖
萤火虫和星星在睡莲丛中游动
谁不喜欢春天,鸟落满枝头
像星星落满天空
闪闪烁烁的声音从远方飘来
一团团白丁香朦朦胧胧
如果大地的每个角落都充满了光明
谁还需要星星,谁还会
在寒冷中寂寞地燃烧
寻求星星点点的希望
谁愿意
一年又一年
总写苦难的诗
每一首都是一群颤抖的星星
像冰雪覆盖在头上
谁愿意,看着夜晚冻僵
僵硬得像一片土地

风吹落一颗又一颗瘦小的星
谁不喜欢飘动的旗子,喜欢火
涌出金黄的星星
在天上的星星疲倦了的时候——升起
去照亮太阳照不到的地方

追　　日

上路的那天,他已经老了
否则他不去追太阳
上路那天他做过祭祀
他在血中重见生辉,他听见
土里血里天上都是鼓声
他默念地站着扭着,一个人
一左　一右　跳了很久
仪式以外无非长年献技
他把蛇盘子挂在耳朵上
把蛇拉直拿在手上
疯疯癫癫地戏耍
太阳不喜欢寂寞

蛇信子尖尖的火苗使他想到童年
蔓延流窜到心里
传说他渴得喝干了渭水黄河
其实他把自己斟满了递给太阳
其实他和太阳彼此早有醉意
他把自己在阳光中洗过又晒干
他把自己坎坎坷坷铺在地上
有道路有皱纹有干枯的湖

太阳安顿在他心里的时候
他发觉太阳很软,软得发疼
可以摸一下了,他老了
手指抖得和阳光一样
可以离开了,随意把手杖扔向天边
有人在春天的草上拾到一根柴禾
抬起头来,漫山遍野滚动着桃子

舒 婷

(1952—)

敏感,依恋温情,不能忍受暴力,是人类的善良天性之一。善良造成痛苦,人间的痛苦形形色色,每一种痛苦都可能是一剂毒药,如果没有理想的太阳的高高的照耀,如果不是"为了不可抗拒的召唤",人怎能有力量翻越这无穷尽的障碍奔向目标呢?

——舒婷《以忧伤的明亮透彻沉默》

"爱"是她情感和意识中供养的神明。这个神明也曾经是许多浪漫主义诗人的神明,拜伦与雪莱都曾以最热烈的感情为它献上自己的祭果。当然,舒婷诗中的"爱"有它自己的特点,其基本特征是:"当做一个正直的普通人都很不容易的时候,我不奢望当英雄",不是英雄和骑士式的爱,而是普通人的自爱和爱人。正因为如此,她不满自己"袖手旁观生活",真诚地表示"要回到人群里去",在物质和精神生活走下坡路的年代,努力让自己的感情往高处跑去,并用诗去抚慰困倦的灵魂。也正是从这种普通人的爱人和自爱的思想感情出发,面对特定年代人们共同的匮乏,舒婷分外珍惜生活中的感情和友谊,本能地继承了中国诗歌的传统题材,写下了许多真挚隽永的赠答和送别诗章,这些诗脱离了骚人墨客的酬唱,有鲜明的时代色彩。

——王光明《一个诗人的里程》

致　橡　树

我如果爱你——
绝不像攀援的凌霄花
借你的高枝炫耀自己;
我如果爱你——
绝不学痴情的鸟儿
为绿荫重复单调的歌曲;
也不止像泉源
长年送来清凉的慰藉;
也不止像险峰
增加你的高度,衬托你的威仪。
甚至日光。
甚至春雨。
不,这些都还不够!
我必须是你近旁的一株木棉,
作为树的形象和你站在一起。
根,紧握在地下
叶,相触在云里。
每一阵风过
我们都互相致意,
但没有人
听懂我们的言语。
你有你的铜枝铁干
像刀、像剑,
也像戟;
我有我红硕的花朵
像沉重的叹息,
又像英勇的火炬。

我们分担寒潮、风雷、霹雳；
我们共享雾霭、流岚、虹霓。
仿佛永远分离，
却又终身相依。
这才是伟大的爱情，
坚贞就在这里：
爱——
不仅爱你伟岸的身躯，
也爱你坚持的位置，足下的土地。

一九七七年

双 桅 船

雾打湿了我的双翼
可风却不容我再迟疑
岸呵,心爱的岸
昨天刚刚和你告别
今天你又在这里
明天我们将在
另一个纬度相遇

是一场风暴、一盏灯
把我们联系在一起
是一场风暴、另一盏灯
使我们再分东西
不怕天涯海角
岂在朝朝夕夕
你在我的航程上
我在你的视线里

一九七九年

顾　城

（1956—1993）

《一代人》概括了生于逆境却始终不失信念的一代人异常复杂的心理经验和精神特征。黑夜和光明分别是专制、压抑和人道、人性两种生存状态的总体特征。黑眼睛，可理解为产生自黑夜、与黑夜有着同一色泽，却能断弃黑夜的一种积极力量。也可作出另一种读解：尽管拥有叛逆黑夜的意向，但由于所用的手段——黑眼睛是黑夜的派生物，它与目的——寻找光明之间存在着根本的背离，由此注定了一种困境，带有力图改变处境却又不得不受制于这一意欲改变的处境的悲剧意味。

——李振声《二十世纪中国文学精品·推荐者的话》

对于我来说，美是一种状态，它足以使我感到这个世界的虚幻。因为美出现的时候，它太真实了。当一种美还没有被人发现，只被我独自看见时，我会有一种喜悦，有一种秘密感，也会有一种恐惧。我的恐惧是，面对美我有些自惭形秽，我怕走近美而破坏了美。我还有另外一种恐惧，我怕当我看见了一种美的时候，别人也看见了这种美，从而毁灭了这种美。

——顾城《无目的的我》

一 代 人

黑夜给了我黑色的眼睛
我却用它寻找光明

一九七九年

远 和 近

你，
一会看我，
一会看云。

我觉得，
你看我时很远，
你看云时很近。

一九八〇年

我是一个任性的孩子

——我想在大地上画满窗子,让所有习惯黑暗的眼睛
都习惯光明。

也许
我是被妈妈宠坏的孩子
我任性

我希望
每一个时刻
都像彩色蜡笔那样美丽
我希望
能在心爱的白纸上画画
画出笨拙的自由
画下一只永远不会
流泪的眼睛
一片天空
一片属于天空的羽毛和树叶
一个淡绿的夜晚和苹果

我想画下早晨
画下露水
所能看见的微笑
画下所有最年轻的
最有痛苦的爱情
她没有见过阴云
她的眼睛是晴空的颜色
她永远看着我

永远,看着
绝不会忽然掉过头去
我想画下遥远的风景
画下清晰的地平线和水波
画下许许多多快乐的小河
画下丘陵——
长满淡淡的茸毛
我让它们挨得很近
让它们相爱
让每一个默许
每一阵静静的春天激动
都成为一朵小花的生日

我还想画下未来
我没见过她,也不可能
但知道她很美
我画下她秋天的风衣
画下那些燃烧的烛火和枫叶
画下许多因为爱她
而熄灭的心
画下婚礼
画下一个个早早醒来的节日——
上面贴着玻璃糖纸
和北方童话的插图

我是一个任性的孩子
我想涂去一切不幸
我想在大地上
画满窗子
让所有习惯黑暗的眼睛
都习惯光明
我想画下风
画下一架比一架更高大的山岭

画下东方民族的渴望
画下大海——
无边无际愉快的声音

最后,在纸角上
我还想画下自己
画下一只树熊
他坐在维多利亚深色的丛林里
坐在安安静静的树枝上
发愣
他没有家
没有一颗留在远处的心
他只有,许许多多
浆果一样的梦
和很大很大的眼睛

我在希望
在想
但不知为什么
我没有领到蜡笔
没有得到一个彩色的时刻
我只有我
我的手指和创痛
只有撕碎那一张张
心爱的白纸
让它们去寻找蝴蝶
让它们从今天消失

我是一个孩子
一个被幻想妈妈宠坏的孩子
我任性

一九八一年

柏　桦

（1956—　）

当代中国诗歌写作的关键特征是对语言本体的沉浸，也就是在诗歌的程序中让语言的物质实体获得具体的空间感并将其本身作为富于诗意的质量来确立。如此，在诗歌方法论上就势必出现一种新的自我所指和抒情客观性。对写作本身的觉悟，会导向将抒情动作本身当做主题，而这就会最直接展示诗的诗意性。这就使得诗歌变成了一种“元诗歌”（metapoetry），或者说“诗歌的形而上学”，即：诗是关于诗本身的，诗的过程可以读作是显露写作者姿态、他的写作焦虑和他的方法论反思与辩论的过程。因而元诗常常首先追问如何能发明一种言说，并用它来打破萦绕人类的宇宙沉寂。《表达》是柏桦的成名作，写于一九八一年，此诗一直被当作诗学宣言似地收录在许多后朦胧诗选本里。

——张枣《朝向语言风景的危险旅行》

表　达

我要表达一种情绪
一种白色的情绪
这情绪不会说话
你也不能感到它的存在
但它存在
来自另一星球
只为了今天这个夜晚
才来到这个陌生的世界

它凄凉而美丽
拖着一条长长的影子
可就是找不到另一个可以交谈的影子
你如果说它像一块石头
冰冷而沉默
我就告诉你它是一朵花
这花的气味在夜空下潜行
只有当你死亡之时
才进入你意识的平原

音乐无法呈现这种情绪
舞蹈也不能抒发它的形体
你无法知道它的头发有多少
也不知道为什么要梳成这样的发式
你爱她,她不爱你
你的爱是从去年春天的傍晚开始的
为何不是今年冬日的黎明?

我要表达一种细胞运动的情绪
我要思考它们为什么反叛自己
给自己带来莫名的激动和怒气

我知道这种情绪很难表达
比如夜,为什么在这时降临?
我和她为什么在这时相爱?
你为什么在这时死去?

我知道鲜血的流淌是无声的
虽然悲壮
也无法溶化这铺满钢铁的大地
水流动发出一种声音
树断裂发出一种声音
蛇缠住青蛙发出一种声音
这声音预示着什么?
是准备传达一种情绪呢,
还是表达一种内含的哲理?

还是那些哭声
那些不可言喻的哭声
中国的儿女在古城下哭泣过
基督忠实的儿女在耶路撒冷哭泣过
千千万万的人在广岛死去了
日本人曾哭泣过
那些殉难者,那些怯懦者也哭泣过
可这一切都很难被理解

一种白色的情绪
一种无法表达的情绪
就在今夜
已经来到这个世界
在我们视觉外

在我们中枢神经里
静静地笼罩着整个宇宙
它不会死,也不会离开我们
在我们心里延续着,延续着……
不能平息,不能感知
因为我们不想死去

一九八一年

痛

怎样看待世界好的方面
以及痛的地位
医生带来了一些陈述
他教育我们
并指出我们道德上的过错
肉中的地狱
贯穿一个人的头脚
无论警惕或恨
都不能阻止逃脱

痛影射了一颗牙齿
或一个耳朵的热
被认为是坏事、却不能取代
它成为不愿期望的东西

幻觉的核心
倾注于虚无的信仰
克制着突如其来
以及自然主义的悲剧深度

报应和天性中的恶
不停地分配着惩罚
而古老的稳定
改善了人与幸福

今天，我们层出不穷、睁大眼睛
对自身，经常有勇气、忍耐和持久
对别人，经常有怜悯、宽恕和帮助

昌　耀

（1936—2000）

艺术的根本魅力其实质表现为——在永远捉摸不定的时空，求得了个体生存与种属繁衍的人类为寻求万无一失的理想境界而进行的永恒的追求和搏击的努力（我视此为人的本性），艺术的魅力即在于将此种“搏击的努力”幻化为审美的抽象，在再造的自然中人们得到的正是这种审美的愉悦。因之，最恒久的审美愉悦又总是显示为一种悲壮的美感，即便是在以开朗的乐观精神参与创造的作品那里也终难抹尽其乐观的亮色之后透出的对宿命的黯然神伤。

——昌耀《诗的礼赞》

昌耀所大量运用的、有时是险僻古奥的词汇,其作用在于使整个语境产生不断挑亮人们眼睛的奇突功能,造成感知的震醒,这与他诗化精神的本色是直接相关的,他不仅用内涵来表述“在路上”的精神内容,也用“古语特征”造成的醒觉、紧张与撞击效能来体现精神的力道,这种诗学里所说的陌生化或戏剧美学里说的间隔效果,指认了、突出了“听候召唤:赶路”的艰重与振奋,那种更高原则的威慑,使他的诗歌具有一种崇高、凄然、镇定的美感,如同一个置放在空间里并占据空间的雕塑。

——骆一禾、张玞《太阳说:来,朝前走》

鹿的角枝

在雄鹿的颅骨,生有两株
被精血所滋养的小树。雾光里
这些挺拔的枝状体明丽而珍重,
遁越于危崖沼泽,与猎人相周旋。

若干个世纪以后,在我的书架,
在我新得的收藏品之上,才听到
来自高原腹地的那一声火枪。——
那样的夕阳倾照着那样呼唤的荒野。
从高岩,飞动的鹿角,猝然倒仆……

……是悲壮的。

一九八二年三月二日

河　床

(《青藏高原的形体》之一)

我从白头的巴颜喀拉走下。
白头的雪豹默默卧在鹰的城堡,目送我走向远方。
但我更是值得骄傲的一个。
我老远就听到了唐古特人的那些马车。
我轻轻地笑着,并不出声。
我让那些早早上路的马车,沿着我的堤坡,鱼贯而行。
那些马车响着刮木,像奏着迎神的喇叭,登上了我的胸脯。
　轮子跳动在我鼓囊囊的肌块。
那些裹着冬装的唐古特车夫也伴着他们的辕马谨小慎微地
　举步,随时准备拽紧握在他们手心的刹绳。

他们说我是巨人般躺倒的河床。
他们说我是巨人般屹立的河床。

是的,我从白头的巴颜喀拉走下。我是滋润的河床。我是枯
　干的河床。我是浩荡的河床。
我的令名如雷贯耳。

我坚实宽厚、壮阔。我是发育完备的雄性美。
我创造。我须臾不停地
向东方大海排泻我那不竭的精力。
我刺肤文身,让精心显示的那些图形可被仰观而不可近狎。
我喜欢向霜风透露我体魄之多毛。
我让万山洞开,好叫钟情的众水投入我博爱的襟怀。

我是父亲。

我爱听兀鹰长唳。他有少年的声带。我的目光有少女的媚眼。他的翼轮双展之舞可让血流沸腾。
我称誉在我隘口的深雪潜伏达旦的那个猎人。
也同等地欣赏那头三条腿的母狼。她在长夏的每一次黄昏都要从我的阴影跛向天边的彤云。
也永远怀念你们——消逝了的黄河象。

我在每一个瞬间都同时看到你们。
我在每一个瞬间都表现为大千众相。
我是屈曲的峰峦。是下陷的断层。是切开的地峡。
是眩晕的飓风。
是纵的河床。是横的河床。是总谱的主旋律。
我一身织锦,一身珠宝,一身黄金。
我张弛如弓。我拓荒千里。
我是时间,是古迹。是宇宙洪荒的一片腭骨化石。是始皇帝。
我是排列成阵的帆樯。是广场。是通都大邑。是展开的景观。是不可测度的深渊。
是结构力,是驰道。是不可克的球门。

我把龙的形象重新推上世界的前台。

而现在我仍转向你们白头的巴颜喀拉。
你们的马车已满载昆山之玉,走向归程。
你们的麦种在农妇的胝掌准时地亮了。
你们的团圞月正从我的脐蒂升起。
我答应过你们,我说潮汛即刻到来,
而潮汛已经到来……

一九八四年三月二十二日 ~ 四月二十日

斯　人

静极——谁的叹嘘?

密西西比河此刻风雨,在那边攀缘而走。
地球这壁,一人无语独坐。

一九八五年五月三十一日

内陆高迴

内陆。一则垂立的身影。在河源。
谁与我同享暮色的金黄然后一起退入月亮宝石?

孤独的内陆高迴沉寂空旷恒大
使一切可能的轰动自肇始就将潮解而失去弹性。
而永远渺小。
孤独的内陆。
无声的火曜。
无声的崩毁。

一个蓬头垢面的旅行者西行在旷远的公路,一只燎黑了的铝制饭锅倒扣在他的背囊,一根充作手杖的棍棒横抱在腰际。他的鬓角扎起。兔毛似的灰白有如霉变。他的颈弯前翘如牛负轭。他睁大的瞳仁也似因窒息而在喘息。我直觉他的饥渴也是我的饥渴。我直觉组成他的肉体的一部分也曾是组成我的肉体的一部分。使他苦闷的原因也是使我同样苦闷的原因,而我感受到的欢乐却未必是他的欢乐。
而愈益沉重的却只是灵魂的寂寞。
谁与我同享暮色的金黄然后一起退入月亮宝石?

一个蓬头的旅行者背负行囊穿行在高迴内陆。
不见村庄。不见田垄。不见井垣。
远山粗陋如同防水布绷紧在巨型动物骨架。
沼泽散布如同鲜绿的蛙皮。
一个挑战的旅行者步行在上帝的沙盘。

河源

一群旅行者手执酒瓶伫立望天豪饮,随后
将空瓶猛力抛掷在脚底高迴的路。
一次准宗教祭仪。
一地碎片如同鳞甲而令男儿动容。
内陆漂起。

一九八八年十二月十二日

冰湖坼裂·圣山·圣火

——给 S·Y

冰湖坼裂:那是巨大的熔融。
一种苏醒的自觉。一种早经开始的向着太阳的倾斜。
是神圣的可敬畏的日子。
天光明亮。背手牵马的人满怀心事
嘴角衔一茎草叶想着明月照人的目光,
隔湖背向岛屿走在通往深山的路途。
他听到身后冰湖坼裂仅如一种轻微的叹息。
一种自皲裂的缝隙送出的生命的吹息。
他从中感到了鸟鸣般的翔舞。
感到一种笼罩,一种凌轹,一种铺张扬厉。
感到一种大音希声式的弥盖。
是纯然完整的有机形态。
他感到植入地壳的湖盆正为日月盈亏牵动,
即便一声呢喃都如心悸具有血潮的活力。
他感到风中硝盐的扩散像毛发狂张了。
他满怀心事回转头去望湖暗自默语:
——我走,是为了跟你说一声我将再来。
在煨烤着松柏针叶斋戒的夜晚,
老丈在兽皮结跏趺坐。
军士奏以胡笳之章秣马。
瞌睡的孩子在母亲腹部分泌梦的蜜糖春的龙涎。
产期临近的女士自温泉沐毕来归。
冰湖的坼裂是不可回避的仪式。
他感到一种快乐得近于痛楚的声音。
他感到一种痛楚得近于快乐的声音。
一种窸窣一种火花切割之声。一种传感。
一种为硬笔在纸上疾书的声音。
如同指甲划过平板玻璃引起的心底痉挛。

他感到一种不很锐利的呻吟在穿透宇宙。
他感到大浪拍来如肉芽冲决满湖痂瓣,如花冠丛丛。
他如何分辨呻吟的痛苦或呻吟的快意!
他如何免于浅薄的自作多情?
他感到一种火的颤栗,一种酒的苏醒,一种踢踏舞步,
一种飘然放大的笑容,一种拥抱,
一种扁平如筏的放射
凌空切入灵魂一扫而过印象深刻,
让他相信没有任何力量能够阻遏,
像信风准确,而不可被欺骗不可被蛊惑。
像权利一样严正。
他满怀心事背手牵马从地毯覆盖的山道
走向白云喷薄而出的高处。
当他这样在心灵设想着脚下并不存在的红地毯,
那完全是意味着走向圣山时怀有的庄重。
而他随时准备匍匐在地亲吻泥土。
在冰湖坼裂的原野,在原野坼裂的冰湖,
崇拜的渴望就直接体现为存在的意志。
不是所有的人都能走到昆仑、念青唐古拉、巴颜喀拉、冈底斯。
不是所有的人都有缘分在茫茫原野邂逅。
莽苍之中难得一遇的行旅
就这样渴慕地遥向对方靠拢随之交臂远离以至永世永生。
不是所有的人都能领有冰湖坼裂。
他再次回转头去望湖暗自默语:
——我来是为了说一声我又该去但我仍会再来。
当他这样设想着自己是行走在无尽的地毯,
那是意味着走向圣山时怀有的庄重。
他看到采集圣火的女子在山麓前膝微踞,
举案齐眉地持平存储火种的盒饰。
她们梳理的髻鬟坠依项背如同乌云。
他感觉自己的指尖生烟
右臂坚挺如同湖边祭祀的火把。
他就这样挥手站立听着冰湖坼裂如同燃烧。

一九九一年三月十四日初稿
一九九一年三月二十四日改定

杨　炼

（1955—　）

我希望，一个诗人的独创性和那个曾被我们拒绝的“传统”，将迂回地重建一种联系。……诗必须“善变”，以突出那个“不变”：人触摸自身内黑暗极限的努力。深度派生难度，而难度也激发深度：诗对中文性的探索（原谅我，译者！）；语言的造型能力；不盲目追随西方的时间观、或简单代之以“东方的”时间观，而是建立自己的时空观，使作品的每一部分间、甚至作品与作品间全方位共振共鸣，由此把“同心圆”的寓意推向极致，才真是我想象中的“幻象空间写作”。《同心圆》结尾处一个断句：“诗是”（一个隐身的？）也只能由诗自问自答：“再被古老的背叛所感动”。回到“传统”，我渴望的秩序，或许正建立在自我更新的能力上——“在一个人身上重新发现传统”——诗人独创性的赤裸裸的活力，让“传统”生长。这个词，既是当代中文诗的悲哀又是它的兴奋点：它甩掉我们伸出的寻求依托的双手，却反过来依托着我们。

——杨炼《诗，自我怀疑的形式》

诺　日　朗[1]

一、日　潮

高原如猛虎,焚烧于激流暴跳的万物的海滨
哦,只有光,落日浑圆地向你们泛滥,大地悬挂在空中

强盗的帆向手臂张开,岩石向胸脯,苍鹰向心……
牧羊人的孤独被无边起伏的灌木所吞噬
经幡飞扬,那凄厉的信仰,悠悠凌驾于蔚蓝之上

你们此刻为哪一片白云的消逝而默哀呢
在岁月脚下匍匐,忍受黄昏的驱使
成千上万座墓碑像犁一样抛锚在荒野尽头
互相遗弃,永远遗弃:把青铜还给土、让鲜血生锈
你们仍然朝每一阵雷霆倾泻着泪水吗
西风一年一度从沙砾深处唤醒淘金者的命运
栈道崩塌了　峭壁无路可走,石孔的日晷是黑的
而古代女巫的天空再次裸露七朵莲花之谜

哦,光,神圣的红釉,火的崇拜火的舞蹈
洗涤呻吟的温柔,赋予苍穹一个破碎陶罐的宁静
你们终于被如此巨大的一瞬震撼了么
——太阳等着,为陨落的劫难,欢喜若狂

① 诺日朗:藏语,男神。四川著名风景区九寨沟有一座瀑布、一座雪山以此命名,地处川甘交界高原区。

二、黄 金 树

我是瀑布的神，我是雪山的神
高大、雄健，主宰新月
成为所有江河的唯一首领
雀鸟在我胸前安家
浓郁的丛林遮盖着
　　那通往秘密池塘的小径
我的奔放像大群刚刚成年的牡鹿
欲望像三月
聚集起骚动中的力量
我是金黄色的树
收获黄金的树
热情的挑逗来自深渊
毫不理睬周围怯懦者的箴言
直到我的波涛把它充满
流浪的女性，水面闪烁的女性
谁是那迫使我啜饮的唯一的女性呢

我的目光克制住夜
十二支长号克制住番石榴花的风
我来到的每个地方，没有阴影
触摸过的每颗草莓化作辉煌的星辰在世界中央升起
占有你们，我，真正的男人

三、血　祭

用殷红的图案簇拥白色颅骨，供奉太阳和战争
用杀婴的血，行割礼的血，滋养我绵绵不绝的生命
一把黑曜岩的刀剖开大地的胸膛，心被高高举起
无数旗帜像角斗士的鼓声，在晚霞间激荡
我活着，我微笑，骄傲地率领你们征服死亡

——用自己的血,给历史签名,装饰废墟和仪式

那么,擦去你的悲哀!让悬崖封闭群山的气魄
兀鹰一次又一次俯冲,像一阵阵风暴,把眼眶啄空
苦难祭台上奔跑或扑倒的躯体同时怒放
久久迷失的希望乘坐尖锐的饥饿归来,撒下呼啸与赞颂
你们听从什么发现了弧形地平线上孑然一身的壮丽
于是让血流尽:赴死的光荣,比死更强大
朝我奉献吧!四十名处女将歌唱你们的幸运
晒黑的皮肤像清脆的铜铃,在斋戒和守望里游行
那高贵的卑怯的、无辜的罪恶的、纯净的肮脏的潮汐
辽阔记忆,我的奥秘伴随抽搐的狂欢源源诞生
宝塔巍峨耸立,为山巅的暮色指引一条向天之路
你们解脱了——从血泊中,亲近神圣

四、偈　子①

为期待而绝望
为绝望而期待

绝望是最完美的期待
期待是最漫长的绝望

期待不一定开始
绝望也未必结束

或许召唤只有一声——
最嘹亮的,恰恰是寂静

① 偈子:佛经中一种体裁,短小类似于格言,意译为“颂”。

五、午夜的庆典①

开　歌　路

领：午夜降临了，斑斓的黑暗展开它的虎皮。金灿灿地闪耀着绿色。遥远。青草的芳香使我们感动，露水打湿天空，我们是被谁集合起来的呢？

合：哦，这么多人，这么多人！

领：星座倾斜了，不知不觉的睡眠被松涛充满。风吹过陌生的手臂，我们紧紧挤在一起，梦见火，又大又亮。孩子们也睡了。

合：哦，这么多人，这么多人！

领：灵魂颤栗着，灵魂渴望着，在漆黑的树叶间寻找一块空地。在晕眩的沉默后面，有一个声音，徐徐松弛成月色，那就是我们一直追求的光明吗？

合：哦，这么多人，这么多人！

穿　花

诺日朗的宣谕：
唯一的道路是一条透明的路
唯一的道路是一条柔软的路
我说，跟随那股赞歌的泉水吧
夕阳沉淀了，血流消融了
瀑布和雪山的向寻
笑容荡漾袒露诱惑的女性

① 本节采用四川民歌中“丧歌”仪式，三小段标题均采自原题。

从四面八方,跳舞而来,沐浴而来
超越虚幻,分享我的纯真

煞　鼓

此刻,高原如猛虎,被透明的手指无垠地爱抚
此刻,狼藉的森林蔓延被蹂躏的美、灿烂而严峻的美
向山洪、向村庄碎石累累的毁灭公布宇宙的和谐
树根像粗大的脚踝倔强地走着,孩子在流离中笑着
尊严和性格从死亡里站起,铃蓝花吹奏我的神圣
我的光,即使陨落着你们时也照亮着你们
那个金黄的召唤,把苦涩交给海,海永不平静
在黑夜之上,在遗忘之上,在梦呓的呢喃和微微呼喊之上
此刻,在世界中央。我说:活下去——人们
天地开创了。鸟儿啼叫着。一切,仅仅是启示

一九八三年

春天，或在你的爱里有一条河的疼痛

在你的目光里有一只鸟最明亮的恐怖
在你的爱里有一条河的疼痛

一个被打碎的日子　让你躲不开
这堆满雪白冰块的河床
笔记本密集发芽的视野中
每棵树冲撞你
像一首诗受伤的支流

一滴水中　到处是死者
窗外　腐烂越逼真阳光越鲜艳
男孩子在摔倒的地方隐没
躯体听见　不认识的血大声哭泣

在你里面哭的爱　来自空中的肉色翅膀
没有皮肤的河　整夜会疼痛
用你的一天覆盖所有人的昨天
赤脚趟过草地上的影子
花朵预约下一次手术
春天越泛滥越酷似一个无梦的人
什么也不说时　没有河能流出你
只有　黑暗骨髓里你一直忍受的
都活着　　啄　　食

重新是一切

韩　东

（1961—　）

“他们”诗群的执牛耳者韩东的《有关大雁塔》，虽然和他的大多数诗作一样，显得故作冷漠，淡而无味，但却值得格外注意，因为它最先表达了“第三代”中相当一批年青诗人的一种有意识的放弃，从而在“第三代”诗中具有某种“经典性”意义。这种有意识的放弃，就是要放弃这样一种途径：通过加入历史文化的延续从而使个体生存获得意义和支撑，这一途径曾经是T·S·艾略特的一个重要思想，并且得到稍前于“他们”的“朦胧”诗，尤其是“文化寻根”诗的尊崇。

《有关大雁塔》述及了历史对当代人的不可企及性，以及由此而来的当代人对历史文化的单方面断弃。……

《有关大雁塔》似乎表明一种对历史文化的想象力和同情心的缺乏，但很明显的是，这种缺乏是有意为之的，它实际上表现了一种坦率的傲慢，那就是诗人决不想让自己的个体生命淹没在所见所思的文化物像之中。

——李振声《季节轮换》

有关大雁塔

有关大雁塔
我们又能知道些什么
有很多人从远方赶来
为了爬上去
做一次英雄
也有的还来做第二次
或者更多
那些不得意的人们
那些发福的人们
统统爬上去
做一做英雄
然后下来
走进这条大街
转眼不见了
也有有种的往下跳
在台阶上开一朵红花
那就真的成了英雄
当代英雄

有关大雁塔
我们又能知道些什么
我们爬上去
看看四周的风景
然后再下来

一九八三年

温柔的部分

我有过寂寞的乡村生活
它形成了我性格中温柔的部分
每当厌倦的情绪来临
就会有一阵风为我解脱
至少我不那么无知
我知道粮食的由来
你看我怎样把贫穷的日子过到底
并能从中体会到快乐
而早出晚归的习惯
捡起来还会像锄头那样顺手
只是我再也不能收获什么
不能重复其中每一个细小的动作
这里永远怀有某种真实的悲哀
就像农民痛哭自己的庄稼

三月的书

整个三月我都在读一本书
窗外的吊塔竖起来了，并开始工作
在夜里，我赶回我的住所
其他的人和事，以被经过的耐心
留在原地。夜晚我读书。工地日夜不停
白天我读书，夹着书本来到
三月即将结束的地方
一块即将或已经泛绿的新生的草坪
我以书中的一个章节结束一天
打开的书以正在阅读的一页向阳
整个三月，工地日夜不停
让我们向往四月的大厦
而书中已预言了它十六种方式的倒塌
我怎样焦急而满怀希望地带着一本书
从一个地方到另一些地方
我在岩石上、山坡上、大厦的台阶上
大部分时间在我的住所
读过了最后的死亡的篇章
蒸汽锤自上而下，随后到来的是春天的雷声

一九八九年四月二十一日

海　子

（1964—1989）

海子在乡村一共生活了十五年，于是他曾自认为，关于乡村，他至少可以写作十五年。但是他未及写满十五年便过早地离去了。每一个接近他的人，每一个诵读过他的诗篇的人，都能从他身上嗅到四季的轮转、风吹的方向和麦子的成长。泥土的光明与黑暗，温情与严酷化作他生命的本质，化作他出类拔萃、简约、流畅又铿锵的诗歌语言。仿佛沉默的大地为了说话而一把抓住了他，把他变成了大地的嗓子。哦，中国广大贫瘠的乡村有福了！

——西川《我们时代的神话：海子》

亚　洲　铜

亚洲铜，亚洲铜
祖父死在这里，父亲死在这里，我也将死在这里
你是唯一的一块埋人的地方

亚洲铜，亚洲铜
爱怀疑和爱飞翔的是鸟，淹没一切的是海水
你的主人却是青草，住在自己细小的腰上，守住野花的手掌和秘密

亚洲铜，亚洲铜
看见了吗？那两只白鸽子，它是屈原遗落在沙滩上的白鞋子
让我们——我们和河流一起，穿上它吧

亚洲铜，亚洲铜
击鼓之后，我们把在黑暗中跳舞的心脏叫做月亮
这月亮主要由你构成

一九八四年十月

麦　地

吃麦子长大的
在月亮下端着大碗
碗内的月亮
和麦子
一直没有声响

和你俩不一样
在歌颂麦地时
我要歌颂月亮

月亮下
连夜种麦的父亲
身上像流动金子

月亮下
有十二只鸟
飞过麦田
有的衔起一颗麦粒
有的则迎风起舞,矢口否认。

看麦子时我睡在地里
月亮照我如照一口井

家乡的风
家乡的云
收聚翅膀
睡在我的双肩

麦浪——
天堂的桌子
摆在田野上
一块麦地。

收割季节
麦浪和月光
洗着快镰刀。

月亮知道我
有时比泥土还要累
而羞涩的情人
眼前晃动着
麦秸。

我们是麦地的心上人
收麦这天我和仇人
握手言和
我们一起干完活
合上眼睛，命中注定的一切
此刻我们心满意足地接受。

妻子们兴奋地
不停用白围裙
擦手。

这时正当月光普照大地。
我们各自领着
尼罗河、巴比伦或黄河
的孩子　在河流两岸
在群蜂飞舞的岛屿或平原
洗了手

准备吃饭。
就让我这样把你们包括进来吧
让我这样说
月亮并不忧伤
月亮下
一共有两个人
穷人和富人
纽约和耶路撒冷
还有我
我们三个人
一同梦到了城市外面的麦地
白杨树围住的
健康的麦地
健康的麦子
养我性命的麦子!

一九八五年六月

黑夜的献诗

献给黑夜的女儿

黑夜从大地上升起
遮住了光明的天空
丰收后荒凉的大地
黑夜从你内部上升

你从远方来,我到远方去
遥远的路程经过这里
天空一无所有
为何给我安慰

丰收之后荒凉的大地
人们取走了一年的收成
取走了粮食骑走了马
留在地里的人,埋得很深

草杈闪闪发亮,稻草堆在火上
稻谷堆在黑暗的谷仓
谷仓中太黑暗,太寂静,太丰收
也太荒凉,我在丰收中看到了阎王的眼睛
黑雨滴一样的鸟群
从黄昏飞入黑夜
黑夜一无所有
为何给我安慰

走在路上
放声歌唱
大风刮过山冈
上面是无边的天空

一九八九年二月二日

四 姐 妹

荒凉的山冈上站着四姐妹
所有的风只向她们吹
所有的日子都为她们破碎

空气中的一颗麦子
高举到我的头顶
我身在这荒芜的山冈
怀念我空空的房间,落满灰尘

我爱过的这糊涂的四姐妹啊
光芒四射的四姐妹
夜里我头枕卷册和神州
想起蓝色远方的四姐妹
我爱过的这糊涂的四姐妹啊
像爱着我亲手写下的四首诗
我的美丽的结伴而行的四姐妹
比命运女神还要多出一个
赶着美丽苍白的奶牛　走向月亮形的山峰

到了二月,你是从哪里来的
天上滚过春天的雷,你是从哪里来的
不和陌生人一起来
不和运货马车一起来
不和鸟群一起来

四姐妹抱着这一棵
一棵空气中的麦子

抱着昨天的大雪,今天的雨水
明日的粮食与灰烬
这是绝望的麦子
请告诉四姐妹:这是绝望的麦子
永远是这样
风后面是风
天空上面是天空
道路前面还是道路

一九八九年二月二十三日

春天,十个海子

春天,十个海子全部复活
在光明的景色中
嘲笑这一个野蛮而悲伤的海子
你这么长久地沉睡究竟为了什么?

春天,十个海子低低地怒吼
围着你和我跳舞,唱歌
扯乱你的黑头发,骑上你飞奔而去,尘土飞扬
你被劈开的疼痛在大地弥漫

在春天,野蛮而悲伤的海子
就剩下这一个,最后一个
这是一个黑夜的孩子,沉浸于冬天,倾心死亡
不能自拔,热爱着空虚而寒冷的乡村

那里的谷物高高堆起,遮住了窗户
他们把一半用于一家六口人的嘴,吃和胃
一半用于农业,他们自己的繁殖
大风从东刮到西,从北刮到南,无视黑夜和黎明
你所说的曙光究竟是什么意思

一九八九年三月十四日凌晨三点~四点

于　坚

（1954—　）

大学时代我结识了许多非常优秀的朋友。在昆明，尚义街六号形成一个大学才子沙龙。在这幢法国式的黄色楼房的二楼，我多年扮演一个怀才不遇的激情、伤感、阴郁、被迫害的诗人形象，多少年后我才摆脱了这种风度对我的诱惑力……我在一首就叫《尚义街六号》的长诗中描述了这个沙龙。这首诗在一九八六年《诗刊》十一月号头条发表后，中国诗坛开始了用口语写作的风气。

——于坚《关于我自己的一些事情》

一个声音，它指一棵树。这个声音就是这棵树。shu！（树）这个声音说的是，这棵树在。这个声音并没有“高大、雄伟、成长、茂盛、笔直……”之类的隐喻。在我们的时代，一个诗人，要说出树是极为困难的。shu已经被隐喻遮蔽。

——于坚《棕皮手记·从隐喻后退》

尚义街六号

尚义街六号
法国式的黄房子
老吴的裤子晾在二楼
喊一声　胯下就钻出戴眼镜的脑袋
隔壁的大厕所
天天清早排着长队
我们往往在黄昏光临
打开烟盒　打开嘴巴
打开灯
墙上钉着于坚的画
许多人不以为然
他们只认识凡高
老卡的衬衣,揉成一团抹布
我们用它拭手上的果汁
他在翻一本黄书
后来他恋爱了
常常双双来临
在这里吵架　在这里调情
有一天他们宣告分手
朋友们一阵轻松　很高兴
次日他又送来结婚的请柬
大家也衣冠楚楚　前去赴宴
桌上总是摊开朱小羊的手稿
那些字乱七八糟
这个杂种警察样地盯牢我们
面对那双红丝丝的眼睛
我们只好说得朦胧

像一首时髦的诗
李勃的拖鞋压着费嘉的皮鞋
他已经成名了　有一本蓝皮会员证
他常常躺在上边
告诉我们应当怎样穿鞋子
怎样小便　怎样洗短裤
怎样炒白菜　怎样睡觉等
八二年他从北京回来
外表比过去深沉
他讲文坛内幕
口气像作协主席
茶水是老吴的　电表是老吴的
地板是老吴的　邻居是老吴的
媳妇是老吴的　胃舒平是老吴的
口痰烟头空气朋友　是老吴的
老吴的笔躲在抽桌里
很少露面
没有妓女的城市
童男子们老练地谈着女人
偶尔有裙子们进来
大家就扣好纽子
那年纪我们都渴望钻进一条裙子
又不肯弯下腰去
于坚还没有成名
每回都被教训
在一张旧报纸上
他写下许多意味深长的笔名
有一人大家很怕他
他在某某处工作
“他来是有用心的，
我们什么也不要讲！”
有些日子天气不好
生活中经常倒霉

我们就攻击费嘉的近作
称朱小羊为大师
后来这只羊摸摸钱包
支支吾吾　闪烁其词
八张嘴马上笑嘻嘻地站起
那是智慧的年代
许多谈话如果录音
可以出一本名著
那是热闹的年代
许多脸都在这里出现
今天你去城里问问
他们都大名鼎鼎
外面下着小雨
我们来到街上
空荡荡的大厕所
他第一回独自使用
一些人结婚了
一些人成名了
一些人要到西部
老吴也要去西部
大家骂他硬充汉子
心中惶惶不安
吴文光　你走了
今晚我去哪里混饭
恩恩怨怨　吵吵嚷嚷
大家终于走散
剩下一片空地板
像一张旧唱片　再也不响
在别的地方
我们常常提到尚义街六号
说是很多年后的一天
孩子们要来参观

对一只乌鸦的命名

从看不见的某处，
乌鸦用脚趾踢开秋天的云块
潜入我眼睛上垂着风和光的天空
乌鸦的符号　黑夜修女熬制的硫酸
嘶嘶地洞穿鸟群的床垫
堕落在我内心的树枝
像少年时期　在故乡的树顶征服鸦巢
我的手　再也不能触摸秋天的风景
它爬上另一棵大树　要把另一只乌鸦
从它的黑暗中掏出
乌鸦　在往昔是一种鸟肉　一堆毛和肠子
现在　是叙述的愿望　说的冲动
也许是厄运当头的自我安慰
是对一片不祥阴影的逃脱
这种活计是看不见的　比童年
用最大胆的手　伸进长满尖喙的黑穴　更难
当一只乌鸦　栖留在我内心的旷野
我要说的　不是它的象征　它的隐喻或神话
我要说的　只是一只乌鸦　正像当年
我从未在一个鸦巢中抓出过一只鸽子
从童年到今天　我的双手已长满语言的老茧
但作为诗人　我还没有说出过　一只乌鸦

深谋远虑的年纪　精通各种灵感　辞格和韵脚
像写作之初　把笔整支地浸入墨水瓶
我想　对付这只乌鸦　词素　一开始就得黑透
皮　骨头和肉　血的走向以及
披露在天空的飞行　都要黑透

乌鸦　就是从黑透的开始　飞向黑透的结局
黑透　就是从诞生就进入永远的孤独和偏见
进入无所不在的迫害和追捕
它不是鸟　它是乌鸦
充满恶意的世界　每一秒钟
都有一万个借口　以光明或美的名义
朝这个代表黑暗势力的活靶　开枪
它不会因此逃到乌鸦以外
飞得高些僭越鹰的座位
或者降得矮些　混迹于蚂蚁的海拔
天空的打洞者　它是它的黑洞穴　它的黑钻头
它只在它的高度　乌鸦的高度
驾驶着它的方位　它的时间　它的乘客
它是一只快乐的　大嘴巴的乌鸦
在它的外面　世界只是臆造
只是一只乌鸦无边无际的灵感
你们　辽阔的天空和大地　辽阔之外的辽阔
你们　于坚以及一代又一代的读者
都是一只乌鸦巢中的食物

我想　对付这只乌鸦　只消几十个单词
形容的结果　它被说成是一只黑箱
可是我不知道谁拿着箱子的钥匙
我不知道是谁在构思一只乌鸦黑暗中的密码
在另一次形容中它作为一位裹着绑腿的牧师出现
这位圣子正在天堂的大墙下面　寻找入口
可我明白　乌鸦的居所　比牧师　更挨近上帝
或许某一天它在教堂的尖顶上
已见过那位拿撒勒人的玉体
当我形容乌鸦是永恒黑夜饲养的天鹅
具体的鸟　闪着天鹅之光　飞过我身旁那片明亮的沼泽
这事实立即让我丧失了对这个比喻的全部信心
我把“落下”这个动词安在它的翅膀之上
它却以一架飞机的风度“扶摇九天”

我对它说出“沉默”它却伫立于“无言”
我看见这只无法无天的巫鸟
在我头上的天空中　牵引着一大群动词　乌鸦的动词
我说不出它们　我的舌头被这些铆钉卡住
我看着它们在天空疾速上升　跳跃
下沉到阳光中　又聚拢在云之上
自由自在　变化组合着乌鸦的各种图案
那日　我像个空心的稻草人　站在空地
所有心思　都浸淫在一只乌鸦之中
我清楚地感觉到乌鸦　感觉到它黑暗的肉
黑暗的心　可我逃不出这个没有阳光的城堡
当它在飞翔　就是我在飞翔
我又如何能抵达乌鸦之外　把它捉住
那日　当我仰望苍天　所有的乌鸦都已黑透
餐尸的族　我早就该视而不见　在故乡的天空
我曾经一度捉住过它们　那时我多么天真
一嗅着那股死亡的臭味　我就惊惶地把手松开
对于天空　我早就该只瞩目于云雀　白鹤
我多么了解并热爱这些美丽的天使
可是当那一日　我看见一只鸟
一只丑陋的　有乌鸦那种颜色的鸟
被天空灰色的绳子吊着
受难的双腿　像木偶那么绷直
斜搭在空气的坡上
围绕着某一中心　旋转着
巨大而虚无的圆圈
当那日　我听见一串串不祥的叫喊
挂在看不见的某处
我就想　说点什么
以向世界表白　我并不害怕
那些看不见的声音

一九九〇年

事件:棕榈之死

十年前我初次见它　在南方
红色高原上的外省　旧昆明的下午
平静的时间　鸽子和庸人的年代
远离革命　远离开阶级之间的斗争
阳光　经过复杂的折射　构造出一个光学系统
在水泥板块和玻璃钢的岩屋之间穿过
穿过四点钟的阴影
像伦勃朗创造的侧光　形形色色都被抛进黑暗
大约一分钟　整个街区　只有它处于光辉之中

气象非凡　我不由自主地暂停　万念俱灰　只把它凝视
木料和电线杆中唯一的一棵树　明白无误
一刹那我灵魂出窍　一个词在我的感官中复活
哦　这是一株棕榈

它早就是一棵棕榈
在光明的照耀中它是一棵棕榈
在黑暗的遮蔽中它也是一棵棕榈
开始就在那里　本来就在那里
开始就是一棵高高的棕榈
后来的看不见开始的
词汇贫乏的街区　说来说去就是那几串熟语
我天天路过这根木桩　三十年来
没有看见棕榈
没有谈到 zong lü 这个音节

黑非洲的大腿　尼罗河的遮阳

作为一所旧房屋的前景　陪衬
同时　也作为一床红色被单的托体
亭亭玉玉　不是女人　而是像这个词那样迷人
那一天在九号楼下　我的视觉充满情欲
缺乏美女的公寓　最有魅力的是外面的植物
提到它　就会牵引出一大群生词

沿着它的胴体向上　我看见了叶子
头一回　在同一地点　我看见绿色的树叶
而不是建筑物的亮度
像是另一类的手　奇形怪状
不是为了抓住更多的空间
只为了把握住它本来的支点
也许形容它为绿头发　会更容易想象
但我想象不出一张棕榈的脸
这个重要的部位在高处趋于虚无
你可以把它冥想为任何一类“可爱的”
腐朽的美学　不会遭至抗议或查封
某些永恒的属性　触动了我
坚硬　挺直　圆满　充盈弹性和汁液
在人类的经验中　这些词与繁殖力相关
就像一根漂亮的阳器　下流话直截了当
但你不能当众说出来　这个形容词只可意会
在肉体充血的夏天
你渴望这一切植入你的生命
你是树　同时又是坠入爱情的疯人
“啊,让我随心所欲!”
在一个晴朗的夜晚
有人在人行道上抱着这棵棕榈　世界我叫喊

我的说法充满现成的修辞
它们出自文学季刊　意蕴丰富　音节婉转
正适合于赞美一棵棕榈

但是瞧啊　那是些什么词语包围着这棵树
在这些长句中间插进一株棕榈
犹如在男子监狱　谈论妓女

据说它的历史与殖民有关　一株帝国的棕榈
以前属于领事先生　现在属于祖国
在一棵树中一棵树没有开始　一棵树只不过是现象
它看不见的含义　使人闷闷不乐地记起
世界上　还有另一类生活　是意洋洋地种植在棕榈树下
你要么愤世嫉俗　在殖民地的余孽旁居住
要么对它视而不见,作为为分到住房而狂喜的单身汉
在无人敲门的星期天　冲着它洗脸漱口

它的躯干在天生的线条中旋转　犹如被索子残暴地勒过
一直旋转到群鸟的脚趾下　但没有鸟
铁丝和电线　是唯一被它纠缠不清的东西
有理由说它是受难的树　因为神的一切经典
都是在世界的南方完成　一棵棕榈树
一匹骆驼　美酒面包　几个使徒　先知盘腿坐在荫处
神迹　只留下发黄的书和插图
这附近没有教会　不养骆驼　不产美酒
欣欣向荣的商业区　城市的黄金地段
这儿确实有利于一个人　出人头地
但不适合一棵树　追求上进

受难的植物　夹杂在单位的空隙里　事关祖国绿化
不涉及分配　升迁　不属于任何私人　没有人为它浇水
它一如既往　令人放心地活着
不必去校正或者歪曲　它自会像一棵树那样
蓬勃向上　高尚正直　与精神的向度一致

它的根部已被水泥包围　只留下一个洞
供它的根钻下去　在世界之外　在黑暗中

秘密地与它的源头　保持沟通
犹如一部落伍的手摇电话机
孤独地穿过水管和煤气管　坚持着陈旧的线路
世界的号码早已升位　它的密码只有上帝保存
上帝是它的接线员　也是它的终端

它的本色早已模糊　犹如一个音节
许久不进入交际场合　不适于在标语里出现
口语中也很少应用
灰白色　也许是棕色或褐色　不得而知
难以辨认的植物　它像街道上所有暴露在外的部分
一日日被那些脏手　涂抹成日用的木料
为公家悬挂标志　被私人晾晒衣物　让疾病张贴广告
它因此　得以避免致命的伤害

抱残守缺　但仍旧区别于木料
在麻木不仁的下部　它混迹于公共场合
在上面　高出于人群的部分
它坚守着原样
一望而知　这是一棵活着的棕榈
但要仰视

有一个夜晚它的躯干是白色的
犹如从天空中下垂的光束
没有木质　我见过的幽灵　它来到我的梦中
在镜子深处　我看见它已经弯曲

它种植在一个要求上进的街区　革命已成为居民的传统
天天向上　破旧立新　跟着时代前进
这是后生的愿望　长辈的共识
当每一个住址都在刷新门庭　装修内部
它像一个保守党的遗老　改朝换代　一直当着棕榈
固执着过时的木纹　与环境格格不入

它是惟一的绿头发　最后的绿头发
在这个街区　只有它叫做棕榈
它是它自己的祖父和父亲　又是它的儿子和孙子
有些东西与人不同　永远无法改变
开始就是终结　要么毁灭它　要么迁就

没有任何力量　能够令这个无神论的街区
丧失理智　突然间神魂颠倒
把一棵一成不变的棕榈树　奉若神灵

那一天新的购物中心破土动工　领导剪彩　群众围观
在众目睽睽之下　工人吹倒了这棵棕榈
当时我正在午餐　吃完了米饭　喝着菠菜汤
睡意昏昏中　我偶然瞥见　它已被挖出来　地面上一个大坑
它的根部翘向天空　叶子四散　已看不出它和木料的区别
随后又锯成三段　以便进一步劈成烧柴
推土机开上去　托起一堆杂石
填掉了旧世纪最后的遗址

这不是凶手　也不是暴行　不会招致公愤　也不会爆发欢呼
犹如墙壁已经粉刷完毕　把一根生锈的钉子拔除
或迟或早　不需要什么犹豫　斟酌　这种事与鬼神无涉
图纸中列举了钢材　油漆　石料　铝合金
房间的大小　窗子的结构　楼层的高度　下水道的位置
弃置废土的地点　处理旧木料的办法
没有提及棕榈

一九九五年五月二十九日

翟永明

（1955— ）

女性身体内部总是隐藏着一种与生俱来的毁灭性预感。正是这种预感使我们被各种可能性充满的现实最终纳入某种不可挽回的命定性。正因为如此，女诗人在开拓她的神话世界时，既与诞生的时刻相连，又与死亡的国度沟通，在这越来越模糊的分界线上，保持内心黑夜的真实是你对自己的清醒认识，而透过被本性所包容的痛苦启示去发掘黑夜的意识，才是对自身怯懦的真正的摧毁。……对女性来说，在个人与黑夜本体之间有着一种变幻的直觉。我们从一生下来就与黑夜维系着一种神秘的关系，一种从身体到精神都贯穿着的包容在感觉之内和感觉之外的隐形语言，像天体中凝固的云悬挂在内部，随着我们的成长，它也成长着。对于我们来说，它是黑暗，也是无声燃烧着的欲念，它是人类最初同时也是最后的本性。

——翟永明《黑夜的意识》

通过写作《咖啡馆之歌》，我完成了久已期待的语言的转换，它带走了我过去写作中受普拉斯影响而强调的自白语调，而带来一种新的细微而平淡的叙说风格。

——翟永明《〈咖啡馆之歌〉以及以后》

母　　亲

无力到达的地方太多了,脚在疼痛,母亲,你没有
教会我在贪婪的朝霞中染上古老的哀愁。
　我的心只向你

你是我的母亲,我甚至是你的血液在黎明流出的
血泊中使你惊讶地看到你自己,你使我醒来

听到这世界的声音,你让我生下来,
你让我与不幸构成
这世界可怕的双胞胎。多年来,
我已记不得今夜的哭声

那使你受孕的光芒,来得多么遥远,多么
　可疑,站在生与死
之间,你的眼睛拥有黑暗而进入脚底的阴影何等沉重
在你怀抱之中,我曾露出谜底似的笑容,
有谁知道
你让我以童贞方式领悟一切,但我却无动于衷

我把这世界当做处女,难道我对着你发出的
爽朗的笑声没有燃烧起足够的夏季吗?没有?

我被遗弃在世上,只身一人,太阳的光线悲哀地
笼罩着我,当你俯身世界时是否知道你遗落了什么?

岁月把我放在磨子里,让我亲眼看着自己被碾碎
呵,母亲,当我终于变得沉默,你是否为之欣喜

没有人知道我是怎样不着痕迹地爱你,这秘密
来自你的一部分,我的眼睛像两个伤口痛苦望着你

活着为了活着,我自取灭亡。以对抗亘古已久的爱
一块石头被抛弃,直到像骨髓一样风干,这世界

有了孤儿,使一切祝福暴露无遗,然而谁最清楚
凡在母亲手上站过的人,终会因诞生而死去

一九八四年

独　　白

我,一个狂想,充满深渊的魅力
偶然被你诞生。泥土和天空
二者合一,你把我叫做女人
并强化了我的身体

我是软得像水的白色羽毛体
你把我捧在手上,我就容纳这个世界
穿着肉体凡胎,在阳光下
我是如此眩目,使你难以置信

我是最温柔最懂事的女人
看穿一切却愿分担一切
渴望一个冬天,一个巨大的黑夜
以心为界,我想握住你的手
但在你的面前我的姿态就是一种惨败

当你走时,我的痛苦
要把我的心从口中呕出
用爱杀死你,这是谁的禁忌?
太阳为全世界升起!我只为了你
以最仇恨的柔情蜜意贯注你全身
从脚至顶,我有我的方式

一片呼救声,灵魂也能伸出手?
大海作为我的血液就能把我
高举到落日脚下,有谁记得我?
但我所记得的,绝不仅仅是一生

一九八四年

咖啡馆之歌

一　下午

忧郁　缠绵的咖啡馆
　　在第五大道
转角的街头路灯下
　　小小的铁门

　　　依窗而坐
慢慢啜饮秃头老板的黑咖啡
　　“多少人走过
上班、回家、不被人留意”

我们在讨论乏味的爱情
　　　　“昨天　我愿
　　　回到昨天”
一支怀旧的歌曲飘来飘去
咖啡和真理在他喉中堆积
　　顾不上清理
　　　舌头变换
晦涩的辞藻在房间来回滚动
　　像进攻的命令
越滚越大的许多男人的名字
像骇人的课堂上的刻板公式
　　令我生畏

他侧耳交颈俯身于她
谈着伟大的冒险和奥秘的事物

　　“哭者逊于笑者……
　　　我们继续行动……”

　　接着是沉默
接着是又一对夫妇入座
他们来自外州　过惯萎靡不振的
　　田园生活

　　“本可成为
一流角色　如今只是
好色之徒的他毛发渐疏”
　　我低头啜饮咖啡

酒精和变换的交谈者
消磨无精打采的下午
　　我一再思索
　　哪些问题?

你还在谈着你那天堂般的社区
　　你的儿子
　　　高尚的职业
以及你那纯正的当地口音

暮色摇曳　烛光撩人
收音机播出吵人的音乐:
　　　“外乡人……
　　　外乡我……”

二　晚上

　　烛光摇曳
金属壳喇叭在舞厅两边
聒噪　好像乐池鼓出来的

两块颧骨

雪白的纯黑的晚礼服……
邻座的美女摄人心魄
如雨秋波
洒向他情爱交织的注视

没人注意到一张临时餐桌
三男两女
幽灵般镇定
讨论着自己的区域性问题

我在追忆
北极圈里的中国餐馆
有人插话:“我的妻子在念
国际金融”

出没于各色清洁之躯中的
严肃话题
如变质啤酒
泛起心酸的、失望的颜色

“上哪儿找
一张固定的床?”
带着所有虚无的思考
他严峻的脸落在黑暗的深处

我在细数
满手老茧的掌中纹路带来
预先的幸福
“这是我们共同的症候。”

品尝一杯神秘配制的甜酒

与你共舞
我的身体
展开那将要凋谢的花朵

自言自语
“拿走吧!
快拿走世上的一切!
像死亡　拿得多么干净。”

三　凌晨

因此男人
用他老一套的赌金在赌
妙龄少女的
新鲜嘴唇　这世界已不再新

凌晨三点
窃贼在自由地行动
邻座的美女已站起身说:
“餐馆打烊”

他站起身
猛扑上去把一切结束
收音机里
还在播放吵死人的音乐

玻璃的表面
制止了我们徒劳的争执
那个妻子
穿着像奶油般动人细腻

我在追忆
七二年的一家破烂旅馆

我站在绣满中国瓢虫、旧窗帘下
　　　　抹上口红

不久我们走出人类的大门
　　　　天堂在沉睡
　　　　我已习惯
与某些人一同步入地狱

　　　　“情网恢恢
穿过晚年还能看到什么?”
　　　　用光了的爱
在节日里如货轮般浮来浮去

　　　　一点点老去
　　　　几个朋友
住在偏僻闲散的小乡镇
他们惯于呼我的小名

　　　　发动引擎
一伙人比死亡还着急
　　　　我在追忆
西北偏北一个破旧的国家

雨在下,你私下对我说:
　　　　“去我家?
　　　　还是回你家?”
汽车穿过曼哈顿城。

一九九三年二月二十六日

土　拨　鼠

一

我的亡友在整个冬天使我痛苦
低低的黄昏　沉默者的身姿
以及丰收　以及怀乡病的黑土上
它俊俏的面容

我认识那些发掘的田野
或者严肃的石头
带有我们祖先的手迹
在它暗淡的眼睛里
永远保留死者的鼓舞
它懂得夜里如何凄清
甚至我危险的胸口上
起伏不定的呼吸

“我早衰的知情者
在你微弱的手和人类记忆之间
你竭力要成为的那个象征
将把我活活撕毁”

我的旧宅有一副倾斜的表情
它菱形的脸有足够的迷信
于是我们携手穿行
灵魂的尖叫浮出水面
相当敏感　相当认真
如同漂亮女孩的纯洁地带

“你终究要无家可归
与我厮守　牵制我那
想入非非的理想主义爱情”

一个传说接近尾声
有它难耐的纯粹的嘴脸
一颗心接近透明
有它双手端出的艰苦的精神

我们孤独成癖　气数已尽
你与我共享
爱的动静　肉体的废墟
生命中不可企及的武器
乃是我们的营养

二

一首诗加另一首诗是我的伎俩
一个人加一个动物
将造就一片快速的流浪

我指的是骨头里奔突的激情
能否把它全身隆起?
午夜的脚掌
迎风跑过的线条
这首诗写我们的逃亡
如同一笔旧账

这首诗写一个小小的传说
意味着情人的痉挛
小小的可人的东西
把眼光放得很远

写一个儿子在布置
秋冬的环境　梦里有土拨鼠
一个清贫者

和它双手操持的寂寞
我和它如此接近
它满怀的黑夜　满载忧患
冲破我一次次的手稿
小小的可人的东西
在爱情中容易受伤

它跟着我　　在月光下
整个身体变白
这首诗叙述它蜂拥的毛
向远方发出脉脉真情
这些是无价的
它枯干的眼睛记住我
它瘦小的嘴在诀别时
发出忠实的嚎叫
这是一首行吟的诗

关于土拨鼠
它来自平原
胜过一切虚构的语言

陈东东

（1961—　）

他的诗歌是本文的本文，洋溢着一种漂亮的、华美的、新奇的，将幻想性与装饰性融于一体的，执著于本文表层的语言光泽，犹如汉语诗歌的巴黎时装。这种对本文表层的执著突出地意指着一种诗歌想像力的欢悦，一种从容、自如、优美、飘逸的诗歌感性。它顽强地抵御意义的侵袭，但又并非排斥意义，而是以一种绝对的艺术才能把意义束缚在本文的表层上，让意义在那里堆积、分解、游移、转化，从而最终呈现出一种单纯的、宁静而又引人入胜的诗歌意蕴。……谁还会比陈东东更具备这样一种才能：可以将丰富的、对立的，甚至是激烈的诗歌感性，转化成言辞纯净、意蕴充盈、神采奕奕的诗歌本文呢！

——臧棣《后朦胧诗：作为一种写作的诗歌》

点　　灯

把灯点到石头里去,让他们看看
海的姿态,让他们看看
古代的鱼
也应该让他们看看亮光
一盏高举在山上的灯

灯也该点到江水里去,让他们看看
活着的鱼,让他们看看
无声的海
也应该让他们看看落日
一只火鸟从树林里腾起

点灯。当我用手去阻挡北风
当我站到了峡谷之间
我想他们会向我围拢
会来看我灯一样的
语言

一九八五年

雨 中 的 马

黑暗里顺手拿一件乐器。黑暗里稳坐
马的声音自尽头而来

雨中的马

这乐器陈旧,点点闪亮
像马鼻子上的红色雀斑,闪亮
像树的尽头
木芙蓉初放,惊起了几只灰知更鸟

雨中的马也注定要奔出我的记忆
像乐器在手
像木芙蓉开放在温馨的夜晚
走廊尽头
我稳坐有如雨下了一天

我稳坐有如花开了一夜
雨中的马。雨中的马也注定要奔出我的记忆
我拿过乐器
顺手奏出了想唱的歌

一九八五年

黑背鸦之夜

黑背鸦直立像忧伤的夜晚。有多少个夜晚
多少夜晚

我读那些深秋的诗,看黑背鸦起舞
听声音像铁片锋利地划破

在它翼下,那白色的斑点,星光和石头
深海里我触摸初生的鱼

黑背鸦起舞,忧伤直立。在那些夜晚
我也去写深秋的诗

有一天,终于在一条冰封的河上
黑背鸦落在了我的灯下

它亲切、兴奋,像弟弟离家五年
突然回还

月　亮

我的月亮荒凉而渺小
我的星期天堆满了书籍
我深陷在诸多不可能之中
并且我想到,时间和欲望的大海虚空
热烈的火焰难以持久

闪耀的夜晚
我怎样把信札传递给黎明
寂寞的字句倒映于镜面
仿佛那蝙蝠
在归于大梦的黑暗里犹豫
仿佛旧唱片滑过了灯下朦胧的听力

运水卡车轻快地驰行。钢琴割开
春天的禁令
我的日子落下尘土
我为你打开的乐谱第一面
燃烧的马匹流星多眩目

我的花园还没有选定
疯狂的植物混同于乐音
我幻想的景色和无辜的落日
我的月亮荒凉而渺小

闪耀的夜晚,我怎样把信札
传递给黎明
我深陷在失去了光泽的上海
在稀薄的爱情里
看见你一天天衰老的容颜

一九九一年

陆忆敏

(1962—)

我看到了她诗中最本质的部分:那尖锐而又柔和的美,几乎与她名字所呈现出的敏感、动人和鲜明一样让人吃惊,如果要用某种质感的物质来表达,它就像那柔和酥软的缎子,其内里却是由坚硬刺手的纤维所织成的。

……

读她的诗总是给我的心重重一击,于是我的心里总似有一道指痕来自于她目光的注视和穿凿。她的力量不是出自呼喊,而是来自磨尖词语的、哽咽在喉式的低声诉说,这诉说并不因了她声音的恬淡平静而弱化,恰恰相反,她那来自生命内部的紧张、敏感与纯粹,从她下意识的深处扶摇上升,超越词语和意象,就像她本人柔而益坚的形象,"用眼睛里面的黑色(或咖啡色)瞳仁向你微笑"(陆忆敏语)。

——翟永明《在一切玫瑰之上》

美国妇女杂志

从此窗望出去
你知道,应有尽有
无花的树下,你看看
那群生动的人

把发辫绕上右鬓的
把头发披覆脸颊的
目光板直的,或讥诮的女士
你认认那群人,一个一个

谁曾经是我
谁是我的一天,一个秋天的日子
谁是我的一个春天和几个春天
谁?谁曾经是我

我们不时地倒向尘埃或奔来奔去
夹着词典,翻到死亡这一页
我们剪贴这个词,刺绣这个字眼
拆开它的九个笔画又装上

人们看着这场忙碌
看了几个世纪了
他们夸我们干得好,勇敢,镇定
他们就这样描述

你认认那群人
谁曾经是我
我站在你跟前
已洗手不干

温柔地死在本城

白羽的鸽子打扮成喜鹊飞近晒台
黑羽的妆成乌鸦也随后而至
它们用细细的绳索套住了我的身体
衔住两头编队操演传开一片笑嚷

我在它们的足点里悠悠起舞
微微颔胸,摇摇裙摆
我的皮肤在晨光下丰满耀眼
散发着愈来愈浓的鲜荔香味

当有人走过大路,群鸽带我跃起
人们争看我睡梦似的眼睛和手臂
我看见自己实现了在屋顶盘飞
并叹息墙不够红润显得发青

我的这些孩子会把我带回家里
我猜它们会轻轻放在窗外抽去绳索
乌鸦驱赶喜鹊,喜鹊追逐乌鸦
我不再醒来,如你所见、温柔地死在本城

教孩子们伟大的诗

当我
带伞来到多雨的冬季
我心里涌起这样一种柔情
——教孩子们伟大的诗
教孩子们喜爱精辟的物语

车站外的灯光是昏暗的
墙壁是陈旧的
地上是冰湿的
我和我心中的我
近年来常常相互微笑
如果我的孤独是一杯醇酒
——她也曾反复斟饮

我有过一种经验
我有一种骄傲的眼神
我教过孩子们伟大的诗
在我体质极端衰弱的时候

路　翎

(1923—1994)

与晚年的散文相比,路翎的诗更能代表他的艺术创作力。它们表明,他内心仍然以一种特殊方式潜藏着艺术激情和才华。在灵魂经历了痛苦折磨之后,在精神仍不时笼罩着分裂状态阴影的时候,他似乎更适合于把握诗的形式。在沉默的时刻,在给人一种近乎于呆滞印象的时刻,其实他的灵魂正在飞翔。

——李辉《灵魂在飞翔》

由于种种原因的共同作用,晚年路翎是在一种几乎将自己彻底与外界(包括家人和难友)隔绝开来的状况下从事其与时间竞赛、与自我搏战的创作活动的,也许只有这样,他才能够保证在写作过程中将其自我向自己的内宇宙彻底敞开,重温往昔的追风逐电、狂飙激荡的激情体验,逼迫自己保持高昂的写作热情。此种大约只能为路翎一人独有的特定情境下的特定写作方式所导致的一个直接结果,便只能是使得所有“他者”都惟有通过阅读其作品才能对“晚年路翎”的真实生命状态获得真切的了解……

——张业松《〈路翎晚年作品集〉编集说明》

红　果　树

干枯的红果树在昼与夜静默着
别的树都长了树叶了
羞惭的红果树
用它的魂魄在挣扎着
风吹过
用关切的声音喊着:杭唷
泥土屏息着
也在喊着号子:
杭唷

杨树和枣树
长了很茂盛的树叶了
那些树叶似乎是被春风带来
落在树干上的
仿佛是魔法似地
从膨胀的风和膨胀的泥土
膨胀的树浆……
这些树也觉得一种羞惭
红果树沉默着

太阳照耀很欢快
发出金色的箭镞
夜晚有有力的风
红果树听见自己枝干内
有顽强的声音又中断了
它发出痛楚的叹息
周围的树木替它
喊着鼓舞的号子:

杭唷
房屋内睡着的儿童
也似乎在替它喊着号子
而诚实的泥土用很大的
元气充沛的声音喊着
而在夜间发芽的小草也喊着
而在夜间月光下开放的花也喊着
而在夜间幸运地孕育着果实的桃树也喊着
而在夜间未睡着的蜜蜂也喊着
而远处的江流也喊着
而在城市边缘鼓动着的
旋转着的车轮也喊着

红果树被一些亲爱之情围绕
泥土在它的根须下嗞嗞发响
它的树干内又起了颤动了
它用它的魂魄奋斗着
它的树叶的脉络在树浆里形成了
它的树叶的绿色
又得到泥土的补充了
它的新的树浆灌满树干了
它的花的形态在激动里形成
而果实还连着果核的形态
连着对下一代的预想
含着爱情痉挛着形成
泥土高喊着:杭唷
红果树在一夜之间长出树叶
树木群中
林荫路上
楼房旁侧
不缺红果树

一九八六年四月十三日

蜜 蜂

蜜蜂飞到树枝前，
树枝赤裸，有着开始的膨胀。
蜜蜂觉得这期待的时间是焦躁的时间，
这期待的时间，
时间未逝和新的瞬间未来临——
不让枝条发芽的是停滞的、怠惰的时间。
蜜蜂停留在枝条前，
它做战栗的停空的飞翔。
盼待蜜汁的时间的是树木与它的枝条，
和心脏有着春的火焰的蜜蜂。

一九九〇年三月七日

欧阳江河

（1956— ）

《咖啡馆》的意义,就在于它对当代情景的毫不躲闪的包容,它表明了诗的这样一种气魄承当:精神始终向经验开放,成为人类思想和感情在当代所遭遇的复杂境况和所达到的深度和广度的直接见证,并且对当下的存在作出下述深切反省:我们将来变成什么人,才能不至于泯灭我们深邃的人性、我们作为人的根基以及我们在人类整体中所必须保持的个性?才能保持自己生存的主动性,才能向自己提供一份对生命意义更有深度的解释?有必要注意一下这首诗的写作日期:一九九一年。这正是中国文化人以浪漫和诗意之眼远眺和欢呼商品轴心社会最初潮汐的日子,而对它严酷一面的领悟,对它与人文精神和人的生活诗意背道而驰的力量所感到的震惊,则还需要延迟两三个年头。

——李振声《季节轮换》

汉英之间

我居住在汉字的块垒里，
在这些和那些形象的顾盼之间。
它们孤立而贯穿，肢体摇晃不定，
节奏单一如连续的枪。
一片响声之后，汉字变得简单。
掉下了一些胳膊，腿，眼睛，
但语言依然在行走，伸出，以及看见。
那样一种神秘养育了饥饿。
并且，省下很多好吃的日子，
让我和同一种族的人分食，挑剔。
在本地口音中，在团结如一个晶体的方言
在古代和现代汉语的混为一谈中，
我的嘴唇橡是圆形废墟，
牙齿陷入空旷
没碰到一根骨头。
如此风景，如此肉，汉语盛宴天下。
我吃完我那份日子，又吃古人的，直到

一天傍晚，我去英语角散步，看见
一群中国人围住一个美国佬，我猜他们
想迁居到英语里面。但英语在中国没有领地
它只是一门课，一种会话方式，电视节目，
大学的一个系，考试和纸。
在纸上我感到中国人和铅笔的酷似。
轻描淡写，磨损橡皮的一生。
经历了太多的墨水，眼镜，打字机
以及铅的沉重之后，

英语已经轻松自如,卷起在中国的一角。
它使我们习惯了缩写和外交辞令,
还有西餐,刀叉,阿斯匹林。
这样的变化不涉及鼻子
和皮肤。像每天早晨的牙刷
英语在牙齿上走着,使汉语变白。
从前吃书吃死人,因此

我天天刷牙。这关系到水,卫生和比较。
由此产生了口感,滋味说,
以及日常用语的种种差异。
还关系到一只手,它伸进英语,
中指和食指分开,模拟
一个字母,一次胜利,一种
对自我的纳粹式体验。
一支烟落地,只燃到一半就熄灭了,
像一段历史。历史就是苦于口吃的
战争,再往前是第三帝国,是希特勒。
我不知道这个狂人是否枪杀过英语,枪杀过
莎士比亚和济慈。
但我知道,有牛津辞典里的、贵族的英语,
也有武装到牙齿的、邱吉尔或罗斯福的英语。
它的隐喻,它的物质,它的破坏的美学,
在广岛和长崎爆炸。
我看见一堆堆汉字在日语中变成尸首——
但在语言之外,中国和英美结盟。
我读过这段历史,感到极为可疑。
我不知道历史和我谁更荒谬。

一百多年了。汉英之间,究竟发生了什么?
为什么如此多的中国人移居英语,
努力成为黄种白人,而把汉语
看做离婚的前妻,看做破镜里的家园?究竟

发生了什么？我独自一人在汉语中幽居，
与众多纸人对话,空想着英语，
并看着更多的中国人跻身其间，
从一个象形的人变为一个拼音的人。

一九八七年七月于成都

一 夜 肖 邦

只听一支曲子,
只为这支曲子保留耳朵。
一个肖邦对世界已经足够。
谁在这样的钢琴之夜徘徊?

可以把已经弹过的曲子重新弹奏一遍,
好像从来没有弹过。
可以一遍一遍将它弹上一夜,
然后终生不再去弹。
可以
死于一夜肖邦,
然后慢慢地、用整整一生的时间活过来。

可以把肖邦弹得好像弹错了一样。
可以只弹旋律中空心的和弦,
只弹经过句,像一次远行穿过月亮,
只弹弱音,夏天被忘掉的阳光,
或阳光中偶然被想起的一小块黑暗。
可以把柔板弹奏得像一片开阔地,
像一场大雪迟迟不肯落下。
可以死去多年但好像刚刚才走开。

可以
把肖邦弹奏得好像没有肖邦。
可以让一夜肖邦融化在撒旦的阳光下。
琴声如诉,耳朵里空无一人。
根本不要去听,肖邦是听不见的,

如果有人在听他就转身离去。
这已经不是肖邦的时代，
那个思乡的、怀旧的、英雄城堡的时代。

可以把肖邦弹奏得好像没有在弹。
轻点再轻点
不要让手指触到空气和泪水。
真正震撼我们灵魂的狂风暴雨
可以是
最弱的，最温柔的。

一九八八年十一月成都

马

马,浪漫世界的最后高蹈,
从童年的形象迈入冥界,又从冥界迈开,
多么柔软的平稳踱步像波浪。
马,物质的深藏不露的纹理,
肉体或速朽之剑的闪电。
闪电所携带的盲目火焰如覆巢翻滚,
刺激着,抖动着从心灵涌出的辽阔原野
和世纪的落日。马无梦
因而其奔驰不舍昼夜。

　　马想从我们身边
　　跑到哪里去呢?

草茂盛则群马逆光而驰,
与夜里的骑手交换肢体
和新娘。马抒情的无梦之躯对骑手是恰当的,
使万物无声无嗅,
屈从于更为隐忍的力量所包含的
初始无遮的命名,天堂的
雏形,以及对地狱的狂想。

　　断弦如马头绕指,
　　沉默使远方的歌声闪耀出白盐。

马的躯体离弦而逝,
弦外的回声对倾听并不存在。
厌倦了赞颂和到达,厌倦了自身的不朽,

渴望消逝,渴望事物的短暂性。
马在白昼以弓形显现黑夜,在黑夜
忘掉黑夜,在狂奔中忘掉骑手。
马,它的倾覆,它的空茫,
深入到自然的神秘运转,深入到天地间的
飘忽直角,它的一跃陷入了肉体。
骑手坠马而亡,
马眼睛在伤口里合拢,成为人的故乡。

　　马的消逝由来已久
　　高蹈者无迹可寻。

马穿过人体使之成为乌云。
风暴刮起一些屋顶作为马的碎片,
岁月如飞鸟的脊背
忍受马蹄,马踏飞鸟而高驰于下界。
马蹄所踏碎的不是羽毛,也不是一颗心。
一支远渡大海的军队潜入马的内腹,
一座临海哭泣的空城至今仍在哭泣。

　　肉中的朽木,美人中的美人,
　　马是否想念非花非雾的容貌?

剑刃上的盛夏有马的弧度
和半径,阴晴相同,缓疾莫测。
秋天如马的肺活量一样宽阔起伏,
月亮在低洼处如马肺高悬。
马的无梦之驰
沿众树纷披于血液。众树遮蔽的月亮,
缺少心跳或血,月亮的根须
与马嘶共眠于青青草地上的阴影,
挥鞭所及的额头与马蹄相触于秋天的云层。
秋天的心情比消逝更为久远。
为什么额头会在琴弦上

显示比倾听更为久远的忧伤,显示
马的狂奔为根须吸入?
如果疯狂奔跑的马想慢下来,
象长眠者把手搁在心口上那样
慢下来,
该如何解释身后那片任凭解释的大地?

群马在阳光下,不像群马在月亮中
或月亮在马眼睛里那么神秘。

月亮中的火焰如水漫出
月亮过多地积水,血液变成了铁,
一种冷兵器时代的热烈风景,在另一个时代
是不能入土的种子,
比雨水更冷地闪现出来,比火焰
更迅速地舔到天空。
马骨头中最软弱的骨头,在根须里
纠缠,在根须里仅是一些幻影,断茎,
或是一些白雪,渴望发狂的嘴唇。
马骨头里的玉,从前月亮中的足音,
自身不是亡灵但催促亡灵在花朵中
盛开。有多少这样的通灵者,
从热病退去,从浪漫形象的最后高蹈
退去,退向玉的呼吸深处,
隐身于更疯狂的激情的掩埋?

天空下面孤独的过往者,
为什么马会在他们眼里成为泪水?

月亮的盈缺与马互换了面孔。
人不能期待流出的血
成为月亮中高悬的镜子,
犹如马的肺活量在深秋的大地上形成风暴,

无视来自众树根须的
告诫。漂泊者不必归根,饥饿者
不必收获,马的晚餐随处生长。
马无根因而其奔驰无所眷恋。
面对隐而不显的地方——
为日趋没落的高贵心情所保留的
对消逝的渴望,对事物短暂性的渴望,
马并没有准备必不可少的哀愁。

　　从人的头顶取走王的冠冕
　　正如从马骨头里取出一座孤城。

旧时代的哀愁,过多被人倾诉,
成了圣宠般的教诲,凝聚在
永久但无助的一瞥中。
不祥的寂静
比遗忘更早地投于对群马的观看。
马如此优美而危险的躯体
需要另一个躯体来保持
和背叛。马和马的替身
双双在大地上奔驰。

　　马头下垂,高枕落日,
　　谁在落日中焚烧而不成为黑夜的良心?

迅疾有余,反而显得缓慢,
马的到来推迟了时限。
被放弃的永生,在超出永生的速度中
弯曲了,驱散了。
马的影子透过复制的纵深,
两腰迭出,四蹄突破前额,
由此形成了时间上的错视和重围。
马奔向爱和末日,奉献神髓。

然而我们的心
太容易破碎,难以承受尽善尽美的事物。

马,天之骄子,听命于天。
马之不朽有赖于非马。

一九九〇年二月十五日于成都

咖 啡 馆

一杯咖啡从大洋彼岸漂了过来,随后
是一只手。人握住什么,就得相信什么。
于是一座咖啡馆从天外漂了过来,
在周围一大片灰暗建筑的掩盖下,
显得格外触目,就像黑色晚礼服中
露出一小片雪白的衬衣领子。
我未必相信咖啡馆是真实的,当我
把它像一张车票高举在手上,
时代的列车并没有从身边驶过。
坐下来打听消息,会使两只耳朵
下垂到膝盖,成为咖啡馆两侧的
钟表店和杂货铺。校准了时间,
然后掏钱到杂货铺买一包廉价香烟。

　　这时一个人走进咖啡馆。
在靠窗的悬在空中的位置上坐下,
他梦中常坐的地方。他属于没有童年
一开始就老去的一代。他的高龄
是一幅铅笔肖像中用橡皮轻轻擦去的
部分,早于鸟迹和词。人的一生
是一盒录像带,预先完成了实况的制作,
从头开始播放,一切出现都在重复
曾经出现过的。一切已经逝去。
一个咖啡馆从另一个咖啡馆
漂了过来,中间经过了所有地址的
门牌号码,经过了手臂一样环绕的事物。
两个影子中的一个是复制品。两者的吻合

使人黯然神伤。“来点咖啡,来点糖”。
一杯咖啡从天外漂了过来,随后
是一只手,触到时间机器的一个按键,
上面写着:停止。

　　这时另一个人走进咖啡馆。
他穿过一条笔直的大街,就像穿过
一道等号,从加法进入一道减法。
紧跟在他身后走进咖啡馆的,是一个
年龄可疑的女人,阴郁,但光彩夺目。
(时间不值得信赖。有时短短十秒钟的对视
会使一个人突然老去十年,使另一个人
像一盒录像带快速地倒退回去,
退到儿时乘坐的一趟列车,仿佛
能从车站一下子驶入咖啡馆。)
“十秒钟前我还不知道世上有你这个人,
现在,我认为我们已经相爱了
许多个世纪”。爱情催人衰老。
只有晚年能带来安慰。“我们太年轻了,
还得花上50个夏天告别一个世界,
才能真正进入咖啡馆,在一起
呆上十秒钟”。要不要把发条再拧紧一圈?
镀银的勺子在杯中
慢慢搅动,平方乘以平方的糖块开始融解。
(十秒钟,仅仅十秒钟,
有着中暑一样的短暂的激情,使人
像一根冰棍冻结在那里。这是
对时间法则的逆行和陈述,少到不能再少,
对任何人的一生都必不可少。这是
一个定义:必须屈从于少数中的少数。)

　　这时走进咖啡馆的不是一个人,
而是一群人。一出皮影戏里的全部角色,

一座木偶城市的全部公民。他们来自
等号的另一端,来自小数点后面
第七位数字所显示的微观宇宙,来自
纪律的幻象,票据或统计表格的一生。
他们视咖啡馆为一个时代的良心。
国家与私生活之间一杯飘忽不定的咖啡
有时会从脸上浮现出来,但立即隐入
词语的覆盖。他们是在咖啡馆里写作
和成长的一代人,名词在透过信仰之前
转移到动词,一切在动摇和变化,
没有什么事物是固定不变的。
在一个脑袋里塞进一千个想法,就能使它
脱离身体,变得像空气中的一只气球那么轻。
靠一根细线,能把咖啡馆从天上
拉下来吗?如果咖啡馆仅仅是个舞台,
随时可以拆除,从未真正地建造。

　　这时一个人起身离开咖啡馆。
在深夜十二点半(校准了时间。但时间
不值得信赖),穿过等号式的幽暗大街,
从咖啡馆直接走向一座异国情调的
阴沉建筑,一座
让人在伤心咖啡馆之歌里怀想不已的建筑。
不是为了进入,而是为了离去,
到远处去观看。穿过这座大楼就是冬天了。
一九八九年的冬天。一八二五年的冬天。
零下四十度的僵硬空气中漂来一杯咖啡,
一只手。“我们又怎么能抓住
这无限宇宙的一根手指?”也许不能。
“贵族的皮肤真是洁白如玉。”这是
一个晚香玉盛开的夜晚,雪橇拉着参政广场
从中亚细亚草原狂奔而来。路途多么遥远。
十二月党人在黑色大衣里藏起面孔。

这时一个人返身进入咖啡馆。
在明亮的穿衣镜前,他怀疑这座咖啡馆
是否真的存在。“来一瓶法国香槟
和一客红甜菜汤”。黑色大衣里翻出
洁白的衬衣领子,十二月党人
变成流亡巴黎的白俄作家。俄罗斯文化
加上西方护照。草原消失。
隔着一顿天上的晚餐和一片玻璃泪水,
普宁与一位讲法语的俄国女人对视了
十秒钟。她穿一双老式贵族皮鞋,
在遗嘱和菜单上面行走,像猫一样轻盈。
咖啡馆的另一角,萨特叼着马格里特烟斗,
和波伏瓦讨论自由欧洲的暗淡前景。
放下纪德的日记,罗兰·巴尔特先生
登上埃菲尔铁塔俯身四望,他看见
整个巴黎像是从黑色晚礼服上掉下的
一粒纽扣。衣服还在身上吗?天堂
没有脱衣舞。时间的圆圈
被一个无穷小的亮点吸入,比纽扣还小。

这时咖啡馆里坐满了宾客。
光线越来越暗。漂泊的椅子从肩膀
向下滑落,到达暗中伸直的腰。
支撑一个正在崩溃的信仰世界谈何容易。
“蛇的腰有多长?”一个男孩逢人便问。
他有一个斯大林时代的辩证法父亲,
并从母亲身上认出了情人,“她多像娜娜”。
日瓦戈医生对诗歌和爱情
比对医术懂得更多,“但是生活呢?
谁更懂生活?”一群黄皮肤的毛头小子,
到咖啡馆来闲聊,花钱享受
一个阶级的闲暇时光。反正无事可干。
我们当不了将军,传教士,总统或海盗。

“少女把手扪在心上,梦想着海盗”,
度过宁静的青青草地上的一生。
“哪里去打听关于乌托邦的
神秘消息?”如果人的目光向内收敛,
把无限膨胀的物质的空虚,集中到
一个小一些的
个别的空虚中去,人或许可以获救。
咖啡馆像簧片一样在管风琴里颤动。
没有演奏者。是否有一根手指
能从无限的宇宙的消息中将灵魂勾去?

　　这时持异国护照的人匆匆走出咖啡馆。
灵魂与肉体之间的交易,在四位
中国巨头与第一任美国总统的眼皮下
进行,以此表达一个事实:我们在地下
形成对群岛的判断。两个国家的距离
是两副纸牌的距离。“玩纸牌吗?
每副纸牌有一个黑桃皇后。”
每个国家有一副纸牌和一个咖啡馆。
“你是慢慢地喝咖啡,还是一口喝干?
放糖还是不放?”这是把性和制度
混为一谈的问题。熬了一夜的咖啡
是否将获得与两个人的睡眠相当的浓度?
(我们当中最幸福的人,是在十秒钟内
迅速老去的人。年轻的将坠入
从午夜到黎明的漫长的性漂泊。
不间断地从一个情人漂泊到
另一个情人,)是否意味着灵魂的永久流放
已经失去了与只在肉体深处才会汹涌的
黑暗和控诉力量的联系?是否意味着
一段剪刀下的爱情只能慢动作播放,
插在那些一闪即逝的美丽面庞之间?
两杯咖啡很久没有碰在一起,

以后也不会相碰。

这时咖啡馆里只剩下几个物质的人。
能走的都走了,身边的人越来越少。
也许到了给咖啡馆安装引擎和橡皮轮子
把整条大街搬到大篷车上的时候。
但是,永远不从少数中的少数
朝那个围绕空洞组织起来的
摸不着的整体迈出哪怕一小步。永远不。
即使这意味着无处容身,意味着
财富中的小数点在增添了三个零之后
往左边移动了三次。其中的两个零
架在鼻梁上,成为昂贵的眼镜。
镜片中一道突然裂开的口子
把人们引向视力的可怕深处,看到
生命的每一瞬间都是被无穷小的零
放大了一百万倍的
朝菌般生生死死的世代。往日的梦想
换了一张新人的面孔。花上一生的时间
喝完一杯咖啡,然后走出咖啡馆,
倒在随便哪条大街上沉沉睡去。
(不,不要许诺未来,请给咖啡馆
一个过去:不仅仅是灯光,音乐,门牌号码,
从火车上搬来的椅子,漂来的泪水
和面孔。“我们都是梦中人。不能醒来。
不能动。不能梦见一个更早的梦”。)

现在整座咖啡馆已经空无一人。
“忘掉你无法忍受的事情”。许多年后,
一个人在一杯咖啡里寻找另一杯咖啡。
他注定是责任的牺牲者:这个可怜的人。

一九九一年十一月十一日于成都

西　川

（1963—　）

诗歌语言的大门必须打开，而这打开了语言大门的诗歌是人道的诗歌、容留的诗歌、不洁的诗歌，是偏离诗歌的诗歌。应该有一种内在的活力促使语言向着未知生长，而呈现在读者和我自己面前的诗歌语言，应该像玉一样坚硬，倔强，像宣纸一样柔软，无光。

——西川《答鲍夏兰、鲁索四问》

西川十分像一个斯多噶主义者，在世界的惨痛之后，他还要让它再完美一次。面对堕落的更加堕落，混乱的更加混乱，而他企图高居于这堕落与混乱之上，乃至高居于世界的变动之上，与永恒、秩序和美结合在一起。……在清除了种种似是而非的关系之后，命运唯一剩下来的是它的沉默不语，它的无可言说，虽然我们能感觉到它，但却说不出它。西川写在一九九一年的两首不可多得的好诗《夕光中的蝙蝠》和《一个人老了》都是对这种核心的沉默所作的探试和“猜测”。“蝙蝠”“浑身漆黑”，“似永不开花的种籽”，是它自身“无望解脱”的意志；一个人最终不得不将“他整个身体挤进一只小木盒”，而“在房梁上，在树洞里，他已藏好一张张纸条，写满爱情和痛苦”。此时，他的句法结构也发生明显的变化，不再如往常那样顺畅、大步流星了，而是时而中断，时而续上，时而是空白和消失，时而又是复出和响起，一种欲说还休、欲行又止的节奏，造成了全部从虚无和沉默中不断涌现的幻觉。

——崔卫平《超度亡灵》

在哈尔盖仰望星空

有一种神秘你无法驾驭
你只能充当旁观者的角色
听凭那神秘的力量
从遥远的地方发出信号
射出光来,穿透你的心
像今夜,在哈尔盖
在这个远离城市的荒凉的
地方,在这青藏高原上的
一个蚕豆般大小的火车站旁
我抬起头来眺望星空
这时河汉无声,鸟翼稀薄
青草向群星疯狂地生长
马群忘记了飞翔
风吹着空旷的夜也吹着我
风吹着未来也吹着过去
我成为某个人,某间
点着油灯的陋室
而这陋室冰凉的屋顶
被群星的亿万只脚踩成祭坛
我像一个领取圣餐的孩子
放大了胆子,但屏住呼吸

一九八五年,一九八七年,一九八八年

夕光中的蝙蝠

在戈雅的绘画里它们给艺术家
带来了噩梦。它们上下翻飞
忽左忽右;它们窃窃私语
却从不把艺术家吵醒

说不出的快乐浮现在它们那
人类的面孔上。这些似鸟
而不是鸟的生物,浑身漆黑
与黑暗结合,似永不开花的种籽

似无望解脱的精灵
盲目,凶残,被意志引导
有时又倒挂在枝丫上
似片片枯叶,令人哀悯

而在其他故事里,它们在
潮湿的岩穴里栖身
太阳落山是它们出行的时刻
觅食,生育,然后无影无踪
它们会强拉一个梦游人入伙
它们会夺下他手中的火把将它熄灭
它们也会赶走一只入侵的狼
让它跌落山谷,无话可说

在夜晚,如果有孩子迟迟不睡
那定是由于一只蝙蝠
躲过了守夜人酸疼的眼睛

来到附近,向他讲述命运

一只,两只,三只蝙蝠
没有财产,没有家园,怎能给人
带来福祉?月亮的盈亏退尽了它们的
羽毛;它们是丑陋的,也是无名的

它们的铁石心肠从未使我动心
直到有一个夏季黄昏
我路过旧居时看到一群玩耍的孩子
看到更多的蝙蝠在他们头顶翻飞

夕光在胡同里布下了阴影
也为那些蝙蝠镀上了金衣
它们翻飞在那油漆剥落的街门外
对于命运却沉默不语

在古老的事物中,一只蝙蝠
正是一种怀念。它们闲暇的姿态
挽留了我,使我久久停留
在那片城区,在我长大的胡同里

一九九一年二月

一个人老了

一个人老了,在目光和谈吐之间,
在黄瓜和茶叶之间,
像烟上升,像水下降。黑暗迫近。
在黑暗之间,白了头发,脱了牙齿。
像旧时代的一段逸闻,
像戏曲中的一个配角。一个人老了。

秋天的大幕沉重地落下。
露水是凉的。音乐一意孤行。
他看到落伍的大雁、熄灭的火、
庸才、静止的机器、未完成的画像,
当青年恋人们走远,一个人老了,
飞鸟转移了视线。

他有了足够的经验评判善恶,
但是机会在减少,像沙子
滑下宽大的指缝,而门在闭合。
一个青年活在他身体之中;
他说话是灵魂附体,
他抓住的行人是稻草。

有人造屋,有人绣花,有人下赌。
生命的大风吹出世界的精神,
唯有老年人能看出这其中的摧毁。
一个人老了,徘徊于
昔日的大街。偶尔停步,
便有落叶飘来,要将他遮盖。

更多的声音挤进耳朵,
像他整个身躯将挤进一只小木盒;
那是一系列游戏的结束:
藏起失败,藏起成功。
在房梁上,在树洞里,他已藏好
张张纸条,写满爱情和痛苦。

要他收获已不可能。
要他脱身已不可能。
一个人老了,重返童年时光,
然后像动物一样死亡。他的骨头
已足够坚硬,撑得起历史,
让后人把不属于他的箴言刻上。

一九九一年四月

十二只天鹅

那闪耀于湖面的十二只天鹅
没有阴影

那相互依恋的十二只天鹅
难于接近

十二只天鹅——十二件乐器——
当它们鸣叫

当它们挥舞银子般的翅膀
空气将它们庞大的身躯
托举

一个时代退避一旁，连同它的
讥诮

想一想，我与十二只天鹅
生活在同一座城市！

那闪耀于湖面的十二只天鹅
使人肉跳心惊

在水鸭子中间，它们保持着
纯洁的兽性

水是它们的田亩
泡沫是它们的宝石

一旦我们梦见那十二只天鹅
它们傲慢的颈项
便向水中弯曲

是什么使它们免于下沉?
是脚蹼吗?

凭着羽毛的占相
它们一次次找回丢失的护身符

湖水茫茫,天空高远:诗歌
是多余的

我多想看到九十九只天鹅
在月光里诞生!

必须化作一只天鹅,才能尾随在
它们身后——
靠星座导航

或者从荷花与水葫芦的叶子上
将黑夜吸吮

一九九二年二月

张　枣

（1962—2010）

当代汉语先锋诗歌的自主自律精神源自美学态度上的不苟同精神，体现为纯诗艺的变革愿望。实际上，在任何处境中，没有比纯诗艺意义上的反驳更深刻的反驳命题。因为我认为，纯诗艺的批评精神同时也应该是元诗的批评精神。它不仅表达对权力的浅薄庸俗的美感的讥讽，同时也能揭露那些貌似的批评哗众取宠的态度，更重要的是，纯诗艺的元诗方式也应包含对自己的写作的反思与批评，即时刻去追问：我们的美学自主自律是否会堕入一种唯我论的排斥对话的迷圈里？对来自西方的现代性的追求是否要用牺牲传统的汉语性为代价？如何使生活和艺术重新发生关联？如何通过极端的自主自律和无可奈何的冷僻的晦涩，以及对消极性的处理，重返和谐并与世界取得和解？这些都是二十一世纪的诗歌迫切需要解答的课题。也许答案一时难得，但去追问，这本身就蕴含了我所理解的诗歌本质。

——张枣《“安高诗歌奖”受奖词》

镜　　中

只要想起一生中后悔的事
梅花便落了下来
比如看她游泳到河的另一岸
比如登上一株松木梯子
危险的事固然美丽
不如看她骑马归来
面颊温暖,
羞惭。低下头,回答着皇帝
一面镜子永远等候她
让她坐到镜中常坐的地方
望着窗外,只要想起一生中后悔的事
梅花便落满了南山

何　人　斯

究竟是什么人？在外面的声音
只可能在外面，你的心地幽深莫测
青苔的井边有棵铁树。进了门
为何你不来找我，只是溜向
悬满干鱼的木梁下，我们曾经
一同结网，你钟爱过跟水波说话的我
你此刻追踪的是什么？
为何对我如此暴虐？

我们有时也背靠着背，韶华流水
我抚平你额上的皱纹，手掌因编织
而温暖；你和我本来是一件东西
享受另一件东西；纸窗、星宿和锅
谁使眼睛昏花
一片雪花转为两片雪花
鲜鱼开了膛，血腥淋漓；你进了门
为何不来问寒问暖
冷冰冰地溜动，门外的山丘缄默

这是我钟情的第十个月
我的光阴嫁给了一个影子
我咬一口自己摘来的鲜桃，让你
清洁的牙齿也尝一口；甜润的
让你全身也膨胀如感激
为何只有你说话的声音
不见你遗留的晚餐皮果
空空的外衣留着灰垢

不见你的脸,香烟袅袅上升
　　你没有脸对人,对我?

究竟那是什么人?一切变迁
皆从手指开始。伐木叮叮,想起
你的那些姿势,一个风暴便灌满了楼阁
疾风紧张而突兀
不在北边也不在南边
我们的甬道冷得酸心刺骨

你要是正缓缓向前行进
马匹悠懒,六根辔绳积满阴天
你要是正匆匆向前行进
马匹婉转,长鞭飞扬

二月开白花,你逃也逃不脱,你在哪儿
　　休息
哪儿就被我守望着。你若告诉我
你的双臂怎样垂落,我就会告诉你
你将怎样再一次招手;你若告诉我
你看见什么东西正在消逝
我就会告诉你,你是哪一个

秋天的戏剧

一

去秋我把他们写得芬芳清晰
守在某棵月桂下,各司其职
他们没有哪点冷落过我,也依稀
听闻过我的名姓,我依恋过
其中的某些面孔,对于别些个
他们的怯懦和不幸,我也多少抱有怜悯
今年这时节落叶纷纷,回头回顾
泥泞的道上又新添了几场霏雨

二

我潜心做着语言的试验
一遍又一遍地,我默念着誓言
我让冲突发生在体内的节奏中
睫毛与嘴角最小的蠕动,可以代替
从前的利剑和一次钟情,主角在一个地方
可能一步不挪,或者偶尔出没
我便赋予其真实的声响和空气的震动
变凉的物体间,让他们加厚衣襟,痛定思痛

三

他们改不了这样或那样的习惯
而我甚是苛求,其实我也知道孰能无过
念错一句热爱的话语又算什么?
只是习惯太深,他们甚至不会打量别人
秋声簌簌,更不会为别人的幸福而打动
为别人的泪花而奔赴约会。我不能
怎么也不能改变他们;明镜的孤独中
他们的固执成了我深深的梦寐

四

那一个,那幼稚母亲的掌上明珠,她的光彩
竟使我的敌人倾倒,致使他变本加厉
日复一日把我逼进令她心碎的角隅
我们都心碎了,啊,雾中的孩子
你怎么一点也没有想过悲惨的结局呢?
我不能给你留下什么;你会成为厚厚的书籍
你会叫我避讳某些词汇,呵,你,我雾中的亲人
死守在白玉中要看我怎样偃旗息鼓

五

还有你,纯洁的朗读,我病中的水果
我自己也是水果依偎你秋天的气味
醉心于影子和明净空气中的衣裳
你会念念不忘我这双手指,而他们
却酿成了新的胁迫,命运弦上最敏感的音节
瞧瞧我们怎样更换着:你与我,我与陌生的心
唉,一地之于另一地是多么虚幻

六

你又带了什么消息,我和谐的伴侣
急躁的性格,像今天傍晚的西风
一路风尘仆仆,只为一句忘却的话
贫困而又生动,是夜半星星的密谈者
是的,东西比我们富于耐心
而我们比别人更富于果敢
在这个坚韧的世界上来来往往
你,连同你的书,都会磨成芬芳的尘埃

七

你是我最新的朋友(也许最后一个)
与我的父母踏着同一步伐成长
而你的脸,却反映出异样的风貌
我喜欢你等待我的样子,这天凉的季节
我们紧握的手也一天天变凉
你把我介绍成一扇温和的门,而进去后
却是你自己饰满陌生礼品的房间
我们同看一朵花瓣的时候,不知你怎么想

八

这夜晚风声加紧,你们来到我的心中
代替了我设想的动作,也代替了书桌前的我
让我变成了一个欲言不能的影子
日子会一天天变美,洁白无瑕,正像
我们心目中的任何一件小东西
活着?活着就是改掉缺点
就是走向英勇的高处,在落叶纷纷中
依然保持我们躯体的崇高和健全

春秋来信

一

这个时辰的背面,才是我的家,
它在另一个城市里挂起了白旗。
天还没亮,睡眠的闸门放出几辆
载重卡车,它们恐龙般在拐口
撕抢某件东西,本就没有的东西。
我醒来。
　　　　　身上一颗绿扣子滚落。

二

我们的绿扣子,永恒的小赘物。

云朵,砌建着上海。
　　　　　　　　　　　我心中一幅蓝图
正等着增砖添瓦。我挪向亮处,
那儿,鹤,闪现了一下。你的信
立在室中央一柱阳光中理着羽毛——
是的,无需特赦。得从小白菜里,
从豌豆苗和冬瓜,找出那一个理解来,

来关掉肥胖和机器——
　　　　　　　　　　　　　我深深地
被你身上的矛盾吸引,移到窗前。
四月如此清澈,好似烈酒的反光,

街景颤抖着组合成深奥的比例。
是的,我喊不醒现实。而你的声音
追上我的目力所及:“我,

就是你呀！我也漂在这个时辰里。
工地上就要爆破了,我在我这边
鸣这面锣示警。游过来呀,
接住这面锣,它就是你错过了的一切。”

三

我拾起地上的绿扣子,吹了吹。
开始忙我的事儿。
　　　　　　　　静的时候,
窗下经过的邮差以为我是我的肖像;
有时我趴在桌面昏昏欲睡,
双手伸进空间,像伸进一副镣铐,

哪儿,哪儿,是我们的精确呀?
　　　　　　　　　　　　……绿扣子。

一九九七年　赠臧棣

王小妮

(1955—)

诗,是一种思维形态的极致。在绝大多数人都去“这样想”的时候,偏偏有个别的人,固执、不懈地出现“异想”。他在那中间得到了快乐——这种人先天地、悲剧性地获得了写诗的血。

……

诗根本不需要“体验生活”。活着本身,还不算生活吗?把诗写得真切透明。不是描述一团雾,只需要擦净玻璃上的污浊。这种诗自然就是好诗。有一天,我很不经意地和别人谈话。突然冒出一个想法:我似乎是一只老鼠,而诗是我最后、最牢靠的老鼠洞。老鼠活在这世界上多么不容易,天敌无数。尽管外面再险恶,这只老鼠有了深于别人的洞,不至于一生惶惶。

我们活着,就永远有诗。活着之核就是诗的本质,除非张开手把它放掉。手拿着本质,还左顾右盼什么?

——王小妮《关于诗歌的笔记》

不要帮我,让我自己乱

我的手
夜里睡鸟那样阖着。
我的手
白天也睡鸟那样阖着。
你走远又走近。
月亮在板凳上
对着你的门口微笑。
没有人知道
我站,我坐
都是一样的乱。

平凡的人跋跋路过窗口。
路上有
许多幸福鼠洞。
我看生命太繁忙。
睡鸟醒来。
树林告诉大家,树林很累。
鸟什么都看见了
鸟的方式
从来是乱语纷纷。

我的世界里
不停地碰落黑色芝麻。
没有泥土
只有活芝麻的水珠。
站得太近了。
世界连一天也看不见

我是一个自乱者。

让我向你以外笑。
让我喜欢你
喜欢成一个平凡的女人。
让我安详盘坐于世
独自经历
一些细微的乱的时候。

一九八八年三月　深圳

半个我正在疼痛

有一只漂亮的小虫
情愿蛀我的牙。
世界
它的右侧骤然动人。
身体原来
只是一栋烂房子。

半个我里蹦跳出黑火。
半个我装满了药水声。

你伸出双手
一只抓到我
另一只抓到不透明的空气。
疼痛也是生命。
我们永远按不住它。

坐着再站着
让风这边那边地吹。
疼痛闪烁的时候
才发现这世界并不平凡。
我们不健康
但是
还想走来走去。

用不疼的半边
迷恋你。
用左手替你推动着门。

世界的右部
灿烂明亮。
疼痛的长发
飘散成丛林。
那也是我
那是另外一个好女人。

一九八八年五月　深圳

白纸的内部

阳光走在家以外
家里只有我
一个心平气坦的闲人。

一日三餐
理着温顺的菜心
我的手
漂浮在半透明的白瓷盆里。
在我的气息悠远之际
白色的米
被煮成了白色的饭。

纱门像风中直立的书童
望着我睡过忽明忽暗的下午。
我的信箱里
只有蝙蝠的绒毛们。
人在家里
什么也不等待。

房子的四周
是危险转弯的管道。
分别注入了水和电流
它们把我亲密无间地围绕。
随手扭动一只开关
我的前后
扑动起恰到好处的
火和水。

日和月都在天上
这是一串显不出痕迹的日子。
在酱色的农民身后
我低俯着拍一只长圆西瓜
背上微黄
那是我以外弧形的落日。

不为了什么
只是活着。
像随手打开一缕自来水。
米饭的香气走在家里
只有我试到了
那香里面的险峻不定。
有哪一把刀
正划开这世界的表层。

一呼一吸地活着
在我的纸里
永远包藏着我的火。

一九九五年一月　深圳

骆一禾

(1961—1989)

一个以诗歌为装饰或游戏的人,不可能像他那样切实体味到“诗歌的深渊”。在那巨大的深渊里,这个勇敢的人搏击,翱翔,尽管有时恐惧,有时感到孤独,但最终不畏天忌,说出了他所知道的有关形而上的上帝的秘密,表现出人的正直,并为此付出代价。……

海子生前在同我谈到一禾的诗歌时,曾说一禾的诗是从一株青草生长起来的大树,因此带有本质的单一性,与其回旋的思维方式形成对照。在我看来,一禾的诗歌以爱为根,结成幻想的果实;只是这幻想与我们通常所说的以形象为出发点的幻想不同,一禾幻想与其哲学性的宽广的沉思有关,究竟其宽广的沉思以什么作疆界,我无法说清,但沉思对于一禾是至关重要的。他在沉思中听到了血涌,并起立歌唱。

——西川《深渊里的翱翔者:骆一禾》

为美而想

在五月里一块大岩石旁边
我想到美
河流不远,靠在一块紫色的大岩石旁边
我想到美　雷电闪在这离寂静不远的
地方
有一片晒烫的地衣
闪烁着翅膀
在暴力中吸上岩层
那只在深红色五月的青苔上
孜孜不倦的工蜂
是背着美的呀

在五月里一块大岩石的旁边
我感到岩石下面的目的
有一层沉思在为美而冥想

一九八八年五月二十三日

修　　远

触及肝脏的诗句　诗的
那沸腾的血食
是这样的道路。是修远
使血流充沛了万马,倾注在一人内部
这个人从我迈上了道路
他是被平地拔出

浩嗨,路呵
这道路正在我的肝脏里安睡
北风里,手扶额角
听黑夜正长歌当哭
那黑夜说:北
北啊　北　北和北

那人与方向诞生
血就吹在了地上。
我扶起这个人
女儿的铃铛　儿子的风神
白银的滋润
是我在什么地方把你们于毁灭中埋藏
方向方向,这白银的嗅觉
无处安身,叫我的名字

浩嗨,嗨呀,修远
两代钢叉在水底腾动
是我的心,锐利和痛疼
那亚细亚的痛疼　足金的痛疼

修远。这两个圣诉蒙盖在上面

我就布下了大盾的尘土
完人和戈矛　雅思与斧钺
在北斗中畅饮
我触摸无边
触摸着跪上马头的平原
是否真有什么死去?
女仙们坐在人类的边缘

修远。我以此迎接太阳
持着诗,那个人和睡眠,那阵暴雨
有一条道路在肝脏里震颤
那血做的诗人站在这里　这路上
长眠不醒
他灵明其耳
他婴童、他胆死、他岁唱、他劲哀
听惊鸿奔过,是我黑暗的血

血就是这样生了
在诗中我分布的活血俱是深湛
他的美　他的天庭　他的白日飘风
平明和极景
压在天上　大地又怎么会是别人的
活血汪霈而沸腾

沐与舞,红与龙
你们四个与我一齐走上风鸣马楚的
高峰
修远已如此闪亮
迎着黄昏歌唱
你们就一直走到了早晨

那朝霞
一队队天灵盖上挖出的火苗
穿过我的头顶
洒在修远上
在朝霞里一个人变成一个诗人
诗人因自己的性格而化作灰烬
在朝霞里一个诗人
变成一个人

与罪恶对饮
说起修远
那毒气在山中使盛水的犀杯轰然炸裂
满山的崧岳，稀少的密林
无知无识地住在我的修远——那
亚洲的白练，那儿子的脚跟
女儿的穗佩，口中的粮食
身上的布袋与河流亮丽的分叉
修远呐
与罪恶迎唱，迈进我的步武
在歌中心灵唱剑
唱行唱的诗人冒险行善
这歌中的美人人懂得
这歌中的善却只有归返我的家园
唱吧，这家乡

这声息一旦响起
就不知道暗淡怎样吹过
天就一下子黑了
说一声修远
天空在升高中醒来
愈是缥缈，也就愈是苍莽
在一派滂沱的雨水里
在大地的正中

与罪恶竞技
排箫从内部向外刮过
天上在中心豪迈地哭着
这箫使金属四面开合
太阳当顶,独自干旱

一九八八年八月十九日青春诗会
一九八八年十月十二日

戈 麦

（1967—1991）

诗歌应当是语言的力斧，它能够剖开心灵的冰河。在词与词的交汇、融合、分解、对抗的创造中，一定会显现出犀利夺目的语言之光照亮人的生存。诗歌直接从属于幻想，它能够拓展心灵与生存的空间，能够让不可能的成为可能。

——戈麦《关于诗歌》

他逐渐坚定了这样一个信念：一个人可以在极短的时间内走完一生的里程，从诗歌的幻象经验人类的一切。……一次，我们一起骑车去他的住处，他忽然对我说“诗人应该是素食者”，使我愣了半晌。后来我才了解到，他很早就要求自己成为一个理智、恻隐的圣者。他曾跟我约法三章，要求彼此珍惜对方的时间，每年交换一本诗集，在阅读上互相帮助。

——西渡《死是不可能的》

献给黄昏的星

黄昏的星从大地的海洋升起
我站在黑夜的尽头
看到黄昏像一座雪白的裸体
我是天空中唯一一颗发光的星星

在这艰难的时刻
我仿佛看到了另一种人类的昨天
三个相互残杀的事物被怼到了一起
黄昏,是天空中唯一的发光体
星,是黑夜的女儿苦闷的床单
我,是我一生中无边的黑暗

在这最后的时刻,我竟能梦见
这荒芜的大地,最后一粒种子
这下垂的时间,最后一个声音
这个世界,最后的一件事情,黄昏的星

一九九〇年四月十一日

界 限

发现我的,是一本书;是不可能的。
飞是不可能的。
居住在一家核桃的内部,是不可能的。
三根弦的吉他是不可能的。
让田野装满痛苦,是不可能的。
双倍的激情是不可能的。
忘却词汇,是不可能的。
留,是不可能的。
和上帝一起消夜,是不可能的。
死是不可能的。

一九九〇年五月二日

死后看不见阳光的人

死后看不见阳光的人,是不幸的人
他们是一队白袍的天使被摘光了脑袋
悒郁地在修道院的小径上来回走动
并小声合唱,这种声音能够抵达
塔檐下乌鸦们针眼大小袖珍的耳朵

那些在道路上梦见粪便的黑羊
能够看见发丛般浓密的白杨,而我作为
一条丑恶的鞭子
抽打着这些诋咒死亡的意象
那便是一面旗,它作为黑暗而飞舞

死后,谁还能再看见阳光,生命
作为庄严的替代物,它已等候很久
明眸填满了褐色羊毛
可以成为一片夜晚的星光
我们在死后看不到熔岩内溅出的火光

死后我们不能够梦见梦见诗歌的人
这仿佛是一个魔瓶乖巧的入口
飞旋的昆虫和对半裂开的种子
都能够使我们梦见诗歌,而诗歌中
晦暗的文字,就是死后看不见阳光的人们

一九九〇年七月十二日

王家新
（1957— ）

在我们的这种历史境遇中,承担本身即是自由。我们不可能再有别的自由。这是我们的命运,同时这也提示着中国现代诗多少年来最为缺乏的能力和品格。这种“承担”当然属一种难以简单界定的诗学行为,但我想它首先意味着的是把我们自己置于历史与时代生活的全部压力下来从事写作;同样,这种承担也不限于某种道德姿态,它在今天还会要求我们从一个更为开阔的视野来反观我们自身的文化构成,例如,在一种对生存的洞察中,使那些“显然是政治的东西失去政治的意义”,同时又使“没有政治意义的带上政治意义”。正是通过这种承担,我们的写作才有可能积极介入到目前中国的话语实践中并成为其中富有变革、批判精神和诗性想象力的一部分。

——王家新《阐释之外》

帕斯捷尔纳克

不能到你的墓地献上一束花
却注定要以一生的倾注,读你的诗
以几千里风雪的穿越
一个节日的破碎,和我灵魂的颤栗

终于能按照自己的内心写作了
却不能按一个人的内心生活
这是我们共同的悲剧
你的嘴角更加缄默,那是

命运的秘密,你不能说出
只是承受、承受,让笔下的刻痕加深
为了获得,而放弃
为了生,你要求自己去死,彻底地死

这就是你,从一次次劫难里你找到我
检验我,使我的生命骤然疼痛
从雪到雪,我在北京的轰响泥泞的
公共汽车上读你的诗,我在心中

呼喊那些高贵的名字
那些放逐、牺牲、见证,那些
在弥撒曲的震颤中相逢的灵魂
那些死亡中的闪耀,和我的

自己的土地!那北方牲畜眼中的泪光
在风中燃烧的枫叶

人民胃中的黑暗、饥饿,我怎能
撇开这一切来谈论我自己?

正如你,要忍受更疯狂的风雪扑打
才能守住你的俄罗斯,你的
拉丽萨,那美丽的、再也不能伤害的
你的,不敢相信的奇迹

带着一身雪的寒气,就在眼前!
还有烛光照亮的列维坦的秋天
普希金诗韵中的死亡、赞美、罪孽
春天到来,广阔大地裸现的黑色

把灵魂朝向这一切吧,诗人
这是幸福,是从心底升起的最高律令
不是苦难,是你最终承担起的这些
仍无可阻止地,前来寻找我们
发掘我们:它在要求一个对称
或一支比回声更激荡的安魂曲
而我们,又怎配走到你的墓前?
这是耻辱!这是北京的十二月的冬天

这是你目光中的忧伤、探询和质问
钟声一样,压迫着我的灵魂
这是痛苦,是幸福,要说出它
需要以冰雪来充满我的一生

一九九〇年十二月

日　　记

从一棵茂盛的橡树开始
园丁推着他的锄草机,从一个圆
到另一个更大的来回,
整天我听着这声音,我嗅着
青草被刈去时的新鲜气味,
我呼吸着它,我进入
另一个想象中的花园,那里
青草正吞没着白色的大理石卧雕
青草拂动;这死亡的爱托
胜于人类的手指。

醒来,锄草机和花园一起荒废
万物服从于更冰冷的意志;
橡子炸裂之后
园丁得到了休息;接着是雪
从我的写作中开始的雪;
大雪永远不能充满一个花园,
却涌上了我的喉咙;
季节轮回到这白茫茫的死。
我爱这雪,这茫然中的颤栗;我忆起
青草呼出的最后一缕气息……

一九九二年十月比利时根特

乌　　鸦

一

梦中的乌鸦是无声的，
耷拉着翅膀，在一片冰天雪地中，
向我移来。

梦中的乌鸦是一个失败者。赤裸裸的
它仿佛承受着全部天空的惩罚
蹒跚在结冰的路上，
向我走来。

而我知道我迟早
会梦见到这样一只乌鸦，
在梦中我这是这只乌鸦？被一个陷入沉沉睡眠的人梦见。

二

梦中的乌鸦从不出现
那在故宫的上空盘旋的，只是一些黑鸟，
使你陷入了一个帝国的暮色；

梦中的乌鸦从不出现
那从一个异国小站掠起的，仍是一只、两只黑鸟，
它们掠起，为在光中蓝透的天穹所愉悦，
因此你错过了要搭乘的车。

梦中的乌鸦只在梦中出现

它从一种几乎不可追溯的黑暗中到来,
它从你自己的死亡中到来;

它开始只是一点晦冥的黑色,后来就成了一只乌鸦。

三

而当这样一只乌鸦为你出现,
你就不能躲开。
如果你是一个乌鸦要梦见的人,你就只能被它梦见。

你更不能轰它走;在梦中它也不会“哑”地一声飞开。
这样的乌鸦是一个被打击的天使,
为你带来了另一个天空。

它会使你陷入冰天雪地里不能动弹,
然后蹒跚着向你移来。

四

于是醒来你想起了小的时候(小的时候?)
那时你一出门就见到一只乌鸦;你一见到它
就觉得它是为你而来的。
你愣在了那里。

仅仅由于它的孤寂和可怜?

带着这样一种颤栗你上路了——你永不回头,
并且永不把这件事告诉给父母;
到今天你已走了这么远,几乎不再可能被它所梦见。

五

而再次醒来你就想到了母亲,和一些阒无声息的女人
你再次陷身于女人之间。
乌鸦与雪。

六

因此我要写下这首诗
为一只乌鸦在梦中的出现——
为它耷拉的翅膀,为它在冰雪中的挪动;
为命运再次对我说话,
为我被毁灭的天使;
为所有诗人"对困难事物的强烈爱好",
为一个自虐的女人;
为那些同样焦黑的、永无安慰的废墟,
为迟迟而来的葬礼;
为一个从窗口被扔出去的主教,
为那团在我们的地毯上呼吸不止的乌云;
为一再受挫的爱情,
为生日之夜的孤寂;
为那些美好的、我们不配领受的时装女郎、广告女郎,
也为我们在天空发蓝时经受的洗礼;
为墓碑照亮的一切,
也为所有那些在写作或做爱中陷入迟缓的人;
为梦见乌鸦的那天晚上,我所读到的书,所写下的信,以及夜
  深人静时才听到的钟摆的嘀嗒声,
为那不便言说的恐惧;
为涌上我们喉咙的一阵大雪,
为了在死后呼吸;
为一个一直不情愿地被我们带着走的孩子,
也为那些未被我们完全杀死的夜莺;
为了弗洛伊德,

也为了马克思;
为一声声要把我们带走的汽笛,
为再次飞来与我们做伴的燕子;
为时间的威胁,
也为T·S·艾略特在一个苦闷之夜梦见的但丁;
为一个寂静无声的车站,
也为所有那些沼泽地上的居民;
为一个在欲雪的天气里终于被照亮的字,
也为那些仍渴望梦见一些什么
又恰好被乌鸦梦见的人……

七

而这是明亮的冬晨,这是我蒙霜的
　窗户,我的吹拂着暖气的带镜子的房间;
这是在冬日里像树枝一样勃发的北京;
这是我醒来看到的一切,也将是我
死后仍会梦到的一切。
而对一只乌鸦的企盼
使我重又陷入到冰天雪地之中——什么都有了
什么都已被写下,
我在等着那惟一的事物的到来。

一九九五年十二月　北京

黄灿然
（1963— ）

概言之，现代汉语诗人有两个阴影，一个压力。古典汉语诗歌传统阴影太浓，进入它，须同时提防它的黑洞式吸引力；西方现代诗歌传统阴影大面积缺损，要设法作适当填补；汉译是现代汉语诗人的主要压力，但这压力也还不够；此外，现代汉语诗歌传统积累的压力也同样不足。这些，都有赖于现代汉语诗人调动个人才能来解决。认清这些优势和局限，尤其是在这些优势和局限之间维持必要的张力，努力才不会白费、积累才会加强、竞争才有意义；还得认清现代汉语诗歌的主要活力，也即现代汉语诗歌命名机制的主体，在于白话文和现代汉译的混合，而不是白话文与古典汉语的混合；尤其要认清西方现代诗歌与现代汉语诗歌处于完全相反的进程中，现代汉语诗人毋须焦虑。

……

只有在个人与汉语诗歌、汉语诗歌与世界诗歌之间维持适当的张力和压力——也即一方面立志要成为一位大诗人，又在发现客观条件不允许的时候安于仅仅成为一位哪怕只有些许意义的诗人；另一方面立志要使现代汉语诗歌成为世界诗歌的重镇，又在发现条件不允许的时候守住本分，继续贡献哪怕只有些许的力量——才有可能把个人才能和汉语诗歌潜力发挥到极致。

——黄灿然《在两大传统的阴影下》

有毒的玛琳娜

——纪念茨维塔耶娃

她在甘蔗地里种植异域的罂粟
她的红唇含着蜜蜂离巢时快乐的谜语
她正午站在日光中深夜站在我梦中
她是我有毒的玛琳娜

她在镜中收割红罂粟
她在蛇窝里蠕动纤细的腰肢
她到我梦中探访我并在离去的时候唤醒我
而我在睁开眼睛的那一瞬间失去我有毒的玛琳娜

玛琳娜,她的紫心!
玛琳娜,她的白灵魂!
我怎样穿过凶恶的牙齿和分泌黑液的舌头
抵达她多么纯洁的深喉!

她的歌是那云雀的
她的话是那流水的
她的悲哀是那风雨中折翼的飞鸟的
她是我心碎的小花瓣

圆眼睛的玛琳娜,眼睛边缘
镶着四十九颗蓝宝石
黑刘海儿的玛琳娜,清冷面容
有着我夏夜深处最原始的恐惧

诗歌的玛琳娜,疯狂的玛琳娜

滴血的声音仍彻响在北风中的
苦难的玛琳娜，灵魂的保姆
爱情的怀抱，屈辱的同音词

对于我，她是有毒的
生活中不可吻的
否则粉身碎骨的
玛琳娜

一九九三年

杜　　甫

他多么渺小,相对于他的诗歌;
他的生平捉襟见肘,像他的生活,
只给我们留下一个褴褛的形象,
叫无忧者发愁,痛苦者坚强。

上天要他高尚,所以让他平凡,
他的日子像白米,每粒都是艰难。
汉语的灵魂要寻找恰当的载体,
而这个流亡者正是它安稳的家。

历史跟他相比,只是一段插曲;
战争若知道他,定会停止干戈;
痛苦,也要在他身上寻找深度。

上天赋予他不起眼的躯壳,
装着山川、风物、丧乱和爱,
让他一个人活出一个时代。

臧 棣

（1964— ）

只要一有机会，我就会强化诗歌的智性。但我不觉得智性是诗歌的普遍性的标记。我认为本能地亲近智性，或许可以看成是我的文学性格。对我来说，智性是感性的美学意义上的悖论。如果只凭借感性写作，我就会觉得缺少什么。虽然我自认为是一个有着忧郁气质的人，但我身上也有一种奇特的喜剧精神，我时常会因为单纯的喜悦而变得异常警觉。比如，许多人都认为当代诗歌应包含一种“重”的东西，而我是反其道而行之，我让我的诗歌尽可能多地饱含“轻”的东西。诗歌对我来说越来越是罗兰·巴特指陈的那种写作——“一些智慧，毫无权势，尽可能多地饱含快乐”。

……

诗歌是我们用语言追忆到的人类的自我之歌。

——臧棣《假如我们真的不知道我们在写些什么……》

和望远镜有关的笔记

穿过一片寂静的林子后,
一个人把他刚刚走完的小路
　折叠成马扎,然后
在白云的客厅里坐下。
从我们的角度看,他是在
　用等待者的耐心
去挫败孤独者的角色。
但是有谁会把这样的事情
　理解成一场战斗呢?
香烟代替了硝烟,形式的
变化实际上更快——
　缭绕代替了弥漫。
有机会取胜的人发现
可笑的秘密竟然是
　必须打败自己。而且
一旦开始了,就只有凭借
可怕的勇气,才能停下来。
　而在我们有生之年
能够到达的范围内,
这样的可怕的勇气
　又会在哪里形成呢?
既然无法用流星的速度
推进个人的历史,那么
　不妨用打着的打火机
去戒掉一根已拿在手上的烟。
在这里,结局是受蔑视的;
　重要的是他给我们

留下了特殊的印象。
他喝雨水解渴,并制作着
　一面面抽象的镜子。
这里,抽象的具体含义是
抽打形象:不停地,
　以便改进我们看待
新事物的态度。如果他
给你写信,那就表明
　他已把那片树林看成是
自然的一部分。也许
还远远不止是一部分。
　还需要多长时间,
你才能习惯从他身上辨认出
一个漂亮而又实用的自我。
　我知道你想弄清楚
穿过那片象征的林子
他究竟耗去了多少时间。

而我更愿意这样回答你:
另一个人也像这个人一样
　存在过:既不更真实,
也不更抽象;只是她渡过的
是一条大河。而且很显然
　我们的内心是河的堤岸。

一九九三年

未名湖

秋天的湖面有初夜的宽度
一段往事被染成墨绿色
轻盈地躺在上面。这也是
它没有被谱成流行歌曲前的标准姿态

也许还是一种没有对象的沉湎
它的抒情天地恰到好处
像《红楼梦》中的某一页

它把我们当中的一些人
变成那喀索斯:让知识的面孔异常优美
它的水仙花散发出的香气能够
渗进梦想的躯体,在那里酿造一次蜜月

漫长的约会:像是一种信物
它从我们源源不断的怀旧中
得到新的水源。所以它有眼泪的咸味

一九九五年九月二十六日

北京地铁

——为程光炜而作

在地铁中加速,新换的衣裤
帮助我们深入角色,学会
紧挨着陌生的人,保持
恰当的镇定。不时有成年的
报贩子上上下下,用沙哑的口音
通告最新的绯闻。其中有些

在车厢内听上去,确实相当
惊人。从第一版跌入第五版
很快,也很容易,毫无规律可循
太黑了! 否则怎么会有明星
出现在大众的一瞥中。车厢里的
黑暗则完全两样:不过是

短路的瞬间闹剧。走出
宣武门站口,一只气球广告
像个被捧上天的哑巴,描绘着
天气的情况:出乎意料的是
它更准确,更直观。有一刻
我几乎以为光线的歪曲(比起

时光的)能更持久地忠实于
我们的本来面目。呼吸吧
把抖擞的双乳留给一盏灯
让它也试着描绘那骄傲的一幕
“不要提太多的问题,把可能的

答案永远沉入肉体的深井吧”

显然,这是条抄近道的小路
有新漆的路牌,但上面的字
似无人能通读。如果我摔倒
我会径直跌进生意兴隆的玩具店
那里面还在出售明令禁止的
仿真枪械。……美学的恐怖

不知不觉已渗透情调浓郁的
私生活。当然,手雷可不适合
作为生日礼物?! 会有摄像机
在暗处像我们一样一举一动吗?
我们的战争只涉及把身体比作
堡垒。带着伤疤,我去拜见幽灵

一九九七年八月

绕 口 令

被围困的生活中
我听见你的声音：
像女人在蜜月的最后一天发出的。
你正在进行分类。

你专注得就像有两只苍蝇
在半小时前刚刚变成了小护士。
那没有随着颜色起伏的
我愿意称之为婉转。

似乎不只是一些人
坐在上上下下间。
那些裂纹为其中的美丽
带来了更鲜明的湿迹。

我猜测着你如何去总结活力。
这里,只有两种现象
曾令你吃惊:什么叫围困?
什么叫什么叫生活?

安慰的形状,心
像个安装错了的旋钮。
我试着像还站在婚姻中那样
接受属于我们但被另起了名字的事物。

它们仍就那么几样:
删去眉目,还会有项目,

删去项目,还会剩下节目。
值得用肉体来纪念的事情也是。

用骄傲去涂抹,但是
不呼吁,不利用真相;
假如要纯粹,就暧昧地纯粹。
弯腰时像核对中奖号码。

窗户多么嘹亮,射出了
徘徊在镜子上的光。
休息时,你用剩下的扣子
敲出了序曲般的节奏。

二○○○年十一月

图书在版编目(CIP)数据

中国新诗1916～2000/张新颖编选. —2版. —上海:复旦大学出版社,
2011.7(2020.12重印)
ISBN 978-7-309-08111-4

Ⅰ. 中… Ⅱ. 张… Ⅲ. ①新诗-诗集-中国-现代
②新诗-诗集-中国-当代 Ⅳ. I226.1

中国版本图书馆CIP数据核字(2011)第085607号

中国新诗1916～2000(第二版)
张新颖 编选
责任编辑/孙 晶

复旦大学出版社有限公司出版发行
上海市国权路579号 邮编:200433
网址:fupnet@fudanpress.com http://www.fudanpress.com
门市零售:86-21-65102580 团体订购:86-21-65104505
外埠邮购:86-21-65642846 出版部电话:86-21-65642845
常熟市华顺印刷有限公司

开本890×1240 1/32 印张15.625 字数470千
2020年12月第2版第3次印刷
印数6 111—7 120

ISBN 978-7-309-08111-4/I·616
定价:58.00元